无论表面上我们如何伤痕累累

一蹶不振，破败不堪

我们依然是有价值的

这个价值与生俱来

谁也剥夺不走——除了你自己

没有任何人可以让你贬值

青年文摘图书中心 编　李钊平 主编

02

励志卷

中国青年出版社

每个人的青春
都有自己的
红地毯

Everyone Has His Own Red Carpet in His Youth

目 录

01 温柔地推翻世界

廖凡：我是乐在其中，不是苦尽甘来 -002 天将降大任于斯人，必先使其一根筋 -008 海阳：拿"金话筒"奖的脱口秀主持人 -011 大鹏：一边贫贱，一边向前 -016 筷子兄弟：从"老男孩"到"小苹果" -022 吴镇宇：男神还是男神经？ -028 汤唯：所谓女神，就是个大实诚人 -035 女神不要安全感 -038

02 这个世界是不公平的

这个世界属于几点钟的太阳 -044 只要幸福，另类又如何 -047 要有边缘化自己的勇气 -050 精准的目的地 -053 做一个对自己有要求的人 -056 照镜子，练说话 -059 马云：我的三个坚持 -061 不确定的时代，如何拼自己 -064 怎样做才不算虚度 -069 致 敬 -073

03 把寻常做到极致

曼德拉：用宽恕埋葬仇恨的世界 -080 草根总理莫迪 -087 李小文：特立独行的"布鞋院士" -091 不是恐龙控的科学家算不上好大厨 -097 科学家的重口味 -100 诗人们的"正职" -104 丝绸的光泽 -107 草间弥生："怪婆婆"的倔强人生 -110 朱德庸：正确的人生太痛苦 -115

04 梦想像花儿一样绽放

陈道明：倔强为人－124 李健熙：孤独人生成就"三星"传奇－131 许家印：用商人的逻辑玩转足球－136 罗振宇：在下水扑腾中进化出脚蹼－142 "车库咖啡"：在框框外撒点野－148 "快递哥"纽约敲钟记－155 梦想像花儿一样绽放－160 梦想就是有修不完的自行车－165 胡振宇：闯进火箭垄断市场的"90后"－169

05 那双带血的高跟鞋

像猫五那样活着－176 我的兄弟大军－182 贫穷不予温柔之名－190 大庇天下阿强俱欢颜－194 不过是流着眼泪吃着肉－201 末等生－214 就算选错，人生也不会毁了－223 看得见远方，追得上路人－227 始终知道自己的好－231 那双带血的高跟鞋－234 我们一样都在这个世界上奋斗－239 比高考更重要的事－243 人生经验神马的，别太当真－245 与其徘徊不决，不如试试看－248

06 正能量小姐

一个姑娘混职场－254 适合比努力更重要－259 正能量小姐－262 特殊学生－266 高调做事，低调做人－270 谁规定的－274 像蚂蚁一样工作，像蝴蝶一样生活－277 只要这一点骄傲－282 为什么你没有好命－285 来点"小聪明"－287 年终总结－289 你有什么资格抱怨－291

07 最终会到注定的高度

你将得到比你想要的更多－296 大梦想与小确幸－301 忘了公平的公平－303 你有没有勇气输得起－305 打造自己，等于打造人脉－308 硅谷饭局，不拼段子拼脑子－312 奥斯卡？不稀罕！－315 墙壁上的"汽车"－318 Whatever you are, be a good one－320 独角兽于小颜－323 我们多少都往前走一段－331 最终会到注定的高度－334 永不言弃－338

01

温柔地推翻世界

002

廖凡：
我是乐在其中，
不是苦尽甘来

文/格 林

2014 年 2 月 14 日，是演员廖凡的 40 岁生日。次日，他收到了最好的生日礼物——第 64 届柏林电影节"最佳男主角"银熊奖杯，成为该电影节的首位华人影帝。由他主演的《白日焰火》，同时问鼎"最佳影片"金熊奖。这位多年来默默无闻的"金牌绿叶"，终于一夜爆红。

尽管这条影帝之路走得曲折艰辛，但廖凡不喜欢"苦尽甘来"这个词，他觉得自己只是"一直在做喜欢做的事，并且觉得很快乐"，如此而已。至于获奖，是因为"命运终会奖励坚持不懈的人"。

长了张不讨巧的脸

廖凡不是一个陌生的名字，也不是一张生脸。他演过卖座的商业片，也演过脍炙人口的电视剧，但是不红。

　　问题出在他总演配角。和他合作多次的导演刘奋斗说，"小廖这张脸很不讨好"，既不是小生，也不是丑角，两边不挨着，在中国人的审美之外。但是这张脸很有特点，就像烹饪时的葱姜蒜，加上了提味儿，"是一张文艺片的脸"。

　　他是连续剧《将爱情进行到底》里的模范大学生雨森，倾心于徐静蕾，却鼓励心爱的人去选择李亚鹏，最后车祸去世。

　　他是《像雾像雨又像风》里卑鄙的海归吴伯平，时不时出现在陈坤身边，痴爱着李小冉，结果被孙红雷捅死。

　　实在不忍心总结——他在偶像剧里的命运，大抵如此——苦命男二或男三号，"在前三分之一段就死了"。一起搭戏的都成了明星大腕，可廖凡依旧平凡。老有记者问他"红不红"的问题，他不知如何作答，"红不红我不能左右，我唯一能做的就是坚持下去"。

004

廖凡从小就对舞台痴迷不已。他出生于湖南长沙的戏剧世家，父亲演话剧一直演到将近 70 岁，母亲也曾是演员。他是在乐池里长大的，最喜欢跑到舞台天顶去看灯光师打灯，然后抱着幕布从上面滑下来。"戏没少看，而且觉得自己能比台上的人演得更好"，于是 1993 年高考时，就报考了上海戏剧学院表演系。

但一入学就受了打击——他发现自己是自费生。"那时候有公费自费之分，有人告诉我，自费说明你业务不够好。"为此廖凡整整闷了两年，每天拉着同学在小教室里玩命地排戏，认真完成作业，年年拿上海市三好学生。为了演好一个小品里的磨刀老头，他跟着真正的磨刀老头走街串巷，最后夺得了全国戏剧院校小品大赛一等奖。当时同班的李冰冰、任泉组合得的是三等奖。

得奖归来，廖凡闻名全校。但第二个打击接踵而至——形象不讨巧。每次剧组到学校选人，他总被划到不要的那一拨里。那时学校有个传统的课外娱乐——打赌谁能穿上道具间里的戏服，化装后去火车站扮演乞丐，成功地讨到钱——廖凡总能赢过他的同学。

由于成绩优异，毕业时老师曾劝他留校任教，但廖凡内心真正渴望的还是表演。知道自己形象有"局限"，他慢慢开始有意识地改变个人气质：蓄起标志性的小胡子，坚持健身保持肌肉线条，走"硬汉"路线。"如果外形不能在第一时间打动人，你唯一能做的就是靠演技去征服别人，或者调整你的内在去打动人。"

够努力不够运气

四年上戏的学习，让廖凡落下了一些"职业病"，"总喜欢在一边观察别人，好像一个镜头一样。所以别人突然回头看我，就会发现我正呆呆地瞪着人家，好像在色眯眯地偷看别人，其实真的不是这样，呵呵。"

张杨拍《飞越老人院》，喊廖凡去"打酱油"，没片酬不说，连台词也没有。廖凡说："导演，一句话都没有啊？那我更得好好琢磨琢磨。"

"在我看来，没有小角色，只有小演员。我从来没把自己当成配角，每次表演我都当自己是男一号的。"他笑称。从《好奇害死猫》中暗恋刘嘉玲的变态保安，到《集结号》里最勇敢的战士焦大鹏，再到《非诚勿扰2》里的娘娘腔建国，《让子弹飞》里抢走大哥心爱女人的麻匪老三……廖凡将各种充满戏剧性的"小人物"演绎得有血有肉。

廖凡是有名的"戏痴"，入了戏就出不来。拍摄谍战剧《风声传奇》时，有一场戏，是他和张歆艺被日本人追杀，要在镜头里不顾一切地逃跑。实拍时，导演只见张歆艺在镜头前一晃就不见了。一看才发现，是廖凡用力过猛，把张歆艺摔在了地上。当时廖凡入戏太深，还在使劲摇晃着躺在地上的张歆艺，口中念着角色的台词："我到底是谁？"导演喊停后，他仍在一旁兀自喃喃着"我到底是谁"，丝毫没注意到张歆艺受伤流血了，还问导演，要不要再来一条，气得张歆艺哭笑不得。

他那种奋不顾身、歇斯底里的表演状态，在温吞的中国电影里是少见的。"他的力量，他死磕的那个劲儿，很多中国演员没有。"刘奋斗说。

2003年，廖凡在刘奋斗的导演处女作《绿帽子》里第一次当上了"男一号"，饰演一个为爱自杀的绑匪，并凭此拿下新加坡国际电影节的影帝。2008年，廖凡又主演了刘奋斗的《一半海水一半火焰》，入围金马奖最佳男主角提名。

在刁亦男的《白日焰火》之前，廖凡只主演过这两部影片，却偏偏或叫好不叫座，或干脆没上映。

他不是没有低落的，但只有一次想过放弃。2010 年，他在《建党伟业》里扮演朱德，不慎落马受伤，八小时手术，左肩装了 12 颗钉子。廖凡说自己像是泄气了，本来一路向上，突然沉下来。"这事儿值得吗？"他问自己，"我都 36 岁了，这么多年，结果干到这份儿上……"累积的疑问乘虚而入，狠狠打击了这个骄傲的优等生、未来的影帝。那一刻，他第一次想到了转行。

命运会奖励笨小孩

虽然事业跌入低谷，但廖凡还是坚持住了，"都低到这程度了，不可能再低了，剩下的只能是触底反弹。"

果然，拿到《白日焰火》的剧本，这个潦倒警察通过破案找回丢失的爱与自我的故事，分明契合了自己的心境，他马上决定接下。他说："等待的就是这样一种机会，在某种层面上，你对那个角色感同身受。"好像各自走了很长的路，在某个胡同里狭路相逢。命运让他们互相辨认，并互相成就。

为了表演的真实，他还是用大学时代惯用的"笨"办法——跑到哈尔滨的刑警队体验生活，跟刑警们聊天，观看抓捕、审讯录像，一待就是半个月。他说："上学时，老师和同学对我的评价比较一致，就是比较笨。我理解笨不是一个纯粹的贬义词，是说我这个人干什么都把自己搞得很苦，有点轴，让人有点心疼。"

影片在东北取景，气候恶劣，零下三十多度，哈口气，胡子上就结冰。有场戏，廖凡饰演的警察张自力酗酒后，醉倒在冰天雪地里，一个路人打开他的头盔，假模假式地问了问，立刻把他的摩托车开走了。头盔里的廖凡哭得不能自已，所有的压抑全爆发出来了。

那场戏还不是最辛苦的，最辛苦的应该算在广东拍《一半海水一半火焰》，为了演一个壮汉，他锻炼身体 3 个月，每天跑步 6 公里。时值盛夏，阳光暴烈，他晒得自己都认不出自己了，直到现在还有晒伤的痕迹。那时正好快开北京奥运会了，有一天跑着跑着，一辆车刷地停下，下来一个人问他："哥们儿，你是不是为了参加奥运会？看你每天都在这儿跑……"

廖凡始终记得在上海戏剧学院上的第一课，温文尔雅的班主任说着说着突然拉下脸来，严肃地问台下的学生："你们真想当无冕之王？"她把演员比作"无冕之王"，说的是这个行当的价值。就是这个"神圣"的词，让他毕业后不敢回学校，也是这个词，支撑着他一路走来。

得奖后，有朋友在微信里冲廖凡喊了七八分钟"牛叉"，还有个朋友激动到大哭，廖凡回复他："我有那么惨吗，哭干吗？"的确，入行 20 年，他从未觉得自己"苦"或者"惨"，就像《一半海水一半火焰》里的那句台词："出来混，我和你不一样的地方是，你是为生活所迫，而我是喜欢干这一行。"

而这样的人，终会得到命运的奖赏。

008

天将降大任于斯人，
必先使其一根筋

文／季冠霖

　　我一直以为自己不是个很聪明的人，我只能用"笨鸟先飞"的故事激励自己。当我对某件事情感觉没有百分之百把握的时候，我肯定会提前做很多练习。或许有的人很有天分，也很聪明，完全可以靠临场发挥就能做得很好，而我知道，我不行。我必须提前想好各种突发状况，想好所有可能会说的话，笨鸟先飞。

　　另外，我在同一时间只能干一件事情。扫地的时候就是扫地，擦桌子的时候就是擦桌子，必须一件一件来。如果同时进行，结果只会有两种状况：要么什么都干不成，要么我直接精神分裂。

　　我在微博上曾写过一句话："要珍惜每一个工作机会，不要抱怨辛苦和劳累，因为这些都是上天赐予的恩典。"我从来没觉得自己有多么神奇，天生就比别人强。我只是幸运一点罢了，就好像冥冥之中有一种力量在给我恩惠。所以每一个工作，我必须认真对待，我要对得起那个力量。

刚到北京的时候，我得到一个不算是工作的工作：给一个朋友的样片配音。朋友明确说只是试一下，这个节目能不能播、什么时候播都还是未知数，录得差不多就行了，就是找一下感觉，没必要死磕它。

可我有我的工作习惯。如果这个事情我没有认真去对待，于我来说，那简直是一种折磨，我内心这一关就过不去。而如果百分之百去努力了，那整个过程就是一种超级的精神愉悦。我不管它播不播、收视率好不好，只要到了我手里，我就要把它做好。

我记得那天晚上我是十点多到的北京，接到这个任务后，马上挑灯夜战，一直准备到凌晨三点多，把将近一个小时的台词生生背了下来，这心里才踏实一点。第二天早上去正式录制，效果非常好。

可现实往往和电影里的狗血情节不一样，女主角经过一番努力之后，并没有迎来接下来的柳暗花明。最后片子没有播出。

北京还是北京，我还是我。

后来慢慢在北京有了配音机会的时候，只要一有机会，我就会像打了鸡血似的，一口气把所有台词都背下来。然后反复看磁带，反复琢磨。对于经验丰富的老师来说，只要看一遍磁带，进棚就能直接录。可我不行，为了不让前辈老师觉得因为我耽误时间，我只能把所有台词都背下来，把磁带看得滚瓜烂熟，真正做到了然于胸，信手拈来。

事实证明，我的这个笨方法还是很管用的。正式配的时候很顺利，我都不用看台词本就知道下面要说什么，哪儿停顿，哪儿快速，哪儿沉默，哪儿嘶喊，全部记在心里。录了几次之后，很多老师就说，这个小姑娘配起音来还挺快的。

其实，不是我天生快，是我在练习了 N 多遍之后才快的。

刚开始配音的时候，我有一个大关怎么都迈不过去——不会笑。尤其是那种英雄式的笑，脸都笑抽筋了还是笑不成。对于配音演员来说，哭很难，可笑比哭更难，气息不好把握。那段时间，我吃喝拉撒睡，无时无刻不在琢磨怎么去笑。每天早上醒来，睡眼惺忪地坐在床上，被子一撩，"哈哈哈哈"就开始大笑。

曲艺界和梨园行有句话：不疯魔，不成活。我估摸着我已经到了"疯魔"的地步了。

突然有一天，我会笑了，量的积累在那一瞬间，完成了质的飞跃。

我一直坚信"铁杵磨成针"的真实性和可行性，但很少有人能坚持磨下去。至于磨成的那一刻是怎么回事，其实，我现在也不明白。

海阳：拿『金话筒』奖的脱口秀主持人

文／张蕾磊

直播间里的海阳很"癫狂"，经常一人分饰多角，模仿马三立、赵本山、周星驰、小沈阳等，以幽默讽刺的脱口秀呈现令人啼笑皆非的生活场景。

"哥们儿心态好极了！"这是海阳的口头语，也是这个深深体味过生活的苦涩、艰难的男生乐观面对生活的真实写照。他说："往事，不过是虚惊一场。"

2013 年 1 月，他获得 2012 年度"金话筒"奖，这是国内播音界最高奖项，他则是获得此奖的首位喜剧脱口秀主持人。

撕掉录取通知书

海阳出生在吉林长春的郊县，父母对儿子的唯一念想是：砸锅卖铁也得把他供出息了。海阳打小就是好学生，这让父母很骄傲。初三那年，海阳的爸爸做小买卖赔了，房子被抵押，老爸在一小片空地上搭起了只有三面墙壁的临时住所。"我躺在床上，真能看到星星！"海阳真正认识到"家徒四壁"，也体会到世态炎凉，人情冷暖。

中考，海阳是班上第一。拿到重点高中录取通知书后，他骑车到那所中学门前照了张相，然后撕掉通知书，扔进垃圾桶。他原本也以为自己会按部就班地读高中然后上大学，但是家里发生变故之后，这个 15 岁的少年不得不打破最后的一丝幻想，他无法想象如果再读七年书，四处打工出卖体力的父母们要付出多少辛苦。

他主动选择读中专。高出录取分 200 分的海阳到吉林省林业学校报到的时候，校长亲自来接。从校车下来的海阳，只带着一个背包，拎着麻布口袋般的棉被，兜里揣着零碎的几张钞票。

入学后，海阳意外地考入校广播站。起初只是为了听音乐方便，但对着话筒播音时，他体味到分享的快乐。而且遭遇家庭变故后一直有些自卑的海阳，在广播室表达出自己的喜怒哀乐后，发现自己变得开朗了。

当地的电台举办业余主持人比赛，在老师的鼓励下，海阳报名参加了。海阳拿学校同学喜闻乐见的身边事做"主食"，加上插科打诨的"佐料"，首次月赛就遥遥领先。

"我顿时自信心大增，后来彻底玩开了，一口气连拿三个月的冠军。我正准备进军五连冠时，比赛评委会的老师们心急火燎找我谈话，要收我为电台兼职主持人，于是，我加入了吉林东北亚音乐台。"后来，海阳从带他入行的老师那里知道实情——他连拿三个月的冠军，别人没法玩，再比下去，赛事都快黄了。

兼职主持人有酬劳，海阳算是歪打正着地达成了当初勤工俭学的愿望。

中专四年，海阳是班长、校报主编、学生会主席。他有保送读大学的机会，但已经能在电台挣钱了，海阳就犹豫着不想去。妈妈说："你要是不念书，妈死了都闭不上眼睛。"海阳乖乖准备保送资格考试，几经比较，他选择了离家近的东北林业大学。

尝试了，才知道行不行

2002年，到东北林业大学报到，海阳是一个人去的。他带着8000元打工赚的钱，交完学费就剩两百元了。"两百元过了两三个月，宗旨就是尽量不花。"海阳去最便宜的食堂，西红柿鸡蛋汤免费，发面饼三毛，咸菜两毛，一天吃两顿。

他不知道自己的未来是什么，这四年要怎么才能活过来，但他首先要靠着200元撑到下一次兼职。有一天，哈尔滨文艺台的老师过来讲课，海阳壮着胆把在东北亚音乐台录制节目的样带给了老师。第二天就接到电话："海阳，我们这里要改版，有没有兴趣来兼职？"于是，海阳每周六日到电台兼职，每个月有1000元左右的收入。

一个半月后的某天，省电台有人联系海阳，说是总监希望跟他见面聊聊。原来总监在车上听到海阳的节目，很欣赏，希望他到省电台工作。"我觉得总监对我有知遇之恩。"海阳说，"总监跟我说，只要下午5点来做直播就可以，薪水跟正式员工一样。"不久，大一学生海阳在省电台开始了主持工作。三个月后，海阳办见面会，现场火爆。

海阳保送到大学就读的专业是环境科学，要学有机化学、物理化学等九门化学课，每门还有实验。以中专化学的底子，海阳眼中的苯酚烃基如同象形文字。海阳找到园林学院的院长，一番努力之下，终于转到园林专业学习。

其实对园林专业，海阳开始也不是很喜欢，对此，他的方法是先认真地去学好。学得深入了，他慢慢爱上了园林专业。"人不可能一生都做你想做的事情，那样就太脆弱了。但如果连自己不喜欢的事情都能做好，未来面对波折的时候，相信你的心态会很好。"

从参加比赛进电台、大学转专业的经历中，海阳发现只有尝试去做事情，才有发言权，才知道自己到底行不行。

世界本身够幽默

大学毕业后，海阳自然地进入省电台工作。从音乐、新闻、娱乐到策划各种栏目及活动，他都做过。虽然没有受过科班训练，但是海阳本能地运用了真诚，像朋友一样真诚地跟听众交流。

2009 年春天，海阳满 26 岁，在播音界有诸如"播音小王子""调侃一哥"之类的江湖诨名。他说："我是个没头脑的乐观派。"

这一年，海阳决定参加中央人民广播电台的招聘。"从初试、笔试、面试，我都全力以赴，违反科学精神地发挥出了百分之二百的实力水平。"海阳被录取了，这次录取率为 1000 : 1。

当海阳站在北京火车站的广场上，仿佛看到多年前大学报到时的自己。一样是孤身一人，背着三个大包，既觉得凄凉，又觉得自己做了个伟大的决定。在别人看来他的这次决定是如此冒失，但是他相信自己的能力。

于是，海阳快乐地开始了在北京的主播工作，这是一档只能覆盖北京市东城区的录播的老年广播节目。不久后，他主持《747 乐工厂》，连续两年获得中央台优秀节目一等奖。

　　2010 年，他被任命为娱乐频道的执行总监，推动节目改版。2011 年，海阳推出了《给力十七点》，后来升级为《海阳现场秀》。节目推出三个月后，从同时段收听率的第 20 名升到第二。

　　曾有人问海阳，你的幽默是怎么练就的？海阳的回答是，这个世界本身就够幽默了。他不想刻意制造笑料，只是试图多捅破几层窗户纸，看看背后的故事，并把这些故事用尽量生动的语言传递给大家。让听众笑还不是海阳的目的，他要促使听众有适当的思考。他以理科生特有的研究劲头琢磨各种技法，观摩大量国外原版脱口秀节目，研读跟幽默有关的书籍和论文。

　　海阳到北京从零开始有五年多了。他两次当选台里的十佳主持人，栏目拿奖拿到手软。2012 年，他成为国内最年轻的、首个以喜剧脱口秀获得"金话筒"奖的主持人。"这世界永远缺把事情做好的人，对我来说，就是把自己要做的事情做好，对每一个看得起你的人负责。"海阳的逆袭让人笑中含泪，他说的却是："每天醒来，都觉得生活待我不薄。"

016

大鹏：
一边贫贱，
一边向前

辑/格林

人人都觉得他是个搞怪幽默的人，又贫又贱。跟孙俪在景点合影穿着皇上的衣服，反过来还跟她要钱；邻居大妈强行抱起自己孩子时，他转身就把大妈二十多岁的闺女搂在怀里。

这些都是由他导演并主演的《屌丝男士》里的剧情，短剧推出前两季，点播量已超过可怕的 10 亿。今年 2 月 26 日开播的第三季海报上赫然写着：男神归来。

他是"大鹏"董成鹏。这一年，他出了书，拍了电影，还上了春晚。他也不知道接下来会发生什么，但希望自己能保持目前的自嘲精神。他在微博里写，"32 岁了，希望自己依然开得起自己的玩笑"。

曾经活得像段子

大鹏在凭借《屌丝男士》彻底翻身之前，是个"死跑龙套"的，活得就像一部段子。

他出生在吉林省集安市，一个城区只有几万人口的小地方，17 岁之前没离开过家乡，家庭也普通得不能再普通。

大鹏从小就不喜欢被人忽视的感觉，他一直在用各种各样的方法出风头，想要让自己与众不同。他曾经练过武术，学过小提琴，但很快就都半途而废。自己画漫画，说相声，也没玩儿长久。中学时花80 块钱让表叔从长春买回来一把吉他，自学自弹，还自己用录音机录了一盘"专辑"委托给校门口摆摊儿的代卖，结果当然是一盘都没卖出去。

高一时，他突发奇想，要组个乐队在集安办一场小型演唱会，还真被他鼓捣成了。"集安出现了本地的摇滚乐队"成了人们口口相传的新闻，两块钱一张的黑白门票不知被复印了多少假票出来，300 人的场子火爆得水泄不通，最后除去成本，居然还赚了几十块钱。

虽然对唱歌情有独钟，大鹏考上的却是吉林建筑工程学院。刚一入学，他就做了迎新生晚会的主持人，还认识了短头发、清爽潇洒的搭档女主持——后来，她成了大鹏的老婆。他又组建乐队，创办社团，进酒吧唱歌，在别的同学都在为找工作焦虑时，他决计要靠唱歌闯出个名堂。

大四时，他通过朋友联系到一家"名人"唱片公司，聊得热火朝天，然后被告知，出唱片可以，但得自费，15万。大鹏认准了这条路，回到家里跟父母软磨硬泡游说来了38000块钱，却在去北京录了一首歌之后，再也没见到公司老总，他被骗了。

回到长春的大鹏万念俱灰，一位老师看不过去，帮他联系了塘沽的一家公司，工作是"测量水尺"，实际上就是从晚到早盯着人家卸煤拉煤，站在煤堆仰望星空。老板对他印象不错，但熬到第20天头上，他终于挺不住了，向老板提出了辞职。

2004年4月，大鹏来到北京，碰了一个月钉子之后，得到了搜狐网的一份工作。当时从搜狐音乐频道副主编的办公室出来，他高兴到发晕。

做什么都要找到存在感

进了公司，他马上就发现，这是一个没有任何技术含量的临时职位。大鹏的第一个任务，是把一次乐队选拔赛收来的所有参赛曲目转录成数字格式。他用了一个星期熬夜加班，不仅完成了任务，还听了每一首歌，将它们分为摇滚、流行、民谣等几种风格归类储存。就是这个细节，让他在临时工作结束以后，继续留在搜狐音乐频道，成为一名实习编辑，月薪800块。

网络编辑每天的工作就是复制粘贴，把报纸上的新闻粘贴到自己的网页上。大鹏不喜欢这样，他悄悄给一篇文章做精编，改变了字体和颜色，加了很多图片，结果被主编骂了一顿。

但他没有因此放弃继续突发奇想。那年 6 月，他加班几天写了一篇名为《毕业了，什么歌让你流下眼泪》的文章，推荐了十几首适合在毕业季听的歌，附上试听链接，还给每一首歌都写了一个大学生的故事。他把文章发给主编，这回被批评的是："你怎么不早点儿给我？"

他开始陆续在搜狐音乐频道发表评论文章，都署上自己的名字。有一段时间，他用文字把一天的新闻都串起来，加上自己的观点，有点像后来《大鹏嘚吧嘚》的文字版，看的人很多。就用这种方式，大鹏在网络编辑这份工作中找到了存在感。

2005 年年初的一天，明星聊天室的主持人突然生病，频道负责人觉得大鹏平时"挺会聊天"，就说，"你替他主持一下吧！"

他接的第一组明星是正当红的花儿乐队。一个小时的聊天过程中，初出茅庐的大鹏被大张伟等几位成员说得直愣，常常噎住不知道怎么往下接。后来有一次，一位老牌歌星来做客，聊到一半儿，大鹏提出请他为网友唱一首歌，这位歌星突然生气，起身离席，大鹏被晾在了当场。

那天，大鹏像被一把利剑戳中，胸口疼得不行。他感觉到自己没有受到尊重，但又很快冷静下来反思：自己以前在校园里做主持那点功力根本就是微不足道。

自那天开始，他每晚看吴宗宪、阿丘、孙国庆等金牌主持人的节目，看人家在应对嘉宾时怎么回应，再想出几个好玩的"包袱"，向着

"请你尊重我"这个目标，一小步一小步地往前蹭着。

2006 年年底，大鹏迎来了人生中又一个重要的转折点。他和几位编导筹备主持了娱乐播报节目《大鹏嘚吧嘚》，在第二年 1 月播出。在该节目中，大鹏在播报娱乐新闻之外，逐渐加入很多观点，有了脱口秀的雏形，第一期播出就火了。也是在 2007 年，他从搜狐的员工变成签约艺人，开始接演话剧和主持节目，虽然大多还是龙套角色，但至少是个有名字的龙套了。

首先要逗观众发笑

大鹏的头衔上很显著的一条是：赵本山第 53 位弟子。这段师徒缘也颇为巧合。那时大鹏还是搜狐视频的主持人，接连主持过赵本山官网落户搜狐仪式以及《乡村爱情故事 3》的开播发布会后，赵本山忽然对他说，"大鹏啊，今天表现不错，小心我把你收了当徒弟啊"。然而大鹏当时一紧张，竟然回绝了。直到 2010 年 4 月，他才正式迈入师门，成为赵本山为数不多不唱二人转的学生之一。

2012 年，大鹏偶然在网上看到了德国喜剧《屌丝女士》，这部剧的形式是一个又一个搞笑碎片的叠加。大鹏受到启发，开始筹备《屌丝男士》。第一季的主创很多都是他靠交情拉来的，也不少明星是厚着脸皮"蹭"来的，但是剧中每一个段子都经过他们反复的设计和筛选。

大鹏说，他的团队一直在琢磨搞笑公式，"就是什么样的对话加什么样的道具，发生在什么样的场景里一定会让大家发笑。如果你已经发现某一规律的话，我们就会把这个公式淘汰掉。"

《屌丝男士》解构了明星的神秘感和高大上形象。深沉迷人的吴秀波会说"节操掉了"，女神汤唯为了蹭餐馆免费的水喝连保温瓶都带来了。"我要替观众解恨，我代表的其实就是像我一样喜欢上网的年轻人，我帮他们去跟女神约会、让女神出丑、让男星狼狈，完成他们的梦想。"

大鹏承认自己还处在逗观众发笑的初级阶段，过了这个门槛才有资格探讨内涵意义。但他对自己的工作依然坚定，"我们从来没停止过一点点向前"。

这些年来，他折腾，他想红，他厚脸皮；他想做就做，但之后一定尽力而为；他屡受打击，却从未停止过尝试。他一直用大鹏自己的方式，一点点向前。

筷子兄弟：
从『老男孩』
到『小苹果』

文／格　桑

　　"你是我的小呀小苹果儿，就像天边最美的云朵……"2014 年 5 月，一首名为《小苹果》的 MV 在网上蹿红，短短一个月，点击量超过五千万，简单又奇怪的舞蹈被成千上万的网友模仿，被誉为新一代"洗脑神曲"。

　　"神曲"的作者筷子兄弟大家并不陌生，早在 2010 年，他们就凭借微电影《老男孩》走红，同名歌曲《老男孩》更惹无数人飙下热泪。此番回归，筷子兄弟带来的是他们自导自演的电影《老男孩之猛龙过江》，《小苹果》则是为宣传电影而来的特大"惊喜"。

有梦的人生才值一过

　　2010 年秋，微电影《老男孩》爆红网络，大家记住了"筷子兄弟"这个个性鲜明的组合——肖央和王太利。影片中，他们分别饰演肖大宝和王小帅。在戏外，肖央是电影导演，王太利负责音乐制作，《老男孩》这首歌正是出自王太利之手。

在《老男孩》之前，他们和多数人一样籍籍无名。肖央是个标准的"80后"，生于河北。1995年，15岁的他来到北京，准备报考中央美术学院附中，他当时的梦想是当一名画家。第一年没考上，顶着压力复读了一年，第二年重考，成绩名列前茅。不料高考时，肖央却临时决定"改行"："那时我就想，到底是一幅画还是一部电影对我的冲击力大，显然是后者。"于是他报了北京电影学院。

家里听说后很吃惊，肖央的妈妈尤其反对，理由是"你看那些做电影的人都老离婚"。哭笑不得的肖央跟妈妈讲："妈，你别管了，我想干什么你就让我干什么。"

肖央大学读的是广告导演专业。由于艺术院校的学费很贵，来自普通家庭的他大学期间最直接的想法就是接点活"先赚点钱"，减轻家里的负担。

2005 年，大四尚未毕业的肖央认识了王太利。王太利是山东人，比肖央大 11 岁，是个"60 后"。他逐梦的历程比肖央坎坷得多。喜欢唱歌的他一直求师无门，屡屡碰壁。因为在北京实在待不下去了，听说广州流行音乐很发达，他便只身南下，在老乡的帮助下进歌厅当了歌手，无奈也没有获得任何反响。

生活费花光的王太利返回了老家，但他心里明白，把时间浪费在自己不感兴趣的职业上是很傻的一件事，只有音乐才值得他用生命去追求。于是，拿着最后一次从家中带出来的 1800 元钱，他再次来到北京。从帮人拉广告到做各种活动，为生存而战的他成了一家文化公司的老板，日子渐渐好起来。然而隐隐约约的，他感到心中那盏不灭的灯火还在跳跃。

一次，王太利在中央美院的食堂吃饭，忽然想到手头上还有一个广告要拍，便随口问对面的男孩有没有同学会拍广告，对方想了想，说认识一个叫肖央的人。就这样，或许是对他们勇于坚持梦想的褒奖，命运之神把他们送到了彼此面前。

沧桑岁月"老男孩"

两人刚开始只是业务往来，几番合作后，发现彼此共同点很多。大学毕业后成为职业广告导演的肖央，也总觉得自己除了广告，还能再做点别的什么。

经过一番努力，2007 年 5 月底，由他俩自导自演的《男艺伎回忆录》在猫扑网上线了。他们为这个即兴组合起了个名字：筷子兄弟。寓意为：俩人，一个团队，酸甜苦辣一起品尝。本来只是想"玩一玩"，没想到在网上俘获了一大批粉丝。

2010 年初，中国电影集团和优酷网共同推出了"11 度青春系列电影"项目，邀请 11 位新锐青年导演围绕"80 后的青春"执导系列短片，"筷子兄弟"也在受邀之列。项目要求讲一个十分钟的独立故事。对筷子兄弟来说，这是个全新的挑战。负责编剧和导演的肖央推掉了所有客户，花大半年构思剧本，不料一写就写了四十分钟，已经接近一部电影的篇幅。

在他的坚持下，《老男孩》的时长保住了，却面临一个更棘手的问题：资金严重短缺。项目给的投资有限，他们又没有拉到其他赞助，更不愿降低标准，最终只能自己往里投钱。

肖央手里刚好有一笔存款，"当时差不多可以在北京买一套房子"，但他把这些钱都扔进了短片中。"经常是我这儿正拍着呢，制片过来说，导演，没钱了，要结什么什么账，然后我给他一张卡，走了。一会儿又回来了，导演，你这张卡里没钱了。那个心情，哎……"说到这里，肖央长吁一口气："其实我就是骑虎难下，心想第一部怎么也得坚持下来，说实话我也不知道接下去该怎么办。"

祸不单行，拍摄过半，王太利的父亲突然被查出了淋巴癌，病情非常危急。王太利是主演，他一走，全组人就只能停下来等，"当时真不知道前边的路通向哪儿，花那么多钱为了什么。我跟肖央说我管不了那么多了，再不回去，我妈就不认我这个儿子了。"他甚至和肖央约定，《老男孩》拍完，"筷子兄弟"就解散。

但是，命运不会轻易辜负心怀热爱的人们。微电影《老男孩》上线后，几乎是一夜成名，无数人看过后流下了为青春唏嘘的泪水。《老男孩》的横空出世，成了 2010 年轰动中国电影圈的大事。

"小苹果"的"胜利果实"

《老男孩》的火爆，让筷子兄弟忽然成了香饽饽，各种投资商、制片人都来找他们。但经历过风浪和艰苦的肖央却并没有见钱眼开："虽然是不缺钱，但如果你没有准备好，拿了那个钱就万劫不复——一部不成功，就不会有人再找你拍第二部。"

于是，肖央静下心来，开始扎扎实实准备《老男孩之猛龙过江》的电影剧本，在里面放入了爱情、谍战、动作、歌舞等诸多商业片元素，并且一咬牙把拍摄队伍拖到了纽约。为了"打得像样"，肖央还请来了专业的武术指导，和王太利苦练了半年多。从剧本到拍摄完成，这部影片历时四年多，虽然只是中等成本，却努力做到"大片的水准"。

最初影片宣布定档2014年5月时，业内人士并不十分看好它，以至于悄然撤档，一时间杳无音信。直到《小苹果》MV发布后，毫无征兆地引发了全民膜拜神曲的狂潮。这回，影片再次定档7月，底气倍增。

《小苹果》的MV是在韩国拍的，特别邀请了鸟叔"骑马舞"的编舞指导。从MV画面看，肖央和王太利两个人光着膀子，戴着金色假发，扮起了亚当夏娃，充满戏谑的喜感。同时，朗朗上口的歌词和节奏强劲的迪斯科复古电音，瞬间捕获大众的听觉，使人身不由己进入"苹果舞"模式。

在很多人看来，《小苹果》颠覆了筷子兄弟从前的风格，被吐槽"节操掉一地"，但暴涨的人气证明了它无可置疑的受欢迎程度。

影片上映前，"筷子兄弟"几乎每出席一个宣传活动，都会应观众或主办方要求跳一曲《小苹果》，这对身为导演、没有任何舞蹈基础的肖央来说，也是个不小的挑战："你知道吗，一个不跳舞的人要当着几千人去表演，你要克服一个特别大的心理障碍。"

跳着跳着，肖央竟发现，他开始"犯二"地爱上了唱歌和跳舞。"它很快乐，人有时候太累了，你要去扮演社会里、生活里各种各样的角色，这个舞蹈恰恰就是给你一个'犯二模式'，让你平时压抑的东西释放出来，得到一种简单的快乐，我想这可能就是《小苹果》红得这么快的真正原因吧。"

国内国外的组合中，出名后分道扬镳的，不计其数。"往往一个项目结束以后，留下来的不是胜利的果实，而是个人恩怨。"肖央说，"但是我和老王不一样。"他们的合作完美地阐释了一双筷子的寓意：单独拿出来都是一根再普通不过的棍儿，而组合在一起，却能发挥惊人的功效。

吴镇宇：
男神还是男神经？

文／陈　璐

香港演员中有两个人的眼睛最出名，一个是梁朝伟，一个是吴镇宇。同样的魅眼，一个用来"电"人，一个用来"杀"人。

吴镇宇演得最多的是反派：街头混混、豪情大佬、老牌变态、资深精神病患者、骨灰级杀手。他的眼神在这些角色间转变着，犹疑、放肆、残忍、乖张、冷漠……

当他现身《爸爸去哪儿2》时，大家都很意外。更让人意外的是，他成了最走红的爸爸。

其实吴镇宇是个孩子，天马行空，少有拘束，难怪年轻一代艺人称他"儿童叔叔"。可天真烂漫却是演员生涯最大的绊脚石，香港艺人中，他是有名的大嘴巴，说话刻薄、直接。他从来没有捧起过梦中的小金人（香港电影金像奖最佳男主角），很大的原因就是他做人不够圆滑。

斗鸡眼

一段时间里，香港电视屏幕上，十个台里有九个在播吴镇宇的电影，九部电影里几乎他都是反派。吴镇宇应了那句话：主角拼形象，配角才是正经打天下。

他原本是一个香港小白领，1971 年，香港开设了一个无线艺员培训班，众多身怀明星梦想和英俊面貌的年轻人纷纷报名。

这股风潮中，吴镇宇也突然发现，演员是一个比白领适合自己一千倍的好职业。不过，他是这样理解的："当演员之前，我以为演员就是'乞丐'和'小白脸'的叠加：好像乞丐一样不用念很多书，只要伸手讨钱；跟'小白脸'一样，女孩子喜欢，就可以有钱。"

据说是因为有点斗鸡眼，吴镇宇连续三年都没有考上。

他备受打击，甚至出家当了一周的和尚。但一周以后，临考之前，他还是踏出了寺庙。

考官：出家的感觉如何？

吴镇宇：老师，做和尚和做演员一样，都要忘记自己啊。

连考四年的吴镇宇终于被录取了。

好龙套

吴镇宇有一套公车理论："通向成功之路就像等公交车，人很多，大家就要排队。如果有人插队，他也许比你先红；有私家车的，到达目的地当然也比你快。这时候，有人会因为老是等不到车就不等了。我相信公交车虽然慢，但肯定会送我到达目的地。"

年少家贫，爸爸是厨师，妈妈是渔民，注定他不可能坐上"私家车"，只能等公交。何况根据当时香港影视界的习惯，长得丑的去演喜剧，漂亮的去当主角，很有性格的去当配角。吴镇宇刚好卡在缝隙里，条条都沾不到边，所以他进入娱乐圈学到的第一堂课，名为"论如何做一个龙套"。

吴镇宇的同班同学里，红人就是周星驰和梁朝伟。"老师永远会让我们看梁朝伟有多放松，那么放松，那么有魅力。周星驰不爱说话，爱扮李小龙，从名字到做派永远都是李小龙。"

得了金马奖后，吴镇宇回忆说，自己最快乐的日子就是跑龙套的时候。他那时候接戏很多，一年跑龙套的数量是别人的三倍。就算这样酬劳也不多，不得不经常到旺角地铁站口摆摊卖公仔。但这种生活，吴镇宇觉得很快乐，在地上当"死尸"，导演一 CUT 过后即刻爬起来玩得没心没肺，大概这就是青春的感觉。

陪跑者

可是时代不会等人原地踏步。优等生梁朝伟当主角的时候，他还没有什么感觉，可是慢慢地也觉得有哪里不对。那些跟他闲来无事打麻将的人越来越少，原来所有人都在忙着拍戏和走红。

论如何做一个专业的好演员，吴镇宇满分，但如何选片这一课，吴镇宇交白卷了。他实在演了太多的烂片，但即使是烂片，只要有吴镇宇出现的地方，就好像无边荒草里蓦然开了一朵太精致的花，他连变态都能演出 N+1 种不同的方式。

中年以后的吴镇宇，已经成为大牌演技派。可是他偏偏跟莱昂纳多一样，成为领奖台上的陪跑者。和他演过对手戏的人都纷纷成为金像奖影帝，比如《枪火》里的任达华，《无间道 2》里的曾志伟，《O 记三合会》里的刘青云，《冲锋队之怒火街头》里的黄秋生，《白发魔女传》里的张国荣……

据说每个被提名的演员，在颁奖礼之前都要对着镜子练习笑容，不是为了颁奖那一刻笑得有风采，而是为了落选的那一刻，自己能笑得有风度。

吴镇宇练够了，他愤愤地说："金像奖靠的是人脉，而不是演技。"大概这句话得罪了香港电影界，他得过台湾金马影帝，却从来没有拿过金像奖影帝。

真性情

吴镇宇其实是一个瞪大眼睛看世界的孩子，坏脾气与真性情只在一线之间。

他觉得人面对这个世界，不应该戴着面具说谎话。他不满粉丝在街上扯住他非要合照，发微博连骂14条。他吐槽演员"只不过是一个门槛非常低的职业，谁都能做，然后有一班人对你欢呼，根本就是拿钱拿好处。为理想，不为钱？有哪个演员有使命感，你告诉我！"他讨厌做事不全力以赴的人，轻蔑对待一些记者不做功课的提问，因此得罪了很多人。

吴镇宇当然也不是没有朋友，比如黄秋生。

黄秋生评价吴镇宇"实在是一个很妙的人，跟他在一起有很多乐趣"。可就算是挚友，黄秋生也不得不承认，吴镇宇的脾气真是不敢领教。

吴镇宇的娇妻是新加坡名模，他曾为了保护妻子与人当街动手。聚会的时候，黄秋生总是要保护吴镇宇，万一喝醉酒，要负责按着他。黄秋生开了一间酒吧，从来不把吴镇宇请过去——怕他脾气上来砸了自己的店。

吴镇宇喜欢创新，和他合作过的吴君如说："我觉得吴镇宇有种精神，他总在执着地寻找突破。"

吴镇宇反对一切经验的东西，因为经验就代表了旧的。"我第一次演反派的时候，觉得人物设计不合理，就和导演争。有一场戏，我要被吊死前，导演让我哭，我说：'不真实啊，你看很多的犹太人被屠杀前都没哭。'我还找人去询问那些死囚，死，他不紧张，反而等待的时候更紧张。我反对所有不合逻辑的表演，到最后我成就了自己。"

如今，功成名就的吴镇宇过上了"私家车"的生活，"发达"以后便开始默默做慈善，"我向观众伸手一块钱一块钱讨饭吃，使我有这么好的生活。现在就是要把赚到口袋里的钱，再用一个方法还出来。"

他搭建平台，帮年轻的演员寻找更好的演出机会。他因为小时候家里父母都忙着工作，很少有机会交流，差点成为自闭儿童，因此他做慈善帮助自闭儿童。

吴镇宇喷了娱乐圈很多人，却从来不喷李连杰，因为他觉得李连杰愿意做壹基金，就是一件很伟大的事。

港式好爸爸

"脾气差的大反派"怎么搞定孩子？观众们相当好奇。

加盟《爸爸去哪儿2》，有人劝他："摄像机24小时拍你，还是收敛一点吧。"可吴镇宇觉得，既然是"真人秀"，就要还原"真实"。"就像Feynman在家里时一天跌倒十来次，都没人理、没人知道，（在外面）你扶他那么多干什么？结果播出来，观众就觉得，啊，吴镇宇好酷啊！拜托，算了吧，我们日常生活就这样。"

其实，吴镇宇就是个有点个性的中年大叔。他在《爸爸去哪儿2》里借Feynman不止一次地阐述过："他跟我很像。"

拿Feynman做镜子，不失为丈量吴镇宇的好方法。Feynman要强，受伤了不敢回家；要面子，走T台挑同伴还爱打扮得漂漂亮亮出门；他不在乎输赢，几乎是所有孩子中唯一一个在玩游戏时只顾enjoy的人。

《爸爸去哪儿2》第四期有这样一个片段：Feynman调皮玩耍，不慎一头栽进池塘，脸上挂彩了。吴镇宇远远看着5岁的儿子，对一旁的编导说"别管他"。碎碎念骂完儿子之后，又把他抱在怀里，轻声哄着不停地说"PAPA Love You"。

面对争议，吴镇宇十分坦然："我教育小孩的方法跟别人不一样。

小孩要抓桌上的东西你就让他抓，即使他要抓的是热的，你也让他抓。他感觉烫了之后就要告诉他'烫'，以后遇到这种情况他就不会再抓了。有时候我会发火骂他，但他哭了我就会去抱他。你教训完他要赶快安慰，他才能够好好听你话。"

　　"知道镇宇大哥为什么对 Feynman 这么严厉吗？因为他今年已经 53 岁了，他说过，等 Feynman18 岁的时候，他已经 70 左右了。如果儿子不早点独立，他怕自己不能照顾儿子那么久。""村长"李锐的一席话，道尽严父背后的温柔天机。

035

述／袁鸿　文／黄哲

汤唯：所谓女神，就是个大实诚人

在很多人眼里，汤唯是女神。但从 2001 年认识直到今天，她在我眼里一直是个素颜的义工女同学。现在她还是会随便穿件衣服、坐着公交车就来我的工作室喝茶；对我这儿卫生看不过去了，她也会主动帮忙打扫；如果是一群朋友聚餐，擦桌子洗碗的就是她。

那年赖声川来到中戏排《如梦之梦》，她是其中一角。有传言说赖导走时托付我好好关照她，但这不属实，她只是导演系参演的同学之一。真正让我记住她，反倒是那年大学生戏剧节，她来北剧场报名做义工。

当时出现在我面前的，是个走嘻哈风的滑板少女，特别干净利落，像个男孩子。令我印象深刻的是她的眼神，简单直接真诚，从不会躲闪你的目光。我直言：这事没什么回报。她的回答也很直接："我只是觉得读导演系应该了解剧场，有事大家一起做呗！"

做义工没啥回报，所以转年大戏节，团队闹起了人荒。结果人艺小剧场和北剧场两个场地的演出，这么多外地院校的剧社，汤唯一个人把从火车站接站到演完送站都包了。她自己垫钱买矿泉水，我嘱咐她开发票好给她报销，这姑娘却转头就忘。像浙大剧社的师生们，本以为是不是因为是杭州老乡，所以才有这待遇？后来才发现，她对每个剧社都特别好。有的嘉宾当场赞许"这个同学真不错"，过了几年给我打电话："当年大戏节负责接待那女同学，怎么这么像汤唯啊？"

直到现在，汤唯成了国际明星，依然还是义工。凭《色·戒》走红后，排演话剧没时间了，但每次来我们剧场、排练厅都会主动帮忙收拾。我们的老排练厅是白地胶，有一次她挽起袖子跪在地上，把地胶全部擦回雪白。除了她，我们工作室没第二个人能做到这一点。

还有别的朋友说，某次援助西北贫困地区，汤唯坐火车硬座后还连着倒两次车，下了车就跟着搬物资；还有人记得，某次探访山西老区，有的明星只是象征性在镜头前挥下铲子，她却是亲力亲为和村民一起干活。最让人佩服的是，在记者都回去后，汤唯又坚持多待一周，等学校盖完才离开。

有人问我汤唯的成功秘诀，在我看来，如果非说有，那就是她比所有人都简单，所以反倒目标明确。她自己从没想过一定要做明星，只是觉得做演员就要塑造好你接到的角色，做义工就要真正帮到你要帮的人。不忘初心，汤唯只是这样。

2005年杨婷导演女版《切·格瓦拉》时，别人都怕耽误拍影视挣钱，汤唯却喜欢这戏，于是被我带去试戏。杨婷现在还记得："当时汤唯就穿着白衬衫，下面是牛仔裤，扎着马尾，刚好站在我面前的时候，下午的阳光就打到她脸上，我当时说，就是她了。她身上很干净，有那么种正气，特像革命女战士。"

在这个戏里，汤唯不光是女一号，还包了副导演、场记加剧务；天天第一个来最后一个走，所有细节都盯过。剧组去韩国参加戏剧节，中途汤唯脚扭伤了，但她坚持把几场戏演完，还瘸着腿把所有其他剧目都看了。杨婷夸奖她："年轻女演员如果在年轻的时候不豁出去，时光一流走，就很难出来了。汤唯身上确实有股狠劲儿。"

在顺境的情况下豁出去还不是最难的，汤唯遇到的挫折恐怕没几个演员能比。刚出道就凭《色·戒》迅速走红，又马上遭到封杀，汤同学只是轻描淡写地自嘲了一句："我就像上证 A 股，疯狂地冲到了历史最高点后，稀里哗啦地崩了盘。"

那段蛰伏的时间里，她主要在香港、伦敦、北京三地奔忙。2009年我在伦敦见到她，发现她很自在，每天都去上课，当时她正在排一个莎士比亚的舞台剧，要用古英语演出，她必须在语言上花很大功夫。在英国的经历让她成长了。

如今，她要做新娘了。我知道不少人因为女神外嫁而心酸。但是人家也不小啦，男大当婚女大当嫁，作为朋友只有一句话：祝福汤唯。

038

女神
不要安全感

文／小木头

50岁高龄的张曼玉进军唱片界，变身摇滚女歌手——唱片公司公布消息这一天，媒体网络影迷评论人欢呼一片，齐齐高声盛赞：哇，果然真女神！

众人惊讶与欢呼的背后，蕴藏着太多复杂的含义：一则，张曼玉真有勇气，50岁玩摇滚，这本身就是一件很摇滚的事；二则，唱片界如此不景气，她偏要逆水行舟，可敬可叹；三则，闲云野鹤了这么多年，她终于要开始"扮演张曼玉"（去年担任金马奖的宣传大使时，张曼玉说自己的人生有三条命，第一条是演员张曼玉，另外两条是搞音乐和做剪辑）。

张曼玉的人生，就是一首长长的摇滚乐，她自然，随性，倔强，爆发力强，我行我素。

早些年一起拍戏的女艺人，比她貌美出众的自然有，林青霞或者王祖贤，哪一个不是倾国倾城？但唯独张曼玉在这条路上走得足够远，足够久。

她好像一直都不太需要安全感，或者说，没有那么渴求过。

安全感这个诡异的东西，是一种奇怪的心理，就好像是普通人想要赚更多的钱来傍身，又或者单身女人一定要找个人嫁了家人才能放心一样（嫁的那个人到底会不会伤害她倒是没有那么在乎的）；在演艺圈这样的名利场，女演员们更是狂热追求着安全感，因为太明白这个圈子的功利，红颜易老，机会一旦错过就不再有，所以她们大都早早给自己盘算好了，要么赚很多钱，要么嫁个有钱人。总之人人都在找一个"归宿"。

所以，林青霞嫁了豪门，做人家的后妈尚且不算，多年来一直婚姻亮红灯还要忍气吞声苦撑门面；再譬如王祖贤，那些年一直徘徊在齐秦和富商之间，戏也没有拍多少，最后是黯然隐退，容颜被时光摧残得令人唏嘘……而张曼玉呢？她好像总是随心所欲，顺着命运的河流漂流而下，没有企图抓住过什么，也就这么顺风顺水地接受了命运给予她的好与坏。

经历了年轻时候搏命拍戏之后，遇到心心相印的王家卫，她不再像其他人那样急吼吼地接戏，她耐心地等，等再久都没关系，所以她一度是王家卫的御用女主角。她也愿意谈恋爱，遇到心动的男人，无论是设计师、发型师、建筑师还是地产商，她都会很认真地去谈情说爱。她 1998 年结婚到巴黎定居，几乎是放弃了一切，名声、人脉、资源，人人都替她担心，因为很有可能她无法在法国建立起新的事业，而香港又把她遗忘了，她怎么回答呢？她说："我只跟直觉走。"三年半的婚姻，最终以失败告终。那又怎样？她说这段婚姻让她"获得从未有过的体验，也找回了自我"，更何况他们两个人后来还合作了一部电影《清洁》，她戴上了戛纳影后的桂冠。

安全感是个很诡异的东西，你越是看重它，它越是小得可怜，怎么都抓不住。你若是不在乎它，它反而会在前方的某个角落等着你，始终陪伴着你——因为自己的内心已经生出了巨大的力量。这就是张曼玉之后的路，她很少拍电影，偶尔出现在时尚场合，她不担心失去，不害怕尝试，更不吝惜为自己花更多时间和精力去探求更多的乐趣。就比如，进入音乐界，成为一个摇滚歌手。

她当然是要投入更多的金钱和时间的，最让众人担心的是，若是唱片出来没人买怎么办呢？万一失败了怎么办呢？这在张曼玉这里却好像都不是问题。

2014 年 5 月 1 日，张曼玉首度以歌手身份亮相上海草莓音乐节。

尽管首秀引来不少差评和调侃，却并没有使她退却。在接下来的北京草莓音乐节上，她恳切地对歌迷说，唱歌是自己从小的梦想，"我演电影演了 20 次还被说成花瓶，唱歌也请给我 20 次机会"。

太多女人，过了 30 岁就惶惶不可终日了。而真正强大的女人，比如张曼玉，她并不是不要安全感，她自己就是安全感本身。她智慧，她坚强，她愿意尝试各种各样的可能性，她不怕付出与失败。这才是女神啊。

02

这个世界是不公平的

这个世界属于几点钟的太阳

文／李斐然

我有一次见到苹果公司联合创始人沃兹尼亚克，寒冬腊月，这位美国大叔愣是穿了一件短袖 T 恤来北京。他站在不断闪烁着最新科技产品的大屏幕前演讲，整个会场回荡着他铿锵有力的声音："年轻人敢于挑战，敢于创新，这世界属于年轻人！"

全场为他热烈鼓掌，我也忍不住加入其中，为了这个两鬓已然渐渐泛白的极客，大把年纪还跟年轻小伙一样穿 T 恤的勇气。在那次演讲中，"年轻必胜论"贯穿始终，可我对这位 64 岁的大叔只有一个疑问——这世界是属于年轻人的，那你呢？

不过他说得对，这个世界似乎真是属于年轻人的，特别是互联网世界。谷歌公司创立的时候两位创始人只有 25 岁，扎克伯格建脸谱网的时候刚满 20 岁，根据最近公布的调查结果，这些科技公司的员工平均年龄在 30 岁以下。

　　小时候大人们总爱说，这世界是属于你们的，你们是早上八九点钟的太阳。现如今一看，八九点钟的太阳都快把世界管起来了。互联网打破了获取知识的壁垒，孩子们才十几岁就靠网络搜索学会了造软件、造癌症试纸，甚至造核武器。少年发明家多到根本数不过来。

　　顶着早上八九点钟的光芒，年轻人开创了一个放射着耀眼光芒的IT世界。在这里的办公室，最流行的打扮是穿着连帽衫，脚踩网球鞋，公司的招聘启事上甚至直接标明对涉世不深者的青睐："我们需要那些将干出一番大事的人，而不是曾干过一番大事的人。"

　　在这里，对年轻的青睐似乎演化成了一种近似独断的偏见。就连早已不再是20岁小伙子的扎克伯格都在美国斯坦福大学演讲的时候宣判："年轻人就是更聪明。"

　　为什么IT世界喜欢年轻人呢？因为虽然他们没有积累过经验，但也因此没有积累过错误，他们家里没有老婆需要哄，没有孩子需要接送，没有还不尽的贷款限制他们的决定，尤其是可以连轴转地熬夜。他们是一张白纸，上面可以书写任何一种可能性。

对于早上八九点钟光芒的迷恋，反过来造成了下午五六点钟夕阳的忧心。鉴于我们每个人都只会变老，不会变年轻，那如果想在这个世界继续活下去，该怎么办呢？

我在最近一期的美国《新共和》杂志上找到了答案。这个记者跑去采访了硅谷的整形医生。那大夫说，如今来整形的有一大票超过 30 岁的程序员，他们整形的时候没有任何变美的要求，只有一个愿望——让我看上去像早上八九点钟的太阳。

所以你看，世界归属这种大是大非的问题，说到底还是个年龄问题。这不由得让我想起另一起关于年龄的陈年案例。作曲家贝多芬童年一直生活在年龄的阴影里，因为同为音乐神童，莫扎特从 3 岁起就开始学钢琴、小提琴和管风琴，6 岁就写出 3 首小步舞曲了，可贝多芬直到 11 岁时看上去都还是个乏善可陈的普通人。父亲没有一天停止过对他的苛责，生恐他年纪一旦增长就将失去音乐光环。

但事实上，年长后又怎么样呢？尽管贝多芬 12 岁才开始系统学习音乐，他依然成了了不起的作曲家。在那些传世至今的名曲署名一栏，可没人标注着"年龄限制"。

要让我说，这世界并不属于早上八九点钟的太阳，正确的说法应当是：这世界属于太阳，那个带来光和热的炽热火球，不管它是早上八九点的一缕朝阳，还是与晚霞齐飞的那抹夕阳，只要能供给大地无穷尽的能量，就是能主宰世界的那轮太阳。

047

只要幸福，
另类又如何

文／［韩］黄相旻

　　从小到大，妈妈都为另类的我而操心。小时候，我怎么都无法理解我到底另类在哪里。小学四年级时，我隐隐约约感觉到自己确实跟其他人有些不同。

　　上课的时间对我来说实在是太无聊了，我只好趴在桌子上睡觉。不是因为学习太累，而是觉得老师的讲解太啰唆了。

　　课间休息时，我在其他同学闭目养神的间隙看书，遇到无法理解的部分就直接背下来。当把整本书都背完了，考试就很容易了。结果，我的成绩比那些上课认真听讲的同学还要高，不过老师还是不喜欢我，只是投过来一种不解的眼神，似乎在说"哎，瞧这奇怪的小子"。

　　在初高中的课堂上，我大部分时间也是在睡觉中度过的。跟小学相比，需要背的东西要多得多，背诵课本的能力也跟着提高了。英语背，数学也背。通常都说"不要死记硬背，理解才是重要的"，可我发现，在反复念叨背诵的过程中，就会自然而然地悟出原理来。现在想来觉得有点笨，但是对于当时的我来说，却是最好的方法。

进入大学之后，我的这个方法遇到了问题。当时，我选了六门三个学分的课程。我抱着十多本参考书泡在图书馆，打算把这些书都背完。但是连一半都没背完，我就放弃了。最后以低得不能再低的成绩读完一年级，勉强避免了退学的危机。

二年级时选专业，当时读社会科学的大学生几乎都希望进入经济学科。我的父母也认为那是理所当然的，每次见到我，都重复着同样的话："该准备公务员考试了吧？"

我回答："是的。"但是我觉得自己不是做公务员的料，我应该选择其他出路，可是怎么办呢？

我很想知道，自己为什么被别人当作另类对待。对于这样的我来说，心理学是最适合不过了。我努力避开父母不满的视线，最终进入了心理学专业。

日复一日，我思维的力量越来越强大。我想超越单纯的背诵课文，去探索一下其他方法。大多数心理学书籍都来自国外，我想，必须出去留学才能学出点名堂来。可当我说出留学计划的时候，周围的朋友们都笑起来。

"你家有钱吗？""没有。""那你学习好吗？""不好，勉强避免了退学。""哈哈，那就别做梦了。留学不是像你这种人去的。"

可我不想放弃我的梦想。爸爸不是富翁跟我有什么关系呢？难道一年级的时候成绩不好，就能证明一辈子都学习不好吗？

要去留学，需要通过托福考试。我也没钱去上辅导班，便到处观察别人是怎么学习的。那些梦想留学的同学手里都拿着一本《Vocabulary22000》。我在书店里看到《Vocabulary22000》和《Vocabulary33000》，两本书价格竟然相同。于是我买了一本《Vocabulary33000》，用我熟悉的方式开始背了起来。我打算在毕业之前看十遍。在四年级最后一个学期，我通过考试取得了大企业赞助的奖学金。作为对朋友们嘲笑的反击，我最终得到了留学机会。可是，他们无视这些，又开始泼冷水。

"想留学，就应该读完硕士再去呀！""为什么？""本来就是那样的。只有那样，回来之后才能在大学站住脚。"

世界上哪有这样的道理？我泡在图书馆，翻了一遍外国大学入学者的名单。我发现只读完学士直接进入博士课程的人非常多。我给那些想去的大学的教授写了信，说我想跟他们一起从事研究。不久，从哈佛大学心理学专业来了回信。于是，我没有读完硕士就飞往了波士顿。

我并没有按照别人说的话去做，只做了我想做的事情，我没有理由被那些普遍的理念牵着鼻子走。就因为我没跟随那些理念，难道天塌下来了吗？上天，今日还是安然无恙。

050

要有边缘化自己的勇气

文／半杯暖

昨日，和一个新认识的朋友聊天。他说，他在单位是个极其边缘化的人。我问，那样会不会很孤独，甚至被漠视或排斥？他说，孤独是会有的，但是自己是心甘情愿被边缘化的，自己本来就不属于那里，能够被边缘化倒省了很多麻烦。

不知从什么时候起，我们每个人都喜欢热闹，害怕离群索居；喜欢从众，害怕特立独行。在人群中，你总能听得到这样的声音："大家都买了××，我不买就会显得不合群。""我想下班后回家，可是我却推不掉应酬，不去领导会不高兴，同事会不喜欢。"……这就是矛盾的我们。因为害怕被忽视，害怕被边缘化，于是我们委屈自己从了他人的喜好，把生活过得七零八落，却还假装很好。

这样的情形，大概我们每个人都曾遭遇过：一次你并不想去的聚餐，大家都去了，为了不扫兴，你也假装兴致勃勃地参与了；在应酬时，大家都说一些冠冕堂皇的话，而你不说，似乎就是不够变通，领导和同事都会边缘化你，可自己总也不愿学那些花言巧语。

在我小时候，班里有个美丽的女孩，每天却都穿着一样的衣服，于是同伴们便取笑她不洗澡，先是一个人取笑，后来是一伙人取笑，最后几乎全班都取笑她。而我都是沉默的。之所以选择沉默，是因为既不想被小伙伴边缘化，也不想随便伤害一个内心有难言之隐的小女孩。我从小就以为眼睛看到的和耳朵听到的都不一定真实，用心感受到的才是。我不会因为你的评判而随便改变了自己的初衷，也不会因为你一句话随便否定一件事一个人。我的善良是不允许别人随便践踏的，我的原则也是不允许别人随便捅破的。

有段日子，我像是受到了蛊惑，在现实面前时不时地摇摆。时常经受不住诱惑，买一堆自己不需要的物品，也时常因为不想得罪人勉强做些自己不喜欢的事，我讨厌极了这样的自己，可是我无能为力。那时我的灵魂像是一个黑洞，必须依靠外界的刺激，才得以充盈。

其实，比起外界的精彩，我更爱一个人饱满的灵魂。我们会时常因为他人的情绪而更改自己的计划，因为害怕被忽视于是便寻求一种集体的力量。可在寻求梦想做自己的路上，必须要有随时可能被边缘化的勇气。

不是每个人都能理解你的梦想，不是每个人都能在辉煌时与你同欢，落寞时与你共饮。人生这条路上，你对外界的需求越少，就越有可能活得自如和安详，也才能趋近有可能随心所欲的自己。

精准的
目的地

文／苇杭

　　咖啡店的小伙子很久不来送咖啡了。我们再叫咖啡，外送的换成了别人。本来不是一件让人留心的事情，偏巧某日我去店里，好奇地问了一句："那个小伙子怎么很久不来了？"店里的大姐告诉我，他回老家了，被媳妇叫回去的。我突然有些难过，那个瘦瘦的，总是带齐找零的周到男孩，大概再也见不到了。

　　他在北京可能只待了一年，也可能已经待了好几年。总之，在过去的一年里，常常是他来给我们送咖啡，有的时候等在大门外，有的时候进到办公楼。冬天的时候，在外面等就会比较惨。20多岁的小年轻，总是要跟别人不一样，满大街的人都裹在厚厚的羽绒服里，他们偏要挑战一下自己的耐寒度。我们下楼取咖啡要裹上厚厚的外套，他呢，穿着咖啡店那身工服拎着4杯咖啡，一副淡定的模样，完全没有等待的急躁。这个时候你如果问，冷不冷啊？他会笑着说，就一会儿。

其实你知道，从咖啡店过来要拐个弯，经过一个红绿灯，加上在楼下等我们，时间并不短。可是下次再见到他，还是老样子。

他工服口袋里的找零很奇特，常常让你很意外。无论你换了什么种类的咖啡，他总能瞬间从口袋里掏出准确的找零。注意，不是翻找。我猜他出门之前会有预设，你点的是什么，你可能付给他多少钱，他都想到了，然后，把自己的应对之策装进口袋。

我们已经习惯了他的存在，工作日，在他送来的咖啡香里开始工作。可是没有人关心他叫什么，也没有人关心他从哪里来。如果不是有一天我要去刨根问底，肯定没人知道他的下文。

健身馆的瑜伽教练来北京八年了。那个总喜欢晒锻炼、晒疯玩、晒狂吃的姑娘，生活中充满了喜乐。瑜伽静卧放松完毕，我们会坐下来聊一会儿。于是我知道，这个姑娘就算在北京已经站稳脚跟，终归是要回老家的。她甚至在过年的时候，在老家置办了一套房产，打算再工作几年就回去开一家瑜伽训练馆。

"这里不是我想待的地方。"她说。我很理解她的想法：趁着年轻在这个城市积攒资本，等到想要安定下来的时候，回到家乡那个城市落地生根。这比硬挤进大都市，再抱怨它的种种不是要明智得多。

我接触过不少这样的年轻人。他们在十七八岁甚至更小的年纪离开家乡出来看世界，被熏陶得跟大城市的年轻人没什么两样，也渐渐形成自己的世界观，确定自己想要干什么，最终的目的地在哪里，最后，一路走过去。

他们中的很多人积极乐观，不折腾不抱怨，也不在别人的坐标系里感慨青春。他们通常显得比同龄人成熟，你知道他们的年龄时会觉得很诧异，但是很快，你会从他们的坦诚中发现天真的本性。他们懂得享受生活，也不过分吝惜金钱。

　　这些年轻人选择的归宿多半是家乡。在他们回去的那一刻，身上的行李是过硬的技艺和满满的经验值。除此之外，跟家乡那些没出过远门的同龄人相比，他们还多了一些成熟的气质、超前的眼光、沉稳的底气，以及开阔的视野。我愿意去想象，在生活过的那个地方，他们如何像锥子一样精准而有力地开启自己的新生活。

056

做一个对自己
有要求的人

文／一直特立独行的猫

　　我有一个男同事，单身，处女座。平日里的他，从来都是西装革履，白衬衣永远都跟刚从商店里买的似的。虽然我们公司要求职业装上班，但像大哥这样的，还真是很少见。我们这个行业，是经常需要熬夜写方案，第二天一早就去提案的。

　　有一次，我们凌晨4点写完方案纷纷回家睡觉，早晨9点在客户公司集合的时候，一个个端着咖啡还睡眼惺忪强撑着的样子。大哥又是西装革履，雪白的衬衫，两只眼睛闪闪发光，还喷了一头不知道是发胶还是发蜡的东西，感觉跟刚做完造型似的，格外有范儿。我们纷纷哭丧着脸问他："大哥，你回家没睡觉吗？""没有啊，我回家熨烫了一下衬衣，然后洗澡刷牙刮胡子弄个发型，喝杯咖啡就来了。""大哥，你不困吗？你整这利落万一输了不也白瞎吗？""喊，我是一个对自己有要求的人，就算输了案子，也要输人不输势。"

今年身边有很多朋友都怀孕生孩子了，朋友圈里到处都充斥着产后妈妈抱怨体重不下降，身材不恢复的帖子："带孩子忙死了，哪有时间健身啊？""就这样吧，反正我给老公生了孩子，他也不能嫌弃我吧。""有没有不用健身不用辛苦的方法啊，你看我喂奶又不能节食。"但我想起了豆瓣网上很红的潇洒姐的故事。众所周知，潇洒姐在产后第36天启动瘦身减肥运动，用100天时间恢复了产前身材，在网上受到追捧。很多人追捧她瘦身的动作、她日常的饮食，以为这样就可以跟她一样漂亮一样瘦，但很多人忘了她高度的自律精神。同样作为一个产后妈妈，难道她产后不辛苦吗？难道她的孩子不是两小时就要喂一次奶吗？难道她家就有十个保姆围着能让她脱开身去健身房吗？虽然我不认识她，但我相信她和所有的妈妈一样，辛苦、忙碌，甚至有着对新生命的烦躁和焦虑。但她跟很多妈妈不一样的是，她想做，并且真的排除万难去做了。今天的她，作为一个两岁孩子的妈妈，已经身材曼妙妆容精致地出任《时尚 COSMO》杂志的新任总编，经常游走在世界各地的时尚尖端。有很多人羡慕她，说她运气好，说她一定嫁了个好老公，但不管你怎么说她，只要你学不到她对自己的严苛要求，就永远只能羡慕她。

年轻的时候，我总觉得生活就应该是随遇而安的，只要在大事上靠谱，小事不需要太计较。比如家里地面三天一扫还是五天一扫，看书是随便看看还是规定好一天 30 页，晚上回家是学习一小时还是先看看电视再说，衣服要不要熨烫，这都无所谓。可当自己慢慢成熟长大后发现，对生活小事马马虎虎的人，对大事也根本严肃不起来，比如重要的考试我依然会习惯性地迟到，项目汇报的时候穿着高级套装却不自在地发挥失常。日常生活中已经习惯了对自己的自由散漫放纵，内心便早已没有了自律这样的概念，等你想紧张起来的时候，却发现自己的一切，都好像刚醒来时的被窝，凌乱不堪什么都找不着。

生活中其实没什么大事，但每一件小事聚合起来，就塑造成了一个人的样子。想做成一件事，最怕的不是没运气，没钱，没伯乐，而是从开始就对自己没什么要求。一个人对自己没要求，就没有资格对这个世界有什么要求。

那位大哥去年结婚了，找了个一样对生活高要求的人，每天更是一尘不染地来上班，亮瞎周围人的眼睛。

其实生活并不需要每时每刻都有鸡血，但周围的每个比你我都好一点的人和事，都是我们需要认真思考的对象。生活里也并没有多少大事，但对每件小事有点要求，就塑造成了一个最好的样子。

059

照镜子，
练说话

文／（台湾）蔡康永

　　人类几乎每天都要照镜子好几次，却可能好几年都不会听一次自己讲话的声音和内容。这是一件大家都习以为常，但想来却不可思议的事。

　　很多人照镜子时，一丝翘起的头发、一根伸到鼻孔外的鼻毛都被视为是值得崩溃的大事。于是我们买保养品、化妆品，再去发廊好好整理头发。

　　然而，说话呢?

　　我们没有说话方面的保养品、化妆品，也没有说话方面的发廊、设计师。

　　在说话方面，大部分人根本不照镜子，不检查自己在说话方面有没有翘头发、露鼻毛，不仔细听自己说话的语调、声音和内容。

　　最妙的是，虽然我们仔细打扮整齐出门去，当下未必有观众;可是只要我们开口说话，当下却一定有听众。

未必有人看的外表，我们如此重视，而必定有人在听的说话，我们却不加修饰，很少检点。

前几年有两部得到奥斯卡奖的电影，都是在描述英国政坛大人物说话的故事。一部是《国王的演讲》，讲的是说话严重结巴的英国国王乔治六世如何克服口吃，对全国发表演讲；另一部是《铁娘子》，讲的是英国前首相撒切尔夫人为了增加自己的权威感，被要求受训把声音变低沉。

即使连英国国王和首相这样的人物，都要等到政治生涯最关键时刻，才迫不得已开始调整自己的腔调和音质。可以想见，一般人对说话这件事有多随心所欲了。

我从小学开始就被学校押着参加演讲比赛，只好长时间对着镜子演讲，检查自己的表情、手势；听自己演讲的录音和之前其他获胜选手的演讲。

进入中学以后，我又被学校指派参加辩论比赛，就又继续被押着研究说话方面的训练。

后来我做了节目主持人，不可避免地会常常看见自己讲话的样子，听见自己讲话的声音。我甚至有一个习惯，录完影后会回想刚刚哪一段讲得不妥、得罪了人，或者是否达到该有的效果。也许就是这些经历，让我有立场告诉你：说话可以练习，也许过程有点辛苦，但绝对不会比节食减肥或把脸削尖来得更辛苦，而且效果会一直持续。

请从说话方面的照镜子开始吧！现在手机录音很方便，把自己上台的报告录下来听听。或者让那些听过你讲话、跟你聊过天的熟人坦率地告诉你，他们平常听你说话会有什么样的感受。这会比你自己听录音更有用，毕竟话本来就是说给别人听的。

061

马云：我的三个坚持

文／马 云

各位老师，各位同学，大家好！首先恭喜大家，祝福大家。这是中国最了不起的大学之一，尽管在我心里面，中国最好的大学是杭州师范大学。

高考我并不算很成功，考了几年，数学第一年得 1 分，第二年考 19 分，第三年考了 89 分，但我从来没放弃过。我给大家一个提醒，一个建议。建议是如果你们毕业于清华大学，请大家用欣赏的眼光看看杭师大的同学，如果你毕业于杭师大，请用欣赏的眼光看看自己，因为这社会上永远充满变化，永远充满着各种奇迹。

我相信毕业以后，在座很多人会有各种各样的担心，担心我学经管的，毕业以后能当老板吗？能找到一个好老板吗？能够找到好公司吗？这很正常。这 30 年来，我天天在担心，担心公司能不能活下来、能不能长大，担心自己不够努力，没看清楚灾难，没把握好机遇。只不用担心一点——创业的过程会遇到眼泪、冤枉、委屈、倒霉等各种事件，一定会碰上，应该做好心理准备。

我们正在进入一个变革非常快速的时代。从我这个行业来讲，世界正从 IT（信息技术）走向 DT（数据技术）。这两个字的差异背后，是思想、文化、社会方方面面。今天绝大部分人还是站在 IT 的角度看待世界。什么是 IT？IT 是以我为主，方便我管理。什么是 DT？DT 是以别人为主，强化别人，支持别人。DT 思想是只有别人成功，我才会成功。这是一个巨大的思想转变，由这个思想转变会产生技术的转变。

所有变革的时代都是年轻人的时代，纠结、变革都是年轻人的机遇。在变革的时代，我想给大家分享一下我之前 30 年坚持的三样东西。

第一永远坚持理想主义。我永远相信"相信"，我相信未来，相信别人超过相信自己。其实在阿里巴巴，我数学不好，管理没学过，会计也不懂，连预算报表、财务报表，到今天为止，我也看不懂。我并没觉得这丢人，承认自己不懂并不丢人，不懂装懂才丢人。我到今天为止没到淘宝上购过一次物，我没用过支付宝，我不知道该怎么用。我觉得如果我用多了，就会捍卫自己的产品，我不用，就永远担忧自己。只有担忧，让我晚上睡不着觉，而只有我睡不着觉，公司才睡得着觉。

第二要有担当精神。支付宝今天存在巨大的争议，2004 年准备做支付宝时，我知道会碰到这样的麻烦，我也纠结过。后来在达沃斯会议上听很多政治家、企业家谈论，他们说你觉得对社会发展有利，你真相信，就勇敢地担当起来去做。会后，我打电话给公司：立刻、现在、马上去做，出问题我去解决。去年年初，在阿里金融内部的会议上，我跟所有同事讲，如果我们对中国金融改革有激活，有创新，基于这个，有人要付出代价，我来。

在社会缺乏理想主义、缺乏担当的时候，更需要理想主义，更需要担当。有人说每天淘宝几千万笔交易在进行，几千万人把自己的包裹交给不认识的快递员，辗转几千公里送给另外一个人，这在以前是不可想象的。这是今天年轻人在以技术的方法表达"信任"真正存在。

第三我希望大家坚持正能量，乐观地看待问题。我是犯过无数错误的人，阿里在前面 15 年内至少有 100 多次灭顶之灾。怎么走出来的？坚持乐观。我给自己的座右铭，也是给所有年轻人、同事的座右铭："今天很残酷，明天更残酷，后天很美好，但是绝大部分人死在明天晚上。"

在座的每一个人，都经历了无数的挑战，获得了今天的毕业证书，已经有很好的基础。但未必有基础的人都会赢。所以大家记住，今天你最好，未必明天最好；今天你最差，只要努力，总会有机会。

最后还有一个建议给大家：永远相信你的对手不在你身边，在你身边的都是你的榜样，哪怕这个人你特别讨厌。很多年前我说，我用望远镜都没有找到过对手。人家说你好骄傲。其实他们没有听我下一句：我用望远镜找的不是对手，找的是榜样。

谢谢大家！

064

不确定的时代，如何拼自己

文／王石

我当过兵，当过工人，当过工程师，当过机关干部，这样做到 32 岁。当时我在广东的外贸部门，在别人来看，这个职业非常好，但我已经看到我的人生最终会走到哪里。当时我的身份是副科长，一步一步地可以当科长、副处长、处长、副厅长。既然已经看到了这一生会怎么过，我当然不甘心。这是我后来到深圳创业的初衷。

我没有严格的人生计划要当一个企业家，甚至当年对做商人这件事也是非常讨厌的。

不要急于大学一毕业，就能马上找到一个如何发财和终生相伴的职业。当你不确定的时候，把你正在做的工作做好。可能待遇不遂你的心，可能所处的环境不遂你的意，但是要拥有一颗平静的心。所谓的自由选择，本身就是不自由的；不自由的过程中，仍然要把它做好，当作人生的经历和积累，而经历本身就是财富。

我的身体不是很强壮。通过尝试一个山头、一个山头的克服，我的体力越来越强壮，心理承受能力也比原来更强。1995 年，我突然感到我的左腿剧疼。医生非常清楚地说，我腰椎间有一个血管瘤，必须马上减少行动，最好是坐轮椅，否则可能随时瘫痪。我脑袋一蒙，怎么也没想到自己正是年富力强的时候，医生宣布我可能瘫痪。所以我想，无论如何，在瘫痪之前，我要去一趟西藏，去一趟珠穆朗玛峰。

2003 年我去了西藏。在登顶下撤途中，在 8800 米的位置上，天气非常不好，阴天、刮风、下雪，我特别想坐下来。但我受过的登山训练告诉我，我不能坐下来，要是坐下来，我就起不来了。那一刻，能不能活着回来都不清楚，但那时就有一个愿望：如果能活着回去，我绝不再返回喜马拉雅山，如果再返回来，我就是王八蛋！我诅咒自己。可安全回来之后，那个诅咒也忘了。

我到山脚下和医生谈的时候，医生说你遇到的是濒临死亡的感觉。登到 8000 米以上的山峰时，只有两种废弃物是没人理的，一种是空氧气瓶，再一个就是遇难者的尸体。你会看到遇难者的表情，没有痛苦，没有狰狞，没有死亡之前的挣扎，都很安详，好像进入天堂一样。当然了，即使进入天堂很美妙，你愿意进入吗？所以哪怕受折磨，受苦难，你还是愿意留在这个世界上。我们知道我们会死，但在死亡之前，你希望做你想做的事情。

我曾说，我一生要三次登顶珠峰，2003 年是第一次，2010 年是第二次，我想在我 70 岁的时候，再登一次顶。但当我到哈佛后，我意识到，哈佛是我的第三次珠峰。和前两次珠峰不同的是，这座山峰没有物理高度。在哈佛的第一个学期特别累，要记太多单词，失眠，想睡也睡不着，做作业到 2 点钟，8 点钟起来，我曾经几次想打退堂鼓。

人生当中一定要保持一种自我的不满足，保持一种好奇心，保持对未来的期许。胜利往往是再努力一下的坚持。我想我和很多人最大的不同，不在于我比他们聪明或更有运气，而是认准了目标能坚持下去。

除了"坚持"，"放下"也很重要。第一是放下金钱，第二是放下权力，第三是放下虚荣。

1988 年，万科进行股份化改造。当时我声明，我放弃分到我名下的股权。第一，这是我自信心的表示，不用控制这个公司，我仍然有能力管理好它。第二，在中国社会当中，尤其在 80 年代，突然很有钱，是很危险的。在名和利上，只能选一个，要想出名，就不要得利，你要想得利，不要出名。我的本事不大，只能选一头，我就选择了名。这是我想放弃财富。

1999 年，我 48 岁，辞去了总经理的职务，开始只当董事长，真正不管公司的事儿。这是我想放弃权力。

第三个放弃，是放弃虚荣。实际上这回去哈佛，很多人都很好奇，很多朋友一见面，一顿猛夸，"太……佩服你了"，就是"太"这个字拉好长时间。这样的表扬，无非就是说你王石要过语言关是不可能的。确实，一个中国的企业家，上市公司老总，年纪过了 60 多岁，开始学英文，你能不能拉下脸，能不能放下面子，是个问题。

巴顿将军说："评价一个人成功的标准，不是他站在顶峰的时候，而是他从顶峰跌到低谷时候的反弹力。"我的人生经历当中，2008 年对我是一个非常大的打击。一个拐点论，一个捐款门，弄得我狼狈不堪，祖宗八辈都被骂到了。但我要感谢网民对我的这种唾骂，让我归零，重新认识自己。我现在回忆，确实我当时比较嚣张，说话根本不在乎别人的感受。同时，这也让我了解了年轻人，不要说是善意的，就算是恶意的又怎么样呢？既然是公众人物，享受到公众人物带来的好处，就应该接受监督。

很多年轻人非常羡慕我们 80 年代的一代人，我现在想起来，80 年代的确是一个黄金时代。可能你们会感叹现在这个世界和时代，全球不确定，你们的未来不确定，没有机会了。但我想说的是，如果什么都确定了，你要想出人头地，有所作为，那是非常难的，正是因为这些不确定，才给了你们机会。

4 年前，在金沙江漂流，我发现，金沙江两边的悬崖峭壁上是一股

090

一股潺潺的流水。我突然醒悟到，这滔滔的江河就是一股一股无数的潺潺细流形成的。这一股股的流水，就是我们每一个人，如果我们每一股细小的力量，都做我们应该做的事，我们汇成的江河，就将汇成我们对未来的期望。

069

怎样做才
不算虚度

文／林特特

糊涂孩子是怎么长大的

短短数日，新人小海得罪了所有同事。

他爱接话茬，无论女同事谈购物，还是领导布置工作，他都要发言。明明还在试用期，他的博客抬头已加上公司及部门名。于是，食堂有什么菜，"靠！又加班！"等都像以公司的名义发布，观者无不如坐针毡。

小海还总把自己当孩子。

领导出差归来，带回一包特产，让大家随便吃。别人都意思意思，只有他吭哧吭哧。他吃得满地都是空包装袋，吃得同事小南忍无可忍提着笤帚走过来，小海咀嚼着，笑对小南，抬起了双脚。

"还是个孩子！"众人摇摇头。他们眼神一碰，心声一致——还把自己当孩子？

070

回到家，小南说起小海。南妈评价，就是一糊涂孩子！南爸问，有大宝糊涂吗？

大宝是小南的表弟，南妈的侄子。从小，宝爸宝妈就视他如命：请家教、上贵族学校、好吃好喝、浑身名牌、恋爱了还给恋爱费……花在大宝身上的钱，少说也有一百万。

自民办大专毕业，大宝被南妈介绍到本单位实习。上班三天，旷工一个月；南妈好说歹说，老板才同意大宝复工。但他对大宝坦言：若不是因为你姑姑，我不会再要你。

当晚，大宝给南妈短信——"我从未受过这样的侮辱"，第二天他又发，"姑姑，救救我！给我换份新工作！"南妈致电大宝父母，她想说，大宝上班三天，散了三包中华烟；他的手机铃声不停，流水线到他那儿总无法流下去；老板仁至义尽了……但宝妈一句话堵回来：大宝才23，一个孩子！

你知道糊涂孩子是怎么长大的吧？此后，一提起大宝，小南就会想到宝妈的糊涂话。

糊涂孩子总是慢慢长大的。糊涂孩子总是因为糊涂的教化。

第二天，小海在办公室乱晃，他晃到每个人的身后，看每个人的电脑，关注每个人干什么，无视每个人的不悦。

小南瞥了小海一眼——他是怎么长大的？受过什么教化？

怎样做才不算虚度

20年前，弓自师大毕业。

他不想当老师，交了数百元给学校，赎了身，也失了业。工作不好找，几经辗转，他来到某酒店。实习期，经理安排他当半年门童，此后，开门、关门、拿行李，成了他的日常工作。

客人们对弓并不友好，出身知识分子家庭的他第一次经历这种生活。冬天，弓裹紧大衣站在酒店门口。他频繁地拉车门，薄薄的白手套根本挡不住严寒。

大厅里，《献给爱丽丝》的温柔乐声传来，灯光明亮，富丽堂皇，与眼前的雪、身上的大衣形成鲜明对比。弓过去只知道不想做什么，"不听父母的"、"不当老师"，就像现在"不想当门童"，但"想做什么"？他被自己问住了。

终日无所建树，白白浪费时间，弓这样总结他的门童生涯。其实不做门童，他的前二十几年也大多如此，只是这一刻更为凸显。那以后呢？实习期满，在酒店，或在别的地方，"我想做什么？""怎样做才不算虚度？"

我认识弓时，他已功成名就。

他谈到第一份工作，酒店门童。他说，直至今天，听到《献给爱丽丝》，还会有感触，"就像站在酒店门口，有个声音在说，'你浪费的时间太多了'，'快去做事'"。

"可到处都是《献给爱丽丝》啊！"

他点点头，一度，久居国外的他刚回国，拨打朋友的手机，默认铃声是《献给爱丽丝》；发传真，传真铃声也是《献给爱丽丝》。"我简直'崩溃'，根本没法偷懒，时时刻刻被提醒——快去做事。"

我看着他。

我知道他的第一本书是在工作间隙挤出时间一点点完成的；我知道他身兼数职，是作家、工程师、策划人，还是某民间公益组织的发起者。人们谈论他的成就，谈论他多姿多彩的生活，令人咋舌的精力和运气。原来这一切，不过是无处不在，无形的鞭子《献给爱丽丝》使然。

这时，弓的手机响了，铃声是《献给爱丽丝》。

少顷，他结束通话，对我说，他要去做事了。我们就此告别，突然，我想起一个问题："你的手机铃声也是默认的？"他笑笑，他的回答如当头棒喝——"不是，我喜欢《献给爱丽丝》。"

073

文／戴典

致敬

去年冬天，马丁·路德·金日，我去新罕布什尔州探望巴瑞先生。傍晚，巴瑞先生和妻子带我在曼彻斯特小镇散步，周围安静得可以听见走路时一步一步踩在雪地里的摩擦声。那种静谧让我日后经常回想。

孟春时节，我在费城探望当年法学院闺密。我们一起在巴尼斯基金会博物馆被毕加索、马蒂斯等人的作品环绕，每一幅皆为绝世珍品。其藏品之精湛让我目不暇接，叹为观止，以至于忘记了时间。

初夏，我随公司团队去路易斯安那州，在新奥尔良市进行专业培训并体会充满欧洲情调的文化历史。住在最豪华的酒店，享受至尊服务的宠幸溺爱。我的经理自嘲地说："如果 2008 年我们在这里聚会，有可能会上《纽约时报》头条新闻。"话语中，我们穿越了那场惊心动魄的全球金融危机。

盛夏时节，爸爸妈妈来美国休假。我们漫步在布鲁克林大桥上看街头艺人创作，在麦迪逊花园为 NBA 篮球赛呐喊喝彩，在百老汇观赏经典剧目《狮子王》，在哈德逊河畔一览华尔街众生相，夕阳下随游轮驶过自由女神像、漫步史泰登岛追忆"9·11"，祈求世界和平。这个夏天，我们感受了普林斯顿、耶鲁大学的古朴幽静，在剑桥河边陪伴傍晚的天鹅，在罗得岛纽波特品尝风味独特的牛排。

初秋，我时隔两年后再次回到北京，回到祖国。跟爸爸看话剧，跟妈妈逛南锣鼓巷喝老酸奶，与亲朋好友烫火锅欢声笑语。去西安拜师访友，观兵马俑气势恢宏，抚古城墙斑驳沧桑，叹法门寺佛法神妙，望乾陵古道夕阳。

秋天快结束的时候，我第一次来到加拿大。在蒙特利尔市品尝法式甜点、鹅肝，和当地人聊天，在圣劳伦斯河上享受室外温泉。

12 月圣诞节前，我再次踏上欧洲大陆，开启又一轮对这片神奇土地的体验。在巴萨罗那一个小小的本地餐厅，我和西班牙朋友两人就着最正宗的伊比利亚黑猪火腿对饮了整整一瓶红酒；在毕加索的家乡参观庭院精致、藏品荟萃的毕加索博物馆；置身巴特略之家、桂尔公园和圣家堂对建筑艺术家高地先生的精湛设计拍案叫绝。

重访意大利，我们在维罗纳市体验莎士比亚笔下罗密欧与朱丽叶的生活。大雪纷飞，我们坐火车来到威尼托帕多瓦市观赏斯克罗威尼礼拜堂穹顶的满天繁星，仿佛听到 1000 年前耶稣在讲着故事。从威尼斯乘船来到亚得里亚海中部的布拉诺岛，对蕾丝艺术的发源史一探究竟，对岛上人家和那些色彩斑斓、可爱活泼的楼房依依不舍。早上我们用热腾腾的牛角面包沾着浓浓的咖啡拿铁做早餐，傍晚时分看到广场上的鸽子映着圣马可教堂的雄伟背景和优美的路灯悠然翻飞。威尼斯弯弯曲曲的河流上，有船夫摇着华丽的贡多拉船唱着歌剧缓缓驶过，歌声悠扬地飘荡在这个城市上空和人们的心里。圣诞节后的一天，我们走过一座座桥梁，来到威尼斯中部的圣保罗公园滑冰，我记不起上一次滑冰是什么时候在哪里，但这一晚在地中海中部与高中老友欢笑重逢在圣诞期间的威尼斯，令人难以忘怀。回纽约的前一夜，米兰洁白精致的大教堂前，我们与来自世界各地的人们在广场上、焰火映红的夜空下倒数新年，人们说着世界各地的语言却洋溢着共同的喜悦。

今年隆冬的一个周末，我飞过加勒比海去牙买加去度假。冬日的牙买加骄阳如夏，一望无际的海和湛蓝的天空，白色的沙滩有棕榈树的点缀，黝黑色皮肤的孩子跑来向我们展示刚从树上摘下的鲜椰子，我看见他大大的笑容和骄阳下雪白的牙齿……

今年的中国春节，我和爸爸妈妈相聚浩瀚的太平洋中部，在夏威夷岛度过了一段温暖难忘的家庭时光。我们牵手共赏奇花异卉、碧海蓝天、朝霞落日；穿热带雨林赞叹自然，登火山看熔浆绵延、硝烟四起，乘亚特兰蒂斯号潜艇与海龟鱼群共游海底，抚珍珠港沉船叹历史沧桑、游波里西尼亚文化村领略南太平洋诸岛风土人情。

然而，更多的时候我更愿意留在纽约，这座我越来越热爱的城市。参加总督岛上的复古草坪音乐节，私人会所的 20 世纪 80 年代化装舞会，现代艺术博物馆里的私人观展和答谢晚宴，欣赏春秋季纽约时装周的色彩、裁剪和创意，体会纽约层出不穷的饮食文化，迎着清晨的薄雾和徐徐升起的朝阳和友人驱车去大西洋冲浪，面对纽约纪录频道"我为什么爱上纽约"栏目记者的采访镜头会心微笑……

喜欢这座城市，哪怕只是简单的一天。周末早上嗅花市的缕缕花香，在家点上一尊香熏蜡烛，静静地读书写作。中午的时候走到街角的法式三明治店，与带有浓重法国口音的店主聊聊天气，聊聊他在法国的村庄，品尝口感与我在巴黎时尝到的如出一辙的法国点心。回家的路上，走过西村的小巷。街旁缤纷的郁金香亭亭玉立，下午的阳光穿过春天萌芽的树叶斑驳地洒在凹凸不平的石板路上，提醒着我光影的美丽和四季轮替带来的心动。

当我在纽约州最高法院宣誓成为一名美国纽约州律师时，Paula Diperna 女士送给我一本她的朋友——美国最高法院唯一一名女法官索尼娅·索托马约尔的自传《我热爱的世界》，并在贺卡中写道："她体现了法律的最高价值，我相信你也是。"

我从美国西北大学法学院毕业来到纽约工作至今，直接参与项目数十个，涉及金融、投资、并购、合规等多个领域和全球多个地区，与华尔街顶尖律所合作工作无数。我每个季度都在部门会议与行业活动中就法律专题发表演讲，参加志愿服务及公益法律服务超过 60 小时。去年 6 月，我担任纽约新律师协会副会长，设计并主持了一系列律师活动，从节日庆典到专业讨论。10 月，我主持参与的一个研究项目获得了"公司最具价值奖"。通过这个项目，我结识了更多同事，他们直到现在都是我的朋友。11 月，我出席了美国律师年度颁奖典礼，我所在的法务部获颁"2014 年度美国最佳法律部门"奖杯。接下来的那个星期，我又出席了美国 2014 年度公益律师颁奖典礼，我们的团队被授予全美唯一的"公益律师伙伴奖"。因为这个公益律师项目，我们收到前往黎巴嫩参加联合国相关会议的邀请。今年 4 月，世界最大的法律职业组织——美国律师协会邀请我担任该协会青年律师反垄断法委员会副会长。5 月，我很荣幸地获颁 2015 年度"总统法律公益服务奖"。

作为公司在泛纽约地区唯一的中国籍律师，受邀参加与亚洲、与中国相关的外事活动也渐渐成为我日常工作的一部分。我参与了中国保监会美国考察培训有关活动，与公司法务总监会晤美国律所亚洲业务负责人，与中国各类机构参访的高管、专家聚会，代表公司出席上海自由贸易区在纽约举办的推介酒会，与上海市市长团队及行业代表沟通交流……祖国的国际影响日益扩大令人欣慰，能够置身其中并致力于促进中美的商业合作让我深感荣耀。

今天是我来到纽约两周年纪念日。怀揣一颗充满感激的心，我举杯致敬，致敬这不平凡的岁月，致敬生活，致敬这美妙而多情的世界。

03

把寻常做到极致

080

曼德拉：
用宽恕埋葬
仇恨的世界

文／蒋骢骁

南非当地时间 2013 年 12 月 5 日 20 点 50 分，南非前总统纳尔逊·曼德拉因病逝世，享年 95 岁。此消息一传出，全世界为之哀恸。

从酋长的继承人，到追求自由的民主斗士，然后到受尽折磨的阶下囚，再到南非第一位黑人总统，曼德拉走过了一段坎坷又辉煌的生命历程。

如今，曼德拉已经远去，但他的声望不会随之褪色。他的名字已经成为其毕生所追求的自由、公平、和平共处的象征，他的伟大跨越了不同的国家、民族、信仰、制度和文化，是一位影响了全世界的"正义的巨人"。而他更用自己的一生告诉世人，暴力难以带来改变，宽恕可以促成和解。

酋长之子揭竿而起

仇恨，曾充斥曼德拉的心头。

　　因为在他出生的南非，他这样的黑人备受歧视。在种族隔离制度下，黑人面临种种非人待遇，他们经常被随便搜捕、殴打，甚至遭到枪杀；黑人不能踏足白人的商店、餐馆和娱乐场所；不能和白人同坐公共汽车，不能喝酒，不能经商；公园的长凳也被标上"白人专用"；肤色决定了一个南非人的居住地区、所受的教育、从事的工作以及与生老病死相关的种种待遇……

　　为求得自由，许多黑人在仇恨中选择了反抗，包括曼德拉。

　　这位1918年出生的酋长之子表示，"决不愿以酋长身份统治一个受压迫的部族"，而要"以一个战士的名义投身于民族解放事业"。

　　1938年，曼德拉进入黑尔堡学院，后又就读于威特沃特斯兰德大学，获法学学士学位。1952年至1956年他在约翰内斯堡当律师。随后，他走上了追求民族解放的道路。

　　1944年，26岁的曼德拉加入了南非非洲人国民大会（简称"非国大"），1952 年，他成功组织并领导了"蔑视不公正法令运动"，赢得了南非全体黑人的尊敬。为此，南非当局曾两次发出禁令，不准他参加公众集会。1961 年，他领导罢工运动，抗议和抵制白人种族主义者成立的"南非共和国"。

仇恨中的曼德拉，也曾选择诉诸暴力。他曾被任命为非国大领导的军事组织"民族之矛"的总司令。在当时的种族隔离制度下，曼德拉和非国大都认为，没有武装就很难结束压迫；因为没有武装，非国大曾遭受了惨重的损失，领导人相继被逮捕、监禁。

尽管非国大对大规模暴力采取了克制态度，但在南非当局看来，曼德拉仍是个危险分子。1962 年，曼德拉遭到逮捕，当局指控他煽动工人罢工和未经许可离境。当年 10 月，法庭判决他入狱 5 年。

曼德拉的厄运并没有就此结束。1963 年 10 月 9 日，曼德拉及其同伴遭受 4 项破坏和共谋暴力推翻政府的指控。检方要求判处曼德拉死刑。

这引起了国际关注，包括联合国在内的多个国际机构呼吁南非方面释放曼德拉。1964 年，曼德拉被判处终身监禁。

27 年牢狱折磨

曼德拉后来回忆，在入狱后的几周时间里，"我被完全单独关押起来，见不到其他犯人的面孔，听不见其他犯人的声音。我每天被关押 23 小时，上午和下午各有半小时的活动时间，真是度日如年。关押我的囚室没有自然光，一只灯泡在头顶上一天 24 小时地亮着，我常常把傍晚当成了夜半三更。我没有书看，没有书写用品，也没有人跟我说话。我宁愿挨一顿打也不愿意被单独关押了，哪怕是与囚室内的虫子在一起，我也感到高兴，我有时甚至想与一只蟑螂聊一聊"。

1964 年，曼德拉离开比勒陀利亚，被转移到罗本岛。那里夏季酷热，冬季严寒，囚犯们穿着短衣，在持枪看守的监督下采石，谁要是走出采石场半步，都将会被射杀。

狱室不足 4.5 平方米，以曼德拉的身高，只能勉强在牢房里躺下。作为 D 级重刑犯，曼德拉还不得不忍受异常苛刻的关押条件：家属 6 个月探视一次，每次 30 分钟；写信 6 个月一次，不准超过 500 字，所有信件都会遭受严密审查；一年吃两次水果；没有报纸，没有广播，戴着脚镣，陪伴他的只有采不完的石头。

在采石场作业时，看守不允许曼德拉佩戴太阳眼镜，导致他的眼睛遭受永久性创伤，这也是他日后不能面对照相机闪光灯的原因。

"要在监狱里存活下去，你必须要找到在日常生活中感到满足的办法。"曼德拉在自传中回忆，"例如洗衣服，使自己的衣服特别干净；打扫走廊，使走廊上没有一点灰尘。一个人在监狱外干大事会感到自豪，而在监狱内干小事同样会感到满足。"

20 世纪 80 年代，南非国内暴力局势升级，内战一触即发，经济发展也趋于停滞。时任英国首相撒切尔夫人一改先前态度，呼吁南非方面释放曼德拉。南非政府随后提出，可以释放曼德拉，条件是他"无条件地放弃把暴力作为政治武器"。

曼德拉拒绝了政府的提议，他表示："只有自由的人才能谈判，一个罪犯何谈达成协议。"

1988 年，曼德拉迎来 70 岁生日，引发了全球关注。英国广播公司还在伦敦温布利大球场为他举办了致敬音乐会。1989 年，德克勒克接任南非总统，决定无条件释放所有非国大在押人员，但是曼德拉除外。

1989 年 11 月，柏林墙被推倒，德克勒克召集内阁成员开会，商议是否合法化非国大并且释放曼德拉。尽管遭遇反对，但德克勒克当年 12 月还是与曼德拉会面，并"友好"对话。

1990 年 2 月，南非政府无条件释放曼德拉，合法化先前所有遭禁的政党。至此，曼德拉超过 27 年的牢狱生涯终于结束。

用宽恕化解仇恨

当你面对 20 多年的无故压迫，受尽非人的折磨，当你通过抗争最终掌握了权力，你会如何对待昔日的敌人？是用手中的权力报复，还是选择宽恕？曼德拉选择了后者。

1990 年 2 月 11 日，时年 72 岁的曼德拉走出监狱，他穿过等候的人群，前往开普敦市政厅并发表讲话。在这次历史性的讲话中，他承诺致力于国家和平以及种族和解，非国大的武装抗争将"只作为对抗种族隔离暴力的防御手段"。

他顶住来自黑人解放阵线内部的强大压力，坚持与政敌进行马拉松式的多党谈判，以实现南非的民主与和平；不是"把白人赶入大海"，而是呼吁黑人"将武器扔入大海"。

1994 年 4 月，非国大在南非首次不分种族的大选中获胜。同年 5 月，76 岁的曼德拉成为南非第一位黑人总统。

白人失去了政权，许多人处于恐惧中。在黑人占多数的国家，仇恨裹挟下的报复，往往会是满地血腥。但曼德拉的胸襟，让世界震撼。

在隆重的就职仪式上，曼德拉邀请了在罗本岛看守他的 3 名白人狱警出席典礼。其中一个叫格里高的狱警自曼德拉当选总统之后就生活在恐慌之中，因为他在罗本岛的时候曾用铁锹打过曼德拉，他是怀着惴惴不安的心情来到就职仪式上的。

曼德拉把 3 名狱警介绍给世界各国的政要，他说："今天有很多尊贵的客人，但是最令我感到高兴的是，有 3 位跟我在罗本岛共同度过艰苦岁月的狱警作为我的朋友也到场了。我年轻的时候脾气暴躁，是他们 3 个帮助我知道如何控制自己的感情。"曼德拉站起身，向这 3 人致敬。之后，掌声雷动。

仪式结束的时候，曼德拉又握着这 3 人的手说："当我离开囚禁我的牢房，走向通往自由之路时，我突然发现，如果我不把仇恨、痛苦抛在身后，我将会永远生活在监狱中。"

对曼德拉钦佩的不仅有黑人，还包括许多白人。1990 年 2 月，曼德拉从监狱释放，在乘车前往开普敦的路上，看到许多白人举家站在路旁，等候一睹他的车队，其中一些人甚至举起紧握的右拳向他致意，这情景令他吃惊，因为紧握右拳是非国大的敬礼方式。

斯人已去但精神长存

还有一个故事感动了很多南非人。当时，橄榄球在南非一直是白人的运动，也是种族隔离的一个象征。1995 年，南非羚羊队与新西兰全黑队在南非争夺橄榄球世界杯赛的冠军。曼德拉号召黑人为羚羊队加油，并且还将羚羊队的球衣穿到自己身上。

最终，羚羊队获得冠军，曼德拉为队员们颁奖。

黑人总统把左手放在白人队长的右肩上，然后握住他的右手说："非常感谢你为国家做出的贡献。"白人队长看着他的眼睛说："不，总统先生，应该感谢您为我们国家做出的一切。"

由于在消除南非种族隔离方面做出巨大贡献，曼德拉与前总统德克勒克分享了 1993 年诺贝尔和平奖。

曼德拉的人格和魅力，使他的政治生涯达到峰巅，他在南非的威望如日中天，在世界的声望也一路飙升。可是，他选择急流勇退。

1997 年 12 月，曼德拉辞去非国大主席一职，并表示不再参加 1999 年 6 月的总统竞选。1999 年 6 月，他正式去职。"我已演完了我的角色，现在只求默默无闻地生活。我想回到故乡的村落，在童年时嬉戏玩耍的山坡上漫步。"曼德拉说。

卸任后，作为一名普通公民，曼德拉大力兴办学校，同时为南非防治艾滋病投入了大量精力。

他积极活跃于国际舞台，成功化解了各种危机。英美和利比亚的洛克比事件，经他调解，解开了死结；布隆迪内战，在他的斡旋之下，最终成立了联合政府。此外，在中东、在苏丹、在东帝汶、在安哥拉、在斯威士兰……在几乎每一个发生冲突的地方，都留下了曼德拉匆匆来去的身影。

曼德拉的外交方式是极具个性的，他说："所有领导人，不论他们在某一问题上立场如何，都应该采取温和的态度，心平气和地坐到一起，以缓和局势，减少暴力。"这正如他当年面对种族隔离政府时采取的态度。

2009 年，第 64 届联合国大会通过决议，每年 7 月 18 日 (曼德拉的生日) 定为"纳尔逊·曼德拉国际日"，以表彰他为世界和平与自由做出的贡献。

人们钦佩曼德拉，因为他的勇敢斗争和奉献精神，更在于他用宽恕化解仇恨的勇气。他用宽恕避免了内战，成就了一个新南非的崛起。

087

文／徐方清 刘雪

草根总理莫迪

"印度赢了！""好日子再次来临！"2014 年 5 月 16 日纳伦德拉·莫迪在 Twitter 上宣布了自己大选获胜的消息。

有志气的"卖茶少年"

古吉拉特邦位于印度西部，莫迪 1950 年出生时，这里和印度的其他地方相比并无两样，经济落后，物质匮乏。莫迪的父亲当时是沃德讷格尔镇一个小商贩，除了经营杂货铺，还在镇上的火车站摆了一个茶摊。

儿时的莫迪很普通，学业一般。中学老师对他的评价是："在学习成绩上算不上出色，性格有点内向，但又偏爱辩论和戏剧表演。"他曾在学校的文艺晚会上自编自导自演了一出名为《不可接触的人》的话剧。话剧的主题是反对印度的种姓制度，节目幽默、深刻，给老师和同学留下了很深的印象。莫迪的想法和才华与他酷爱读书有关，他曾是镇上小型图书馆的常客。

"他的口才很好，总能说服别人。"小学同学哈里什·帕特尔对于莫迪的记忆，是他很有想法和主见，还很刚强。

中学毕业后，莫迪和哥哥在一处公交站旁经营起了一个小摊，卖的依然是茶。

但莫迪并不安于做一个"卖茶人"，年少的莫迪曾说早晚有一天，他会成为"大人物"。当莫迪说自己将来每天出门都要坐汽车时，老邻居萨马尔觉得这小孩有些异想天开。在 20 世纪 60 年代，即便是在印度的大城市，汽车也不多见。但他显然小看了这个有志气的小孩。

座右铭"印度第一位"

还在帮父亲卖茶时，少年莫迪就加入了国民志愿者联盟的少年机构。后来，莫迪正式成为国民志愿者联盟的一名宣传干事。这也是决定莫迪人生道路的关键一步。在这个崇尚"印度教至上"的保守组织里，莫迪结识到许多印度民族主义政治人物。莫迪承认，是这个组织塑造了现在的他。"我学到了为他人而活，而非只为自己。"

莫迪的座右铭是"印度第一位"，意思是所有决定的出发点都应该是印度和印度人民的利益，而不应为自身考虑。

一开始，莫迪只是为国民志愿者联盟的当地领导者干些打扫、洗涮的杂活，但很快，有主见而且口才出众的他就脱颖而出，成为一名得力的组织者。

1980 年，印度人民党在国民志愿者联盟的支持下成立，在基层积累了多年宣传和组织经验的莫迪，开始担任党内许多重要职务，并成为人民党多届大选的重要助力。在莫迪的策划与帮助下，印度人民党赢得 1995 年的全国大选，首次执政，并主导后续两次倒阁危机后的重选布局。

这期间，莫迪也开始其个人的政治版图规划：1998 年，他在古吉拉特邦选举中担任辅选的角色；2001 年，莫迪毛遂自荐参选古吉拉特邦首席部长的补选，并最终胜出。就此，莫迪开始了其成为政治明星的道路，并在 13 年后风靡全印度。

莫迪担任古吉拉特邦首席部长的 13 年里，GDP 增加了近两倍，增长率高达 11%。在他宣布竞选总理时，人口仅占印度人口总数 5% 的古吉拉特邦，其出口占到印度出口总额的 25%。与之相反，印度全国曾引以为傲的 GDP 增速下跌过半，从高峰期的两位数降到了 5%。创造出"一枝独秀的古吉拉特邦经济奇迹"的莫迪，自然成了印度民众的希望。

"印度广东"的底气

虽然来自保守政党，但也许和其年少时的卖茶经历有关，莫迪是一名重商主义者。他在发展古吉拉特邦经济上执行"广东政策"，即加强基础设施建设，为制造商提供便利条件，极大地刺激了外资企业与制造业的兴起，经济突飞猛进的古吉拉特邦也被称为"印度广东"。莫迪本人曾多次到访广东，并毫不掩饰地说过，古吉拉特邦就是要模仿广东。

一些分析人士认为"莫迪经济学"除了让经济发展回到市场主导的轨道，更本质的内容是，只要莫迪点了头，就意味着这事就成了。

2008 年，印度塔塔汽车在西孟加拉的征地陷入僵局，宣布终止建厂计划，并开始寻找新厂址。"听到那则消息的 5 分钟后，我给塔塔汽车的老板发出一条短信，上写'欢迎'！"莫迪在一次演讲中回忆说。有了莫迪的"欢迎"，塔塔汽车在古吉拉特邦的征地办证、建立培训中心等一系列事宜快速敲定。

在印度，低效、腐败和繁文缛节几乎是政府的代名词。但在莫迪的支持者眼中，"高效、果断、廉洁"这些和印度政客毫不沾边的词，放在莫迪身上却很贴切。

作为一个工作狂，莫迪每天只睡四五个钟头。除了瑜伽之外，没有任何的业余活动。每天早上起来，莫迪会花一个半小时上网浏览有关他的文章，而工作人员 5 点半就会开始接到他打来的电话了。一位莫迪身边的助手透露，"他滴酒不沾，是素食主义者，深夜 11 点过后才休息，凌晨 4 点就起床，几乎过着僧侣一般的生活"。

让执行力战胜推诿，以身作则的莫迪运用强硬政治手腕，在古吉拉特邦治理官僚主义、打击贪腐。在主政古吉拉特邦的十几年中，莫迪几乎从未卷入过任何腐败丑闻中。

莫迪的成功，还得益于他的演讲天赋。口才出众的莫迪有着与生俱来政坛明星的气质，其个人魅力甚至超越了人民党的号召力。"曾经的卖茶小贩莫迪，如今却拥有了前所未有的治理国家的权力。这听上去很神奇。但了解莫迪的人都知道，莫迪的神奇之处就在于，他总能把不可能变成可能。"支持者们对他不吝赞美之词。

李小文：
特立独行的
『布鞋院士』

文／贾鹏　罗婷　曹忆蕾

最近，身为北京师范大学遥感与地理信息系统研究中心主任的院士李小文颇有些苦恼。被强推到聚光灯下的不自在，源自他在中国科学院讲座时的一张照片走红网络。照片里，蓄着胡须的李小文黑衣黑裤，光脚穿布鞋，其山村老人形象与院士身份形成的强烈反差，让网友惊叹"一派仙风道骨"。"李小文"作为关键词，迅速排在了搜索引擎的第一位；他在科学网开设的博客，点击量迅速超过了 400 万次。

网友说，照片里的李小文像《天龙八部》里的扫地僧，低调、沉默，却有着惊人天分和盖世神功。而在照片"背后"，作为国内遥感领域泰斗级专家，67 岁的李小文在学术界早就是人尽皆知的"技术宅"和"优质叔"。

"扫地僧"的修为

北师大地理学与遥感科学学院教授谢云说，第一次见到李小文，她深感意外。当时，学院里一名老教师即将退休，为了让学院在遥感领域进一步发展，领导邀请了中科院遥感所的李小文，"那时他才53岁，已经有那么多成果，在我们眼里那就是偶像"。

一天，谢云下楼时，发现迎面上楼的男子穿着白衬衫黑裤子，手里拎着20世纪80年代流行的半圆形黑包，脚上是一双布鞋，"特别土，我还想这人来我们这儿有什么事，别人告诉我才知道，他就是大名鼎鼎的李小文"。谢云后来听同事讲，李小文第一次到学院报到，就因为这身装束，被门卫挡在了外面，以为他是来推销的农民。

在学生的印象里，每次见到李老师，脚上都是一双布鞋，甚至裤腿也会挽起来，和网上流传的照片几乎一模一样，都是大家见惯了的。

"扫地僧"更值得称道的是他在学术上的修炼和勤勉。

2005年，李小文在中科院遥感应用研究所做所长，白天在研究所上班，晚上回北师大做课题。地遥学院晚上11点关门，李小文经常忙到很晚，每次回来都要叫值班室帮忙开门。李小文去找系主任，当时有个口号是"要把北师大办成国际一流大学"，他问系主任："你在美国时，看哪个国际一流大学晚上11点钟就把门锁了？"后来院里开会，把钥匙分给李小文一把，再也不影响他忙到半夜了。

后来，李小文接连承担两个大的国家项目，忙到2011年，累得生病住进了医院。

谢云觉得李小文太不关心他自己。他的两个女儿在国外读书，妻子也在国外，独自在家，没有严格的作息规律，一天到晚吃点米粥、咸菜就行。在谢云印象里，李小文此前还住过一次院，医生诊断结果是营养不良，"这个年代了，院士还能营养不良。"

爱打赌的教书匠

李小文做的是遥感基础研究。在这一领域，他是全世界最顶尖的科学家之一。除了很多被广泛引用的研究论文，李小文的快乐来自学生。有人曾问李小文喜欢带什么样的学生，李小文的观点是"有教无类"："只要愿意跟我念书的，我都愿意带。"

学生胡荣海说，李小文在讲解遥感知识时，特别擅长比喻。遥感观测力学中有"尺度"效应，李小文这样解释：观测就和看美女一样，太远了什么都看不清，太近了看到她的毛孔又不美了，只有不远不近时，才是最美的。

他善于用古诗词解释复杂的遥感理论。谈到遥感的优势，李小文引用苏东坡《题西林壁》诗："横看成岭侧成峰，远近高低各不同。不识庐山真面目，只缘身在此山中。"讲到遥感的大气纠正，他引用"扬州八怪"之一的金冬心的诗："夕阳返照桃花渡，柳絮飞来片片红。"讲到自己的成名作"遥感几何光学模型"，他说其实就是韩愈《早春呈水部张十八员外》一诗中的"草色遥看近却无"，春草初生，远看绿色浓郁，但站到近处看，绿色就没有那么浓密了。

李小文喜欢和学生打赌。他从来不反对学生的意见，哪怕是特别幼稚的想法，他也会让学生试一试，而打赌更能坚定学生尝试的决心。

有一次，一名学生在实验观测中发现，太阳可以从东北方向升起、西北方向落下。李小文起初认为这有悖于常识，为了给学生一个发现真理的机会，他就和这个学生打赌。师生俩分头查阅资料，仔细论证。最终，学生赢了老师。

李小文曾在博客里提到"合格老师的标准",就是让学生做自己的掘墓人。他举了一个例子:"柯达发明了数码相机,反而成了自己(彩色胶卷)的掘墓人。这有什么不好呢?如果柯达吃了亏,那是自己转轨太慢。"

带酒壶的"令狐冲"

早年在美国留学,闲暇时,李小文最喜欢读金庸的小说,尤其喜欢《笑傲江湖》里的令狐冲。和令狐冲一样,李小文也喜欢喝酒。他有个酒壶,里面随时装着二锅头。"就算看见他在校园里喝也不觉得稀奇。"学生说。

王海辉和李小文相识多年,在他眼里,这位院士的性格里有侠客的影子。王海辉记得,自己刚去美国那一年,带去的钱快花完了,在网上和李小文说了说,李小文立刻让正在美国的妻子借点钱给他应急。

2009 年,地质学家嵇少丞在网上发帖,帮一名羌族妇女找工作,李小文看见后,帮她在成都一所学校的人事部门找到一个岗位,只是因为妇女不想离开北川,最后才没成行。

在遥感领域之外,李小文还会和学生讨论金钱观。他在课堂上曾说,钱的作用在本质上是"非线性和非单调性"的。对比较贫困的青年学生来说,很少一点钱,也许就能帮助他选择正确的人生道路,或是拯救一条生命,产生比较好的社会效益。

几年前,李小文拿出李嘉诚基金会奖励自己的钱,在母校成都电子科技大学设立了"李谦奖"助学金。李谦是李小文的长女,出生时家里条件差,营养不良,出麻疹并发了肺炎,不到两岁就去世了。对于这助学金,李小文解释:"自己有口酒喝,就感觉进了'非线性区',

没什么负担，就捐了。"

博主"黄老邪"

博客是李小文的一片自留地，在博客里他自称"黄老邪"；在北师大，他和所有学生都在一个 QQ 群里，群的名字叫"桃花岛"。

"黄老邪"的"邪"常表现为语出惊人。一名考上了中科院研究生的学生向李小文诉苦，自己就要去成都分院读书，担心这个专业毕业后不好找工作。李小文说，是山地所吗？好啊，九寨沟、四姑娘山，找出点办法来防治滑坡、泥石流，英雄救美。

在博客里，他对热点新闻发表的观点也常常让人意外。看到酒店招聘员工要求喝马桶水的新闻，李小文说，换作自己一定认真清洗马桶，舀一碗水喝下去，"但还要再舀一碗，让面试官也喝下去"；武汉"抱火哥"走红，他说"抱火哥"如果不得到应有的表彰，甚至合同期满被解聘，"那肯定是有人疯了"。

在学术江湖里，侠士也经常"以武会友"。博客里，他会时不时针对遥感领域的问题"和某某人掐一架"，或摆个擂台分胜负。

比起小说里黄老邪的"七分邪气，三分正气"，李小文邪气不重，是个有大爱的人。

汶川地震后第二天，李小文在自己的博客上"道歉"，说大家都关注汶川的灾情，"但到现在我们还出不了一幅图"。

看见温总理去灾区，飞机上工作的照片还是地图，而不是遥感出的现势图，李小文说："我们搞遥感的，真是恨不得打个地洞钻下去，就算地震殉国算了。"

李小文的一名博友说：李小文多少有些魏晋文人的风骨，而这种风骨，就是现在学术界缺少的真性情，是学者本分的回归和做学问应有的那种心态。

如今，李小文的博客更成了学生和同行答疑解惑的平台。隔三岔五，就有人在这里留下专业问题等待答复，他会挑出其中一部分解答。如果问题烦琐，他会主动要求对方留下邮箱地址，邮件里，他最爱用的落款是：小文。

097

不是恐龙控的
科学家算不上
好大厨

文／田朴珺

从他的家可以看到比尔·盖茨的家。盖茨家有一组柜子，按元素周期表组合而成，每个格子里放着对应元素的现成品，这个创意就是来自他家。

他的客厅里摆着一个20多米长的恐龙化石，他是私人收藏恐龙化石最多的人，他投拍了《侏罗纪公园》，和斯皮尔伯格导演是好朋友。

他叫纳森·梅尔沃德，微软前首席技术官，手里握有多项专利，被美国《商业周刊》喻为"当代发明教父"。他1959年出生，14岁上大学，在加州大学学数学和太空物理，23岁成了霍金的博士后。微软研究中心在他的主持下建立。

他还是位杰出的自然和野生动物摄影师，有48幅作品登上美国《国家地理》杂志，谁都知道这家杂志的苛刻。

他的前员工告诉我他很高傲，但我见到他时，觉得他对人挺亲切。

一头自然卷，戴眼镜，胡子拉碴，笑容可掬。他带我们参观他的实验室，一间低矮的大平房像一个仓库，这里以前是摩托车修理厂，很多设备看上去旧旧的，大多是"二手"的，甚至有些是别人淘汰后送给他的。

一台"大电视"得到了主人隆重的介绍。电视没有画面，只有红绿色小点一闪一闪。这是他的得意之作，"是专门为盖茨基金会设计的激光灭蚊器，为了在非洲预防疟疾发明的"。原理是通过蚊子振动翅膀的频率判断公母，在 100 米范围内发射激光，只打传播疾病的母蚊子，这套设备是由导弹专家做的。

我有点吃惊，跟他讲了一个中国俚语：高射炮打蚊子。他认真地反驳说：地球上每 27 秒就有一人死于疟疾，而这个发明一秒钟就能杀死成千上万的蚊子。

他让人把一群蚊子放在一个玻璃罩里，隔着好几十米启动设备，蚊子被一个个击落。

实验室的气氛很轻松，没有白大褂、大口罩，每个分区做不同的实验，员工可以带宠物上班。

我最喜欢的部分当属美食实验室。纳森是个地道的美食家，他曾专门在巴黎学了一年厨艺，还在西雅图当地著名餐厅当过主厨。他的《现代主义烹饪》是全世界第一套用物理学写的量子美食食谱。

他告诉我怎么做全世界最好吃的薯条："先把土豆切条，用水漂洗掉表面的淀粉后，放在安全材料的塑料包里密封，用 100 度的蒸汽将塑料包加热 15 分钟，然后利用超声波在水中形成空穴以冲击塑料包，每一面各 45 分钟后放进烤箱，100 度烤 5 分钟。再把热乎乎的薯条放在真空室的网格上控干水分，放入 170 度的油锅炸 3 分钟，捞出冷却，再用 190 度油炸至松脆，差不多 3 分钟，最后在纸上沥干油就可以吃了。历时 3 小时。"

他的菜谱都是食物在锅里的横截面照片，用以解释菜在锅里的变化。例如水在变成水蒸气后扩大了 1600 倍，一颗玉米绽放成爆米花的瞬间。那些照片让我忍不住说："天啊，难道不是电脑做的？"他认真告诉我："都是实拍。"他花 5000 多美元买了只锅，然后锯成两半，再用特殊材料胶体封住，把菜放进去烧。在他的高速摄像机镜头里，食物变化过程被轻易捕捉。

"你尝尝，告诉我这是什么做的？"他递给我一碗冰激凌，我小心品尝，确实很美味。可以用入口即化、齿颊留香形容，从鼻腔到脑门都是同样香味。

我猜是牛奶、鸡蛋，还有果仁做的。而事实上，是开心果仁从每秒上万次高速运动的离心机上分离打出来的，全世界只有他这儿能吃到。

紧挨着"美食实验室"有个 3D 打印机，他说下次会给我打印一个比萨吃！

我问纳森，发明、投资、恐龙收藏、摄影哪个对他更重要？"美食"，他的答案脱口而出。"那你怎么还做这么多事？"

他回答，他喜欢做更多有趣的事，从不同角度看世界，"这样活着，最有意义"。

100

科学家的
重口味

文／白雪

　　科学，这么"高大上"的事情，有时却意味着让普通人受不了的
"重口味"。

　　1908 年，美国医生克劳德·巴罗对血吸虫产生了兴趣。当时他在
中国农村传教，发现经手的病人有半数感染血吸虫。这让他非常好奇。
为找到感染原因，巴罗吞了些从感染者身上取出的虫。

　　是的，你没看错。就算是在黑暗里，或者即使想象一下这个实验，
都让人恶心。但巴罗只顾着期待吞了虫子之后，自己另一头会出来些
什么。

　　第一次没啥发现，他猜是肠道里的消化液破坏了实验。第二次，
他用小苏打中和了消化液，吞下虫子，再如平时一样吃了晚餐。试到
第三次，他发现自己排出了虫卵，大喜过望。如此再接再厉干了一年，
最后他服药排净了寄生虫。

　　这只是西方版"神农尝百草"故事的引子。14 年后，巴罗在埃及开罗工作，当时这个国家为血吸虫所困。埃及血吸虫病又被称为"大肚子病"，是当时全世界最为流行的疾病之一。这种寄生虫能在人体内存活数十年，有时也寄存在淡水螺体内。巴罗想知道，美国的螺会不会成为第二中间宿主。他试着带螺去埃及，但大多死在途中。为避免办理进口许可证，他决定用自己的身体来运输血吸虫——这可实在不是个好主意，血吸虫会引起痢疾、贫血以及恶性病，会要人命的。

　　巴罗没有被吓退。3 周多的时间里，他给自己喂了四次虫，然后就这么"带"着虫子，登上了回美国的飞机。起初，他不停流汗，头晕目眩，食欲严重下降。3 个月后，他的阴囊开始流血，在显微镜下能看到里面有血吸虫卵。再后来，他夜夜出汗不止，还开始便血。这是极为严苛的考验：他每天要排出 12000 颗虫卵，日夜尿血不止。最后，他不得不回到埃及的专科医院，靠注射锑来治疗。锑是一种危险的物质，严重损害了巴罗的心脏，幸好最终起效了。算起来，从巴罗故意感染上血吸虫起，他经历了漫长而悲惨的 18 个月。

像巴罗这样拿自己身体做实验的研究者还多着呢，你简直想象不到他们还能吞点别的什么东西。

19 世纪霍乱爆发，德国化学家马克思·佩腾科费尔认为此病源于脏水瘴气，罗伯特·科赫则将其归因于从得霍乱的活人和死人身上找到的一种小小的逗号状细菌——霍乱弧菌。

这两人互相看不上对方的理论。1893 年，佩腾科费尔去科赫的实验室索要了一份霍乱弧菌的样品，然后，这位 74 岁高龄、抱住自己理论不放的教授，高举一瓶菌液，向聚在四周的同事们宣布，自己是"为科学而献身"，将瓶中之物一饮而尽。

剧烈的胃痛和腹泻持续了一个礼拜，老先生没有死。他马上兴奋地写了封短信向科赫吹嘘。

还好，科学的领奖台上不乏这样的"傻子"。

1981 年，澳大利亚消化科临床医生巴里·马歇尔与罗宾·沃伦合作，推断幽门螺旋杆菌可能是胃炎和消化性溃疡的病因。为了验证这个假设，巴里开始实验：他把一支试管放进自己的喉咙，让它滑入胃中，蹭下几片胃黏膜来做检查，确认自己既无肠道感染亦无螺旋杆菌。过一段时间等胃壁愈合后，他便吞下了事先培养好的幽门螺旋杆菌。

当然，他也做了其他的一些预备工作：首先，他没有让医院伦理委员会知道，以免他们阻拦；其次，在仰脖子喝下细菌之前他一直瞒着老婆。这个医生当时才 30 岁，他和罗宾谁也不是肠胃病学家，他们的实验即使说出去也会被嘲笑：谁能相信在胃酸里还能有细菌存活并致病。

　　幸运的是，科学"大餐"起效了。根据巴里肠道组织的一系列活检报告，显示其出现了严重的炎症、胃炎，接着是溃疡。接着他们又证明了，除去幽门螺旋杆菌后，症状会消失或康复。

　　1984 年 4 月 5 日，这个成果发表在权威医学期刊《柳叶刀》上，立刻在学界引起了轰动。这一研究打破了当时已流行多年的观念，使得溃疡病从原先难以治愈反复发作的慢性病，变成了一种采用短疗程的抗生素和抑酸剂就可治愈的疾病，被誉为是消化病学研究领域里程碑式的革命。

　　2005 年 10 月，诺贝尔生理学或医学奖授予这两位科学家。

诗人们的「正职」

文／谭山山

20 世纪 80 年代以《中国，我的钥匙丢了》闻名的诗人梁小斌，前段时间再次被提起：他因脑梗死住院，却因为没有固定职业，也就没有社保和医保，无力承担医疗费用。"显赫诗名，难敌经济窘迫"，这是媒体打出的报道标题。

正如诗人、评论家刘春所说，"诗人从来不是一种职业，只是称谓而已"。现为出版人的前诗人叶匡政也表示，自己很早就说过，诗人如果没有其他职业的话，99% 得饿死。

诗人们都在从事什么职业，或者说，是赖以谋生的"副业"？仅以近现代西方诗人而论，可以列一个长长的单子：豪尔赫·路易斯·博尔赫斯（阿根廷），图书管理员；巴勃罗·聂鲁达（智利），外交官；威廉·巴特勒·叶芝（爱尔兰），魔术师；T.S. 艾略特（英国），银行职员；费尔南多·佩索阿（葡萄牙），助理会计师；华莱士·史蒂文斯（美国），保险经纪；威廉·卡洛斯·威廉斯（美国），儿科医生；

查尔斯·布考斯基（美国），邮递员……

费尔南多·佩索阿曾不无伤感地写道："当我事实上仅仅是一个会计助理的时候，我凭哪一点把自己叫作天才？诗人只有在死后才能诞生，因为只有在他死后，他的诗歌才会得到欣赏。"

佩索阿生前确实籍籍无名。从20多岁到47岁逝世，他任职于同一家小公司，一直没有换过工作，"很多时候，我在账本里持续记录着他人的账目，还有自己缺失了的人生"。他承认自己和他人的雷同，然而，"在这个雷同的后面，我偷偷地把星星散布于自己个人的天空，在那里创造我的无限"。他创造无限的方式就是写作，不断地写。他生前只出过一本诗集，1935年他去世时，人们发现了他那个著名的藏着两万七千份文件的大箱子，里面有他写下的一万多首诗。

但他却对那份"据此得到一份午间快餐般的刚刚够我生存的工资"的会计工作心存感激。毕竟，说得直白一点，首先要生存，而职业，正是对抗贫穷生活的一种妥协。

查尔斯·布考斯基也是大半生处于底层的，除了邮递员，他还干过如下工作：洗碗工，卡车司机，装卸工，门卫，加油站服务员，库房跟班，仓库管理员，船务文员，停车场服务员，红十字会勤务员，电梯操作员，狗饼干厂、屠宰场、蛋糕和曲奇饼工厂工作人员，纽约地铁海报张贴员，杂志编辑，专栏作家，等等。幸好，在被生活彻底打败之前，文学经纪人约翰·马丁发现了他，并专门为他成立了一家出版公司，每月给他支付100美元的生活补贴，而且是终身提供。在20世纪60年代的美国，100美元已经能应付生活有余。

布考斯基由此辞掉了邮局的工作，专心写作，用4周时间完成了第一部长篇小说《邮差》。约翰·马丁惊讶于他怎么能这么快写完一部小说，布考斯基回答说是因为"恐惧"。他应该是不敢想象打回原形会怎么样，所以才恐惧吧。

在《给一个青年诗人的十封信》中，奥地利诗人里尔克劝慰向他吐槽工作枯燥的青年，说一切职业都是那样。"亲爱的卡卜斯先生，凡是你现在做军官所必须经验的，你也许在任何一种现有的职业里都会感到……到处都是一样。"而在他的晚年，有年轻人问他当作家会怎么样，他忠告他们，一定要有一个"稳定职业"。

"无论什么人，只要你在活着的时候应付不了生活，就应该用一只手挡开点笼罩着你的命运的绝望……但同时，你可以用另一只手草草记下你在废墟中看到的一切，因为你和别人看到的不同，而且更多。总之，你在自己的有生之年就已经死了，但你却是真正的获救者。"这话是一生不幸的作家卡夫卡说的。

107

文／沫　沫

丝绸的光泽

　　最近，看了《乘着光影去旅行》，一部关于台湾摄影师的纪录片。李屏宾，一个藏在导演背后的人，我喜欢的几部电影《最好的时光》《海上花》《咖啡时光》《童年往事》《花样年华》、越南电影《垂直日光》摄影都是出自他之手。现在细细想来，电影的光线无一例外都很特别，非常讲究，连那部在我看来内容不怎么样，但光影特好的片子《一个陌生女人的来信》也是出自他之手。

　　我感动的不是他的名气，而是旁人评价他的几个细节。姜文曾跟他合作过《太阳照常升起》，姜说到一个细节，他们在沙漠拍一组镜头，结果，第二天就下起了雪。李屏宾看了看天，说，顺其自然，那就拍雪吧。沙漠下雪真是百年难遇，我们就遇上了，多好的机会。姜说，他松了一口气，他很怕听到这样的话："这样怎么拍啊，怎么能下雪啊。这不行。"结果，电影画面效果因为雪，非常曼妙，漫漫黄沙，到漫天大雪，再回到残阳如血，光线奇妙变化，非常有震撼力……姜说，他能让人很舒服，他是随遇而安的人，总能说："这样也不错。"非常擅长顺势而为，与天然合为一体，而不纠结于原计划，根据当下的情势再创造一个独一无二来。这样的人有大智慧。姜说这是一种人格魅力，能给人信心。

侯孝贤提到一个细节，拍《童年往事》时，本来是要拍阳光灿烂的台湾小街，但是突然刮起了台风，下起了大雨，这样恶劣的天气根本与当初设定的灿烂是南辕北辙。李屏宾说，那就拍这样的天气。那几个画面我看了，疯狂的台风，台北小街，木格拉门，门外的雨线，少年的侧影，简直是神来之笔，有一种沧海桑田的感觉，非常之好。

《海上花》拍摄时的一个场景，李屏宾说要拍出那个年代昏暗光线下丝绸微微泛出的光泽。这个丝绸的光泽让我心动了一下，敏感敏锐的人才会有这样的想法。《海上花》我很喜欢，用光特别讲究，暗而不哑的感觉，用侯孝贤的话说像是背后有一双眼睛在跟着镜头移动。他说李屏宾让导演更大胆，因为交给他的活儿他总会弄出一点什么来，非常有个人风格。这个让人更大胆也是一种信心和鼓励，像有一双手在温柔地推你，谁不喜欢这种感觉？李去接拍一个电影，不熟悉他的人总向他后面望，意思是他只身前来，带的人呢？李说，我自己就行。干脆利落，谁不喜欢这样的行事方式？就是做事，绝不拖泥带水，让活儿说话就可以了。连舒淇这么挑剔的人，说起李屏宾，也是赞不绝口。说有些摄影师喜欢安排演员，比如头偏一些，角度摆过来些，但李很少要求，总是让她自己把握，而他在捕捉最适合的光线和角度。我看过舒淇演的《最好的时光》，我很喜欢这部电影，有一部分就是默片，就是光线在说话。

　　《花样年华》里有个在吴哥窟拍的镜头，梁朝伟对着树洞说话，这样的镜头如果拍不好就不好看，李屏宾用了一个从两个背影去演绎的方法，高处一个披袈裟的僧侣的背影，再穿过石头雕像，下面梁朝伟对着树洞说话，错落俯拍的镜头，让人震撼。

　　任何一个职业都可以做到出神入化，看你投不投入，用不用心。木心先生曾说，真正好的评论家，就是评得连作者都没发现自己的好。

　　他总在观察光线，他说每个房间的光线不一样，气味也不一样，灯一开，房间就变成空房间，而失去了原来的东西。我太喜欢他关于光线的一些说词。他的关于顺其自然，用本真的光线这样的理念用到任何一个行业都很有道理。万变不离其宗。

草间弥生：『怪婆婆』的倔强人生

文／徐少杰

　　每天清晨，日本新宿的精神病疗养院，80多岁的草间弥生在助手搀扶下缓缓走出疗养院大门，到附近的工作室开始一天的工作；晚上，她又回到这家她已生活30余年的精神病疗养院。尽管已是世界知名的当代艺术家，草间弥生却极少外出，也很少会见到访客人。她甚至从不逛百货商店，也不会使用手机和电脑。她说："虽然我哪里都不去，但我的那些作品却被送到了世界各地，它们代表我和外界交流。"

日本"怪婆婆"

　　草间弥生，一个透着古典气息的名字，但任何看到她作品的人都会获得一种截然不同的感受：无穷无尽的圆点和条纹，艳丽的花朵重叠成海洋，混淆了真实空间的存在，只有阵阵眩晕和不知身在何处的迷惑感。

111

2010 年 6 月，英国《泰晤士报》评出 20 世纪最伟大的 200 名艺术家，草间弥生榜上有名。这个在日本被公认为最伟大艺术家的女性，大胆、前卫又不乏浪漫，她永远穿着自己设计的圆点服饰，佩戴着令人惊诧的粉红假发，化着夸张的浓妆。特立独行的装扮加上作品透露的诡异气质，她被贴上了另类的标签：日本"怪婆婆"。

草间弥生认为自己是一位"精神病艺术家"。她的作品，呈献给观赏者一种自传式、深入心里的内容。通过绘画、软雕塑、装置艺术和行动艺术多种表现手法，她对自己的内心进行表达。在创作初期，她的作品就显露出极具"草间弥生式"的个性特点。她运用高彩度对比的圆点花纹，大量包覆各种物体表面，如墙壁、地板、画布等。即使是她自己的装扮，也与其作品有着非常高的同质性。

在草间弥生的作品中，镜子、圆点花纹、生物触角和尖端是重复出现的母题。她将自己创作中对斑点的迷恋归结于幼年患有的神经视听障碍。因为这场疾病，草间弥生眼前看到的世界仿佛隔着一层斑点状的网。对她而言，她的创作与其说是和世界沟通的途径，不如说是对自己疾病的自我治疗。

决裂，只为艺术

草间弥生 10 岁时，她画了一幅铅笔画，画中一脸阴郁的女孩，正是她童年时期的真实写照。1929 年，草间弥生出生在日本长野一个富裕的家庭，家族从事种子经营生意，已有逾百年历史。从京都市立美术工艺学校毕业后，草间弥生对保守陈旧的日本画坛失望。她回到家乡，废寝忘食地画画。

草间弥生的母亲将家族生意管理得有声有色，却没有觉察自己的女儿已被精神疾病困扰。在母亲看来，草间弥生所谓的幻觉都是胡说八道，而从事艺术更不是一个富家千金应做的事，好强的母亲更希望女儿成为"收藏艺术品的人"。当看到画板前痴迷绘画的草间弥生，母亲甚至会生气地将她的画布毁掉，还经常把她关起来。强烈的恐惧感让本就饱受精神困扰的草间弥生几近崩溃。

然而现实让草间弥生迸发出更大的创作激情。她不但"发明"了那些张牙舞爪的类似花卉的植物，还把它们画得越来越庞大。花和植物成为草间弥生一个时期的创作主题。

转机出现在她 23 岁时。精神科医生西丸四方十分欣赏她的才能，不但购买了她的画，还把自己的朋友、凡·高艺术研究者泷口修造介绍给她。西丸和泷口成为草间弥生一生最可贵的支持者。

1955 年，26 岁的草间弥生在旧书店发现了美国女画家乔治亚·欧姬芙的作品。当时不懂英文的草间弥生在堂兄的帮助下，给欧姬芙写

113

了封信，寻求艺术上的帮助。"虽然我在远方，虽然我在艺术的道路上才刚刚起步，我还是恳请你为我指路……"深受感动的女画家回信给她，表示愿意在美国推荐她的作品。

1957 年，草间弥生拿到去美国的签证。离开前，母亲给了草间弥生 100 万日元，告诉她永不要踏入家门；而草间弥生在家附近的河堤上毁掉了自己创作的数千件作品，表达对母亲的愤怒。

艺术，就是一切

草间弥生创作时，经常会冒出"太精彩了！""真是天才！"等夸赞自己的话。她并不是盲目的个人崇拜者，只是自信地认为没有人的才华能超越自己。因为她已把所有的时间都用在了艺术上，也将自己最原始的意念都表达在作品中。艺术对于草间弥生不只是今生，还有来世："我的一生，我活着的每个日子，都与艺术相关。无论生与死，艺术对于我来说就是一切。"

初到美国开拓艺术之路的草间弥生，并不是一帆风顺，她孤独穷困且没有人理解，但这都无法改变她的坚持，更从来没有让这个倔强的女子产生回日本的想法。美国人眼中的日本女人，好像温室里的花朵弱不禁风，草间弥生打破了这种看法，对艺术的热爱令这个身材矮小的女人强悍而不惧一切。

在草间弥生的小说《中央公园的毛地黄》中，她通过描写一名日本女孩在纽约的遭遇，展现了自己早年在美国的经历：孤独潦倒，身无分文，夹着自己的画在画廊间穿梭；由于不懂英语，这个小个子、相貌不出众的东方女人卖掉一张作品都异常困难；在租住的公寓里，她半夜会被冻醒，一直画画到天亮；在街边的垃圾中拾鱼头和烂菜叶……

抵达美国纽约一年半后，草间弥生参加了纽约一家美术馆举办的年轻艺术家群展。从那时起，她的网状图案和圆点开始引起评论家的注意。1966 年，草间弥生用小圆灯泡和大面镜反射造成极强的视觉幻象，这幅名为《无限的爱》的空间装置作品令她一举成名。伴随关注而来的还有争议。就在同年，草间弥生作为首位日本女艺术家受邀参加了威尼斯双年展。由于她在作品中强调艺术像超市里的商品一样可以贩卖，引起不少争议。这也使草间弥生有了"前卫女王"的名声。

平日里，草间弥生内敛安静，东方女性的面孔在纽约艺术界非常新鲜；但在行为表演中，她疯狂而投入，彻底释放甚至裸露登场。她经常化着浓妆，披着长发，穿着怪异圆点服肆意表演。因为一些出格行为，她的一些老朋友疏远了她，远在日本的家人也终止了和她的联系。她甚至被批评为日本坏品位的代表人物。

美国艺术家约瑟夫·柯内尔的出现，给草间弥生的人生增添了浪漫色彩。柯内尔成为草间弥生最亲密的人生伴侣，两人一直相伴，直至 1972 年柯内尔去世。1973 年，情感上遭受重创的草间弥生回到东京，离开艺术家与评论家，逃出媒体视野，独自一人在精神病疗养院生活。

即使在疗养院，草间弥生也锐不可当。她发表了 12 部小说、一部诗集、一部自传。1993 年，她独自代表日本参加威尼斯双年展，在日本及国际上的艺术地位得以确立，之后将个展开到了纽约、伦敦、巴黎……重出江湖的草间弥生个性仍在，却没有了纽约时的叛逆，作品更易被人接受。

朱德庸：正确的人生太痛苦

文／吴久久

日本有一个传说，如果一个人能够喊出妖怪的名字，他便成为妖怪的主人，不用再怕它。

53 岁时，朱德庸终于喊出了自己生命里那个妖怪的名字："亚斯伯格综合征。"

这是一种泛自闭症障碍，会让患者社交困难，难以理解别人的情绪，对变化极度不安，经常重复特定的行为。

看到这个名字之后，朱德庸松了一口气，觉得自己人生中的许多谜题就此解开。在他的前半生中，这种病让他成为一个生活在玻璃球里的人，画画成为他所有积郁的出口。

"我终于知道，原来我不是智障啊。"他笑起来，轻松地靠在沙发上。

在发布会上时刻准备逃跑

朱德庸不喜欢被围观，不喜欢跟陌生人说话，他会抗拒、紧张。小时候他帮同学去邮局买邮票，他捏着钱，头脑一片空白，只想逃跑。他沉默地在邮局站了片刻，然后抓住同学，把身上所有的钱都塞到他手里，说："你不要叫我去问，你自己去。"

这件事他一直记忆深刻，在成年之后，依然不断提醒他，自己有多么惧怕外面的世界，并因此反复纠结："想到这个事情，你心里是很难受的，你会想到，天哪，你到底是什么样的人，你怎么会连问都没办法问？"

这种从陌生人面前逃走的冲动，随着他的成名而逐渐被勉强克制，但从未消失。他的新书《跟笨蛋一起谈恋爱》2014 年年初在内地出版，出版社邀请他做巡回宣传。现场气氛不错，笑声不断，可是朱德庸还是紧张得要命，手在不停地出汗，肌肉在衣服底下发抖。"如果不是还有一点点理智在，我可能把麦克风一丢就跑了。"他说。

这已经算好的，上次来内地作活动他记得很清楚，是 2011 年 6 月 26 日。临出发前一个星期，他已经情绪沮丧到整天整夜躺在床上，不吃不喝，"如果生命有一个钮，一按就可以结束，我觉得我会去按的"。太太跟儿子陪他不停说话，又让内地的代理打电话来劝说，才让他能够出门。

"为什么其他人能那么享受，为什么别人喜欢在公众场合结交很多的人，我都没办法？"在过去的 30 年里，他经常这样自问，"我常常觉得自己又病又笨，真是没办法。"

117

有 病

多年以来，他一直没能搞清楚自己究竟怎么了，为什么跟别人不一样。

比如他从小就不会按正确的笔画写字，比如他总是认错字，看餐馆的招牌，眼睛看到的是这个名字，记到脑子里就变成了另一个。然后他兴冲冲地去告诉别人，哪里哪里有一家很好的餐厅，别人永远也找不到。

即便后来他成为台湾最知名的漫画家，也从未摆脱这些烦恼和折磨，时常陷入沮丧和自我怀疑中。

这些困扰他的事情，一直到他30多岁才有了答案。医师说，他有亚斯伯格综合征。朱德庸说，这种病有一个"好玩"的地方，就是患者只会活在自己的世界里面，他跟别人交谈，他以为他讲得很清楚，但别人听起来可能完全不知所云；别人跟他讲话，他以为自己听懂的时候，其实又多半没有领会对方的意思。

巧的是，医师也是亚斯伯格综合征患者。朱太太陪他去做康复，听他们两人聊天，朱德庸说东，医师说西，朱德庸接过话开始说南，总之完全牛头不对马嘴，朱太太在一边听得快要疯掉，而他们两人交谈甚欢。

这种病至今还没有有效的治疗办法，但是朱德庸心里仿佛有一块石头落地，知道了命运究竟是怎么一回事。

简单的父爱

在那之后，朱德庸就想起来，为什么小时候面对父亲总是感觉疏离。

他的父亲是蒋经国的学生，是班上的第一名，很得蒋经国赏识。到台湾之后，蒋经国找他，问："你要做什么，你想做什么？"

朱德庸听妈妈讲，当时父亲一句话也说不出来。父亲最后只是一名普通的公务员，朱德庸小时候父亲也并不像别人家的家长那样，会跟他谈很多人生道理，也很少有鼓励或者斥责。

朱德庸的妈妈说起这些事，难免哀叹，朱德庸也曾有疑惑。

一直到后来，朱德庸成家立业，有一次回家陪老父亲，两个人隔着一张圆桌子对坐，寒暄之后都无话可说。

"我们两人就一直这样看着。他坐着的时候笑着，不说话；我也看着他，也没讲话，坐了两个小时。"朱德庸回忆说，"跟爸爸在一起的那些岁月里，他没有教导我任何事情，却能一直传达爱给我。我就是能感受到他传达给我的爱，用最简单的方式。"

朱德庸的父亲活到 94 岁，一生平安。朱德庸想，很难说父亲年轻时与飞黄腾达擦肩而过是不幸还是幸运，如果受到提拔，可能父亲早就累死。这也算是命运的补偿吧。

"人生真是很奇怪的事情。"他想了想说。

在玻璃球里旁观世界

对朱德庸来说，命运的补偿发生在别的地方。疾病将他封闭在自己的世界里，也让他得以抽身而出，成为世界的旁观者。

他成名时 26 岁，他画《双响炮》，讲中国人纠结的婚姻观。有一天去买豆浆油条，看到一个街头的年轻人的打扮非常诡异，觉得台湾迥异于传统的新一代已经出现了，于是画了《醋溜族》，讲的是台湾的新新人类。

到 20 世纪 90 年代中期，朱德庸开始画《涩女郎》，影射台湾新时代的女性，"万人迷""女强人""结婚狂""天真妹"，各自代表了都市女子不同的爱情观与人生观……

之后是《关于上班这件事》，他质疑商业社会的生活方式。接下来是《绝对小孩》……这些林林总总的观察和讽刺，后来登峰造极，就是《大家都有病》，他在里面极尽所能描画消费社会中人的病态。

《和笨蛋一起谈恋爱》是《大家都有病》的第二部。很多人把它当作一本谈论恋爱的漫画，但朱德庸摇头："爱情是一个影子。我真正想要画的是，这一群疯狂世界里的疯狂的人，在爱情之下全部暴露。"

他有理由这样冷峻旁观。他和太太是同一类人，不太懂怎么挣钱，也不会为此孜孜以求。有人介绍他们去买高尔夫球证，可以升值，他们俩一起忘掉，直到对方赶来告诉他们球证价格已经涨到 130 万，他们只好彼此摊一摊手。而在朱德庸最努力工作赚钱的时候，朱太太还以离婚相威胁，警告他不要变成"印钞机"。

朱德庸说："我年轻时候的梦想就是发财了之后买一个岛，我在上面做国王，培育我的禁卫军。然后那个梦就开始慢慢缩小，买一架飞机，可以自己飞。然后又缩小到买一艘船，坐在船上出海钓鱼喝香槟……最后就缩小到很平淡，待在家里，就很舒服了。"

被时代抛弃，也不过如此

旁观者难免被急速前进的世界不断抛在后面。朱德庸也时常感到世界在向荒谬狂奔，因此愤怒难平。

1999 年，他第一次来北京，在南锣鼓巷的胡同里闲逛，看到卖包子的店铺里揭开蒸笼，冒出滚滚的水汽，看到居民从家里拎出一块砧板，在门口蹲着剁肉。

"你也许说他们粗糙，但对我来说，那就是一种生活，活生生的生活。"

十多年后，他又到那条胡同，发现到处是咖啡店、茶馆、服装店，而空气中则充满了雾霾。

"我几乎每一次离开都抱着愤怒的心情。为什么会搞成这个样子？我并不是说不要进步，但是能不能不用这种方式？"他问。

在他看来，亚洲所有地方都让他产生共同的一种愤怒：就是拆掉一切去换取财富，脑袋里面只有钱。

他小时候在台北住的房子，7 年前所有居民被迫迁出，然后房屋卖给开发公司，之后一直废弃。每隔一阵，他都去看自己家的旧房子。他也会陪太太去看她在高雄的老家。太太带着他走到已经破烂的旧屋，跟他讲，小时候这边放床，那边放桌子……

他为自己这种眷恋打了一个比方："我有一把椅子，我可以跟我的孙子说，你的爷爷常坐这里，你看把手的漆都磨掉了。当孙子摸到那把椅子时，他就跟爷爷的前半生联系起来了。记忆应该是这个样子的。一个城市如果没有记忆，这个城市就没有生命，住在这个城市的人就势必会生病，因为他无所寄托。"

朱德庸以前看过的一部电影里面有句话让他很受感动。片子里的人说，当他碰到人生岔路的时候，他永远都知道该选哪一条，但他永远都选了另外一条，因为他知道正确的那条路对他来说太痛苦了。

　　"这句话很鼓舞我，很符合我的心境。"朱德庸说，"一生就是这么一回事。"

04

梦想像花儿一样绽放

陈道明：
倔强为人

文／丁尘馨　马海燕

2014 年 4 月 21 日，《归来》首场新闻发布会上，主持人满脸堆笑问主演陈道明一个问题："和如此优秀的对手（巩俐）飙戏，有没有觉得特别过瘾？"陈道明反问她："什么是飙戏？是比谁演得好吗？我们没有'飙戏'，就是合作。你要是问俩人合作得默契不默契，我们觉得很默契。"

现场有上百家媒体，记者们又问他一个问题："你和巩俐、张艺谋合作的感受如何？"他反问："这么有文化的人怎么会问这么蠢的问题？"

这些或许别人在心里说的话，他却不顾情面当众指出。他的直率，甚至带些刻薄的傲气，让很多记者害怕向他提问。他依然不会为"顾全大局"，去迎合一种虚伪的和气。

20 多年来，他一直如此，保持一种特立独行的清高，一本正经，得理不饶人。纷繁杂乱的中国娱乐圈里，他如一个另类的存在，清醒、不妥协，也不试图改变别人。

《围城》与转折

16 岁时，陈道明进了天津人艺当学员；1978 年，他 23 岁时，为了已经就读北京广播学院（现中国传媒大学）的女友杜宪，考入中央戏剧学院进修。

1984 年他出演电视剧《末代皇帝》，开始为人所知。那个末代的年轻溥仪，他琢磨了 4 年。

出演《围城》对于陈道明而言，是一个重要转折。他不仅因为入木三分的方鸿渐而家喻户晓，更因出演这部优秀的文人小说，而与钱锺书结识，并由此对演员和影视圈有了重新认识。

　　导演黄蜀芹看了他在《末代皇帝》的表演，印象很深，找他饰演方鸿渐。开始时，陈道明觉得没法演，小说既没故事，又没有明确的命运感；祖籍浙江在天津出生长大的他，不知道自己能不能演得像一个上海人。而导演回忆，她正是看上了陈道明身上的酸文人气质。

　　几经游说之后，陈道明答应了也演活了这个原只在小说里存在的人物。为了找出方鸿渐那句"李先生不得了，了不得"的神韵，他练出一口尖声尖气的"上海普通话"，这种口音在方鸿渐耍贫嘴的时候更为生动，酸腐的小知识分子气尽出。

　　《围城》播出之后，钱锺书特意给陈道明写了一封信，说陈让他看见了一个活的方鸿渐。陈道明一炮而红，迅速走红带来的浮躁和狂妄，陈道明说自己在那时都有过。

　　因为《围城》，陈道明与钱锺书结识。钱先生的恬淡让他想起了父亲。出身于医药世家、毕业于燕京大学、身为翻译的父亲不愿让他干这一行，那时演员被叫作戏子。但为了躲避上山下乡，一个书香门第的孩子阴差阳错走上演戏这条路。

　　之后，他开始反思自己的职业，发现这个躁动的圈子带给人不由自主的浮夸，"当你突然间被别人的赞扬声包围了，你还是你自己吗？"

　　"到底应该怎么存在才算是正常人？"他认为，唯一的方法就是不求人表扬你，至少也叫人家少批评你。他给自己定下了未来希望成为的样子：一个满腹经纶，却不炫耀的平凡人。

　　一旦甘愿放下名利的欲望，也就不需要去假装和说套话了。他给自己定下准则，在拍戏的时候用功、用心、用力，就行了。

只在戏里低头

冯小刚曾经比喻两个好友陈道明和葛优的不同。"葛优如遇违章被警察拦下，必是先摸着脑袋嘿嘿嘿地笑，然后做出一副'哥们儿认栽'的实诚表情。无不令警察叔叔心生怜悯，脸上虽然还是威严，心里却已经在说，我们爱你还爱不过来呢。而陈道明若是被警察拦下，可以想象，那表情一定是，'要杀要剐您看着办吧'。结果可想而知。"

一次在某电视剧的开机发布会上，其他演员都说完了褒奖戏的场面话，投资方几番劝说，坐在最偏位置的陈道明开口了："我没什么可说的，一切要等演完了再谈，现在说的都是假话。"他说之所以答应出演，是因为"剧本的质量说得过去"，而自己并不是收视率的保证。

对于喜欢的角色，他不这样。1994 年，冯小刚为电视剧《一地鸡毛》选角，这部改编自刘震云同名小说的作品，说的是曾经心高气傲的主人公小林，如何从刚到机关时的执拗，到慢慢被日复一日的琐碎磨平，最终适应了，然后游刃有余了。最后他还在这种错综复杂的人际关系中找到了乐趣，应付自如。

开始时，冯小刚担心，他认识的执拗的陈道明能演好在平淡中逐渐失去棱角的市井小人物吗？陈道明看出了这个怀疑。一天晚上他约导演去家里聊聊。桌上一瓶二锅头，没有菜。陈道明从不喝酒，更反感喝醉了互相称兄道弟的情景。

"我喜欢这个人物，一切不在话下。这次我听你的，你对小林这个人物有什么要求？"他主动表明。一瓶二锅头、一个角色、一部剧本，两个人，聊到天亮。这也是冯小刚唯一一次见到陈道明喝酒。

在《一地鸡毛》的拍摄中，冯小刚看到陈道明完全变成了另一个人。甚至在镜头外也是殷勤、周到、善解人意，任何事都有商有量，"完全找不到陈道明的影子了，就是一个小职员"。可戏一拍完，吃散伙饭当天，连过渡都没有，"唰"地他就离开了小林，那种不阴不阳的表情又回到了他的脸上。

这种主动，之后还有过，即使在他更头牌以后。也是对冯小刚，汶川地震后不久，得知冯小刚在筹备《唐山大地震》，陈道明对导演表白："你要是拍'地震'，我免费去演。"

32 年的游离和较劲

电视剧《中国式离婚》的导演沈严是陈道明的朋友，经常看到制片方拿着剧本去陈道明家，反复磨他。陈道明的标准很明确，"太多乱七八糟的东西我都不会接，剧本里有太多扬恶的东西我都不会干"。而如果看中角色，他自降片酬的情况时有发生。

他对表演较真的程度在圈中也是出了名。拍戏时，即使导演说"OK"，他也再给你来条别的表演方式的。同样的情节、位置，他会给出不同尺度分寸的表演，把几种状态都演出来，"最后导演来选择"。

因此，哪怕是《建国大业》中给人敬个礼，他也要在 50 秒的平台上做得与别人不一样。"凡是示人的东西，你尊重它，它才尊重你。有的人爱这个职业爱赚钱、爱出名，这都没错，但尊重这个职业比爱这个职业更重要。"

他说，每个演员都会带着一些表演习惯，自己也不例外，不小心那些习惯的动作语气就带进了角色里。在《归来》中，他给自己做了有一点极端的调整，"怎么舒服，我就偏不这么去做。因为觉得很舒服的时候，表演习惯就跑出来了"。他认为，为表演进行的思考和创作是作为演员最快乐的事。

张艺谋数次说到，《归来》中陈道明和巩俐的表演堪称"教科书"，这是感谢和赞赏的意思。可他并不领情，他认为表演因人而异，就没什么标杆可言。

从艺 32 年，陈道明一直是中国最贵的男演员之一，虽然都是被人高价请来的，可拍戏时，他从不迟到早退，甚至拍戏现场连椅子都不带，一直是拍多长时间站多长时间。"有人说我很难搞，因为我要求自己很多，所以我要求别人也很多。"

我着急的是人性的堕落

陈道明至今保持深居简出的生活，他不参加应酬，不问时事，喜欢待在家里，喜欢收拾家。手机形同虚设，十几年不开机，永远调在信息台，几天统一收一次。

近四五年，接受采访时，陈道明开始公开批评国内品质低劣的影视剧作品，包括圈内急功近利的风气。"这些剧能面世，是导演脑子完全进水了。"他更不理解的是，那些烂剧的故事本身就是假的，演员在那里装模作样、声泪俱下地演，越认真演却越加重了这种假。

他曾对媒体说："特别想念 20 世纪 60 年代的那种纯朴、70 年代的上进、80 年代的创新和无畏。到了 90 年代，商业消费时代来了，到现在愈演愈烈，把文化当成了商业。"

他开始在一些采访中表达自己的态度，"难道所有存在价值的最高标准就是钱？那社会的德行到哪里去了？这个问题可能不是我该问的了。我着急的就是人性、价值观的堕落。在某些地方，我们是在退步"。

"所以我说，我这一辈子，就是（在做）一个'人'。"他只给自己设定了为"人"的下线，"不管任何情况下，不能对人和社会有破坏性，这是做人的底线"。

李健熙：
孤独人生
成就『三星』传奇

文／张　青

在韩国，"李健熙"三个字，早已超越"三星集团会长"这个头衔，成为一个时代的化身。1993 年，他在三星实行的每天 7 点上班 4 点下班的工作制，改变了韩国的日常作息安排。2003 年，他率先推行的 5 天工作制，也成为韩国人的新习惯。

这不是李健熙的全部。研究机构盖特纳表示，2013 年第三季度，三星智能手机市场份额达到 32.1%，稳居世界冠军宝座。同时，创造三星神话的李健熙也以个人资产 117 亿美元位居全球百大富豪第 97 位，并连续数年蝉联韩国首富。

不过，聚光灯下的李健熙却很神秘。他位于韩国首尔市中心的宅邸为高墙环绕，他享受孤独，极少在公众场合露面。这位孤独老人是如何用孤独成就自己和三星的？

孤独人生

与一般白手起家艰苦创业的励志人生不同，1942年冬，李健熙出生在韩国大邱一个富有的家庭，父亲是一位颇为成功的企业家。

由于父母忙于工作，出生不久的李健熙就被送往亲戚家寄养，几年以后他才同家人重新生活在一起，因此李健熙比一般人更加渴望来自父母的关爱。他曾说："我一直以为带我的那位老妇人就是我的母亲，直到见到真正的家人。"

因为父亲生意的需要，李家经常搬家，不停地转学使李健熙根本没有时间和同学培养感情。同时，李健熙在同学们看来也高不可攀，这让他总是游离在同学的圈子之外。"要说那时我对李健熙的印象，就是他总是带些我们从未见过的飞机、有轨火车模型等玩具来学校，要知道那时对于大部分孩子来说能吃上一块糖都是一段特别的经历。所以与其说带玩具来玩，还不如说是在炫耀。他不怎么说话也不爱开玩笑，别的好像没有了。"李健熙的小学同学在回忆少年李健熙时如是说。

1953年，李健熙上小学五年级，父亲说"去见识下发达国家"，他即被送往日本的学校，踏上了异国的求学路。"那时开始，我习惯了一个人生活，我总是一个人想很多事情，想得很深。最敏感的时候，饥饿感、种族差异、愤怒、异地的孤独感、对父母的思念全部交织在一起。"后来回忆起日本留学时光，李健熙感慨地说。

慢慢地李健熙喜欢上了这种孤独，即便成为三星的会长以后，他还经常凌晨跑去打高尔夫球，90%的时间都是一个人。"我喜欢关上门一个人待着，常常一待就是48个小时，看书、看电视、听怀旧老歌，如此一来百分之七八十的解决方案都在脑海里涌现出来了。"李健熙说。

二次创业

在韩国的畅销书架上有这么一本书——《像李健熙那样思考，像郑梦九那样行动》（郑梦九，韩国现代集团会长），特殊的成长环境给予的孤独感造就了李健熙独立思考的能力，而三星在激烈的市场竞争中能"步步为赢"，也离不开他的独具慧眼和前瞻性。

三星集团由李健熙的父亲李秉创建，因父亲病故，李健熙于1987年接任会长。当时，三星最多是一家二流企业，主要是仿制日本电子产品。1992年，李健熙在美国洛杉矶考察时，看到韩国人眼里的"高级货"三星产品被放在卖场不起眼的角落，布满灰尘。这深深地触痛了他。

李健熙认为，三星已经站在生死存亡的交叉路口，"如果不能成为世界第一，企业将无法继续生存下去"。他决定做出改变。

产品质量和研发是制胜的关键。李健熙发起了严厉的质量控制工序：他将遭用户投诉的产品陈列在公司大堂；他下令用推土机碾过1.5万部劣质无线电话，并令有关负责人到场观看。

为鼓励三星转型生产高附加值产品，李健熙说："除了老婆和孩子，让我们换掉所有东西。"后来这成了三星著名的"新经营宣言"。

研发方面，李健熙大胆使用人才。他说："在这样一个竞争无止境的年代，输赢取决于一小部分有创意的天才……一个天才能够养活10万人。"在20世纪90年代，三星每年都将营业总额的6%—8%投入研发，到2006年，其研发费用高达40多亿美元。目前，三星的研发人员有5万多人，占员工总数的1/4，在全球拥有24个研发中心。李健熙本人也堪称电子技术方面的专家。

在李健熙大刀阔斧的改革下，三星电子的发展驶入了快车道，诸多强大的对手被甩开了。2009 年，三星电子以 1174 亿美元的年收入，超过惠普成为全球最大的科技公司。三星集团也逐渐壮大，旗下有多个分支产业和上市公司，涉及电子、金融、地产、航运等多个领域。在福布斯公布的 2012 年韩国富豪排行榜中，李健熙以个人净资产 108 亿美元夺得韩国首富桂冠。

内讧外扰

一路走来，李健熙和三星顶上了光环，不过这家亚洲传奇企业一直为纠缠不清的家族纷争所困扰。

李秉膝下共有 7 个子女，3 男 4 女。1987 年，45 岁的次子李健熙成为三星集团的接班人，长子李孟熙此后便不再参与对外活动，逐渐消失在人们的视野中。一切看似风平浪静，但或许从李秉打破惯例，将家族财产和企业传给次子而不是长子时起，李家子嗣争产的种子就已经埋下。

2011 年 6 月，韩国国税厅给李孟熙等继承人发去一份公文称，三星创始人李秉假借别人名义隐藏的财产，已转到三星电子会长李健熙的名下，问继承人是否放弃继承权将之赠予李健熙。

之后，李孟熙便将李健熙告上法庭，指控李健熙私吞遗产。而李健熙则态度强硬，"休想从我这里拿到一分钱"。2013 年 2 月 1 日，韩国首尔中央地方法院做出判决，驳回李孟熙家人要求分割财产的诉求。尽管李健熙赢了官司，但他同李孟熙的亲情也走到了尽头。

李健熙的麻烦还不止这些。2008 年，他曾被指控涉嫌逃税和背信，遭检察机关起诉，被迫辞去了集团会长一职。此后，法院认定李健熙所获指控成立，判处其 3 年监禁，缓刑 5 年，并处以上亿美元罚金。直至 2009 年年底，韩国政府出于赢取 2018 年冬季奥运会举办权的考虑，决定特赦身为国际奥委会委员的李健熙。次年 3 月，李健熙重返三星。

期间李健熙又经历了丧女之痛，接连的打击让年迈的李健熙心力交瘁。

内讧之外，还有外扰。在智能手机领域，三星与苹果一边进行着深度合作，一边较量不断。

两家企业除了市场上的你来我往，还在法庭上打起了官司。2011 年，三星和苹果相互指控专利侵权，之后三星和苹果相继在美国、欧盟等地提起诉讼。2012 年 8 月，美国法院裁决，三星电子被判侵犯苹果多项专利，并被要求赔偿苹果 10.5 亿美元。三星对此不服，并表示最多只可能赔偿 5200 万美元，为此案件将迎来重审。

70 多年的时间，几代人的努力，这家创立于 1938 年的韩国家族企业从贩卖鱼干、蔬菜和水果开始成长为世界级的高科技企业集团。这当然离不开李健熙那份"除了老婆和孩子，让我们换掉所有东西"的魄力，但如今面对内讧外扰，这位享受孤独的老人依然使命重大。

许家印：
用商人的逻辑
玩转足球

文／尹洁　晨曦

　　2013 年 11 月 9 日，广州恒大足球队如愿登顶亚洲之巅！这是职业联赛以来，中国足球首次问鼎亚洲冠军。

　　胜利到来的那一刻，广州天河体育场里的红色人浪快要把看台震塌了！十几年来，包括国足在内，从没有一支球队让中国球迷如此疯狂，恒大做到了。或许直到今天，依然有人对恒大的成功指指点点——恒大是靠不计回报的金钱投入换来的，根本改变不了中国足球的命运。然而，也有人认为，中国足球从未以如此正能量的形象出现在大家面前，恒大是中国足球的财富。

　　这一切的背后，源自一个中国人，和他往这家俱乐部里砸进的巨额钞票。

从"清高"的苦孩子到中国首富

　　1958 年，许家印出生在河南周口太康县的一个村庄。母亲在他

1岁时去世，奶奶和父亲把他带大，供他上学。当时的小学简陋至极，课桌是用黄土夯的长台子，没有凳子的许家印只能蹲着听课、写作业，直到高中。许家印的学习成绩一直很好，但据当年的同学回忆，他在村子里显得"清高"，喜欢一个人画画、摆弄电器。没有上过一天绘画课的他，甚至给奶奶画了一张素描。这让他在农村孩子中有些不太合群。

16岁时，许家印想找点活干，给家里赚点钱。他用轱辘车拉一些农工业原料，翻过山去卖。因为没经验，下山的时候一路狂奔，结果人仰马翻。

高中毕业后，许家印学会了开拖拉机，在村里当驾驶员。1977年，恢复高考，许家印第一年没考上。第二年许家印在拖拉机站找了一间破屋复习，啃了5个月的馒头和地瓜。寒冬腊月屋子里能结冰，他靠着一床破棉被挺了过来。到了夏天，许家印囤的窝头都长毛了，他用水洗一下继续吃。

1978 年，许家印考入武汉钢铁学院（现武汉科技大学），选择了就业艰难的冶金系，"当时我一个月有 10 多块钱的补助，这对一个来自贫穷乡村的孩子来说，足够支撑简朴的日常生活。我非常满足"。他脑子里转的念头是"至少能当个炼钢工人，不会再回农村了"。

1982 年，许家印大学毕业，被分配到河南舞阳钢铁厂。作为当时凤毛麟角的人才，许家印被安排做车间主任的帮手。两个月后，他就根据自己在实践中发现的问题，拿出了一套"生产管理 300 条"的制度。

这套考核办法让许家印在厂里出了名，第二年他升为车间主任。厂领导在对他的评语里这样写："专业强，人朴实，能吃苦，很聪明，善于搞人际关系，管理上有一套。"这些特长和他在舞钢创建的管理制度，后来都被他带进了恒大。

在舞阳待了 10 年后，许家印"下海"到了深圳。先是夫妻两地分居，之后带着全家三代与人合租。艰苦打拼了 3 年后，他第一次接触到房地产。他开发广州市场一个项目为老板赚了两亿多，而他当时的月工资才 3000 多元。

1997 年，许家印另立山头，创立了恒大集团。

2008 年，恒大拥有的地皮数量在全国已经数一数二。许家印加快了扩张步伐，开始着手从国际资本市场筹集资金。2008 年初，恒大首次启动赴港上市计划。没想到在拿到一半订单的时候，金融危机爆发，上市计划无奈搁浅，恒大地产出现巨大资金缺口。与此同时，外界对许家印本人的抨击声不断，昔日的"雄心壮志"转眼间成了"野心膨胀""国际豪赌"。"恒大要完了"的说法不绝于耳。

许家印似乎充耳不闻。在几个月的时间里,他东奔西跑,寻找人脉资源。据媒体披露,许家印在香港住了 3 个月,每周都会与周大福主席郑裕彤吃饭、打牌,80 多岁的郑裕彤与刚满 50 岁的许家印很快成了忘年交。

一年后,已渡过难关的许家印再次赴港上市,为他打底的正是郑裕彤等投资家和机构贡献的 6 亿美元资本。同年 11 月,恒大成功上市,以 705 亿港元的市值成为当时中国最大的民营房地产公司,许家印也登上了中国首富的宝座。

树立职业化标杆

2010 年 3 月,恒大集团用一亿元收购了因涉嫌踢假球而被罚入中甲的广州医药队,更名为恒大。当时,许家印放出豪言壮语:3 到 5 年内问鼎亚冠。传到公众耳朵里,这是类似于股市抄底一样的赌博。

许家印不是球迷,但他一开始介入足球就相信,同经营公司一样,一个高效运转的团队才是一家职业足球俱乐部的核心,一切只要给它贴上“足球”的标签,请全世界最懂足球的那些人来帮助自己建设团队。

业内公认,恒大集团是中央集权的管理模式,在半小时之内,许家印的任何指令都能够传达给基层员工。在许家印起草的《恒大学习资料》里,有几万条规章制度,细到吃饭睡觉。恩威并施的许老板喜欢提“狼性”这个词,不计代价猛烈拼杀的狠劲让他赢得了现实利益,也给他带来了无数的非议。

这种企业文化和管理机制被完全移植到了足球俱乐部。从入主足球开始,许家印便以市场化手段将俱乐部按照企业管理模式来运营，以欧美成熟俱乐部的职业体制为标杆，并且运营、管理权责清晰。用许家印的话说："中国足球有什么成功经验？有经验为什么搞成这样？"2013年7月的巴里奥斯合同纠纷案，面对巴里奥斯抛出的"欠薪"、"逃税"等重磅炸弹，恒大以完胜告终。这其中，俱乐部的制度建设起到了关键作用。据了解，恒大俱乐部的球员工作合同版本每3个月就更新一次，如软件升级一般，将3个月内国际足球市场上出现的可能发生合同纠纷的漏洞修补。

这并非偶然。恒大甚至拥有自己的"履约中心"，每一份合约都会放置在行业内最顶尖律师的"显微镜"下审查。或许，正是如此规范而专业的运营模式，恒大俱乐部最终才能俘获世界名帅里皮的"芳心"。

曾有日本记者向里皮发问："作为世界超级名帅，你为什么愿意选择一家中国俱乐部来执教？"言外之意，里皮来中国就是为了赚钱。后来，里皮私下向意大利媒体朋友表示："当所有人都以为我来中国是为了赚钱时，我要告诉他们是错的。"在如今的恒大俱乐部中，里皮更喜欢"Manager(经理)"这个称呼，他不仅负责球队日常的训练比赛，还负责整个比赛团队的架构设计和建设。里皮如同恒大的"大脑"，以高超的执教能力和人格魅力，平衡着球队内部各方面的利益。"里皮最令人信服的地方就是，他做事能一碗水端平，让所有人服气。"

不用讳言，许家印懂得怎么花钱。2010年3月，刚刚易主的恒大队开始招兵买马，买外援与挖国脚双管齐下，接连开出的几个天价让中国足坛震惊：600万人民币签郜林、350万美元买穆里奇、1000万美元招来孔卡，聘请教练里皮，更是传出了年薪排名世界第三。不只如此，2011年许家印还给球队开出了赢一场中超奖励500万元的巨额诱惑。重赏之下，何愁没有勇夫？

到底是谁成就了谁

不容置疑：恒大亚冠称王给低迷十几年的中国足球打了一剂强心针。而且，里皮的先进执教理念和外援的专业技巧及敬业精神，都能让中国足球获益良多。对于在泥潭中挣扎的中国足球而言，恒大模式或许不是最优方案，但绝对是值得称赞的。

但，投资足球是否只是许家印的一个营销手段？3 年多来超过 20 亿元的投入，恒大足球把许家印和恒大集团送上了名誉的顶峰。连他自己都说："我们每场比赛给广东体育台 4 万元的转播费，换来的是 90 分钟品牌曝光……要知道，央视的广告每秒 15 万元，而我只用了很少的钱就换回了这么多的回报，你说这个投资值不值得？"不懂足球的许家印，是否"醉翁之意不在球"？

"外界在某种程度上把他理解偏了。"支持者说，"不错，目前为止，恒大在品牌上的收获最大，但这是结果。做事的初衷和实际得到的东西是两个概念。他搞足球的初衷很简单，中国足球很差，他从商人的角度权衡了一下，觉得可以投资，于是就做了，然后把品牌价值也开发了，就这么简单。"

或许真的这么简单，或许不是，但这并不重要。以中国足球和中国企业的发展现状，这种相互成就的模式，不是太多，而是太少。

每个人都有自己的红地毯

罗振宇：
在下水扑腾中
进化出脚蹼

辑／格 桑

罗振宇在多个场合讲过他的排队故事：有一次他在一个小城市坐飞机。当时机场一共六个安检口，但那天就开了一个，所以队伍排得很长。后来，突然又加开了一个。这时候你会发现，不是所有人，而是排队尾的人会毫不犹豫冲过去，最悲催的是中间的那一拨人，在犹豫和权衡中在两头排成了队尾。

他就是那个会毫不犹豫冲过去的人。他曾经的身份是：央视《对话》《经济与法》等栏目的制片人。职位不低，薪水不少，但是他觉得，自己在那个平台已经得不到更大的机会，排在队尾了。

罗振宇选择从央视出走。现在，他每天清早通过自己的微信公众号"罗辑思维"推送一条 60 秒的语音，粉丝听众超过 200 万。每周五在优酷上发布一段视频脱口秀，期平均点击量超过 100 万。在"自媒体"这个新潮流中，罗振宇毫无疑问地站在了排头。

"爱，就供养"

自媒体靠什么和大媒体火拼？赢得黏性受众。

"内容不重要，渠道不重要，重要的是人格，重要的是谁说的。比如说杨幂，她发一个问号就有几万人关心她今天怎么了。"罗振宇很肯定地说。

而罗振宇在"罗辑思维"里要做到的便是"有种、有趣、有料"，形成自己特有的"魅力人格"。

每天早晨 6 点 20 左右，他会通过微信公众号推送一段 60 秒的语音，"因为语音所包含的人格的要素比文字要好得多"。怎么做到每天1 秒不差？"多说几遍，一直说到 60 秒为止。"这种死磕看似没有必要，但一个认真又带点吹毛求疵的人格形象，无形中为他赢得尊重。

这 60 秒可能是一段读后感，也可能是一个小段子，带点调侃又有点思考。有粉丝这样评论："从一般人不注意的蛛丝马迹中找出想要的东西，在此基础上以独特角度进行深度思考，一路趣味盎然甚至不乏悬念地讲下来"，"真的很牛，睿智且挺爷们"。

受众有了，怎么赚钱？罗振宇很干脆地说："我从来都没有担心过'罗辑思维'未来的盈利问题。"

2013 年 8 月 9 日 9 点，"罗辑思维"发起了一个"史上最无理"会员招募活动，募集 5000 名普通会员和 500 名铁杆会员，会费分别是 200 元和 1200 元，而会员的权益则是专属会员号、神秘礼物、好书电影分享、专属座位这些一般人看了会觉得完全是骗钱的没用玩意儿，罗振宇却把招募方案写得荡气回肠："爱，就供养。不爱，就观望。罗胖相信爱的愿力。"

出人意料的是，5500 个会员名额在 6 个小时宣告售罄，意即 160 万元已经通过支付宝、银行等途径到了罗振宇的账上。这件让小伙伴们都惊呆了的事情发生后，立马在媒体和众人之间炸开了锅。几个月后第二批会员招募增加了名额，24 小时内入账 800 万。

今年 6 月，"罗辑思维"又在微信里做了一场互联网的出版实验。早上 6 点半，他在微信公众号叫卖，现有一个图书礼包，内置 6 本书，具体内容没有交代。价格是 499 元。一点不便宜，预订 8000 套。结果，90 分钟内全部卖完。

系列实验的成功印证着罗振宇一直以来的一个判断：未来的商业的本质是基于人格层面的爱和信任，跟功能和价格没有关系。

罗振宇如此行事依据的是美国未来学家凯文·凯利的"一千个铁杆粉丝"理论，"任何创作艺术作品的人，只需拥有一千个铁杆粉丝便能糊口"。

"罗辑思维"团队也正致力于打造一个有灵魂的社群,他的目标是十万人,"十万人就意味着,我不管你用什么方式,是看我的广告还是捐赠,一年给我贡献两百块钱我就有两千万,然后我一个三五人的团队可以很体面地在这个世界上获得一个社会地位,然后干自己喜欢的事"。是不是狂想,我们拭目以待。

"U 盘化生存"

罗振宇喜欢把自己比作一个"U 盘",进行"U 盘化生存",其内涵是:"自带信息,不装系统,随时插拔,自由协作。"罗振宇表示,就业是加入组织,创业是自建组织,而他主张不要任何组织,以个人的方式直接面对整个世界。

央视的一个栏目制片人约罗振宇吃饭。开门见山就问他:外边好混吗?作为 2008 年央视的出走者,老罗只回答了两句:一,不出去你不知道外边有多精彩;二,不出去你永远不知道你所有的社会地位、良好感觉哪些是背后的巨无霸给予的,哪些是自我禀赋。

罗振宇曾经把这一代人分成犬类、蛙类、鱼类三种命运:犬类一直在忠诚地寻找着主人,在找工作;蛙类长出了脚蹼;而鱼类原本自由自在,根本不理解我们的痛苦。

曾经,罗振宇作为《对话》《经济与法》等栏目的制片人,名字在央视滚动过多年,但这仅仅是个符号,没有人格特质,除了身边几个人无人知晓他什么样。身在幕后,虽力求"灵魂附体"到主持人身上,但"附别人之体,哪有自己赤膊上阵来得痛快"?

挣扎了三年,罗振宇从央视跳到第一财经,从幕后跳到台前,先后担任《决战商场》《中国经营者》等节目主持人。但他总觉得传媒组织没希望了，他想做自媒体。

可是身边能懂他的人很少。直到 2012 年，罗振宇认识了申音，这位《创业家》杂志的前主编与他一拍即合。2012 年 12 月 21 日，《罗辑思维》在优酷开播。

刚出走时，罗振宇也曾惶惶不安。他觉得自己并非是安全感良好的一代人，但在下水扑腾中，进化出了脚蹼，尝到了在水里扑腾两下、拥抱不确定性的快乐。

必须生活在未来

去年，罗振宇狠心把房子卖了。尽管他经常做出一些"出格"的事，但这次还是让所有朋友瞠目。非但如此，搬家时，他还处理了一大批藏书，准备以后就看电子版了。车也不必买，因为常出差外地，他更习惯于使用叫车和租车服务，统算下来，比养车划算多了。

这种生活上的选择与他所从事的自媒体创业中的系列实验遥相呼应。看似是一种风格，罗振宇却认为是一种生存策略，是他对这个时代趋势、变化拿捏之后做出的迅疾反应。

"中国 30 多年的变革让我明白一件事，就是人一定得活在趋势中，待在下降通道里会非常痛苦。"他的生存原则是：鄙视一切陈旧规则、警惕在社会队伍中成为中间者、逼自己生活在未来。

罗振宇活在未来的一个很明显的标记，就是近乎"脑残"式地对年轻人的追捧和膜拜：年轻人是无条件对的。任职央视之前，他曾经在北京师范大学工作了三年。他头一回走上课堂时，对学生们说，如果有一天，你们发现我看不惯你们了，一定是我老糊涂了。

为了追踪年轻人的趣味，他会去特别钻研郭敬明的电影《小时代》，一遍遍地去看，直到看出好来。当一帮"老人"怒斥这部电影时，他为之愤然：不懂年轻人的东西，你应该恐惧，为什么还能扬扬得意。

在罗振宇看来，互联网时代是一个"孙子懂的比爷爷多"的时代，很多陈旧的经验都没了意义。——既然传统经验毫无意义，不活在未来，不追踪年轻人，就意味着失败。

罗振宇经受过不少质疑，但他的自信没有动摇。他曾在节目中把自己比作鸭嘴兽："人们起初不相信鸭嘴兽的标本是真的。但这个世界就是这样，我们就像一个鸭嘴兽，我们就是一个新物种。环境发生了巨变，这是一个新物种的时代。"

"车库咖啡"：在框框外撒点野

文／陈璇

在北京的中关村，有这么一个地方。有人说，这里是"创业者的乌托邦"，也有人赞美它是"创业者的初恋"，一位资深 IT 人士则把这里比喻为"互联网的江湖"。

小米公司的雷军、天使投资人徐小平，这些在中国互联网和投资界声名鹊起的"大佬"们时常会来这里坐坐。

两年多前的一天，穿着 T 恤衫、牛仔裤的雷军当着众人的面，把手里的小米手机"咣当"一声摔在地上，以证明他的产品"很有品质"——就是在这个地方。

同样是两年多以前，美国硅谷的创业家维德瓦来这个地方看了看，回去后在华盛顿邮报网站上发表了一篇文章，标题是《美国人应该真正害怕中国什么》。文章里说："中国真正的优势在于下一代——那些从顶级高校毕业后选择创业的学生身上，他们聪明、动力十足、野心勃勃。"

很多终日泡在这里、埋头写代码或者修改商业计划书的人，似乎都在等待揣着钱袋子的"天使"降临在自己身边。他们中的一些人无数次地幻想，如果资本看中了自家技术和创意，没准自己就是下一个"雷军"，或者下一个"马云"……总之，是下一个创业传奇。

这究竟是什么地方？

买一杯咖啡，就可以坐上一整天

其实，这里是一家咖啡馆。

它坐落于一家"特价房 130 元 / 天"的宾馆里，门脸还不如隔壁的一家牛肉面馆醒目。要说装修的情调，这家咖啡馆难以达到一般店面的及格水平。屋顶没有装吊顶，连普通的天花板也省去了。通风管道和空调压缩机暴露在屋顶下，仅裹着一层黑色的保温纸，有的地方还开裂着。包裹墙壁的灰色墙纸，有的已经卷边，部分开始脱落。

开这家咖啡馆的人名叫苏菂，今年35岁。3年前，他为咖啡店选址，几乎跑遍整个中关村西区，最终选中了这家宾馆的二楼。很重要的原因是，"这里的租金不贵"。

不少经常光顾这家咖啡馆的人说，这里怎么看都更像一个地下车库。事实上，苏菂第一眼看到这个占地800多平方米的地方时，它本就是一个堆满货物的大仓库。对于苏菂来说，在一间大仓库里开咖啡馆，反倒符合他的胃口。

2011年，苏菂去了趟美国。他开车在加利福尼亚的帕洛阿尔托和圣何塞之间蜿蜒几十公里的狭长地带，跑了大半个月。这个狭长地带，就是著名的硅谷。

苏菂专门去"拜谒"帕洛阿尔托市爱迪生大街367号。那里有一间占地30多平方米的老旧木质车库。1938年，一个名叫比尔·休利特的单身汉和带着老婆的戴维·帕卡德，在这间狭窄的车库里，开始创业。当时，他们只有一个工作台、一个钻床、一套老虎钳等粗陋的工具，启动资金538美元。他们在车库研发了第一款产品，一个测试音频的振荡器。两个合伙人以抛硬币的方式，决定了谁的名字放在公司名称的前面。就这样，惠普（Hewlett-Packard，即HP）诞生了。

在互联网创业史上，"车库"是一种带着神奇魔力的地方。除了惠普，人们还津津乐道的是20世纪70年代，21岁的乔布斯和26岁的沃兹尼亚克在乔布斯养父的车库里，开发了第一台苹果电脑；1998年，谢尔盖·布林和拉里·佩奇以每月1700美元租金租下一处56平方米的车库，创办了谷歌公司。"美国有硅谷，硅谷有车库，中国为什么不能有个类似车库的地方，让有想法有创意的年轻人低成本创业？"回国后，在一家上市公司当投资总监的苏萌辞了职，开始创业。

2011 年 4 月，一家很像地下车库的咖啡馆在北京开业了。在这家咖啡馆里办公，不用付租金，只要买一杯咖啡，就可以在黑色木质咖啡桌前，坐上一整天，给自己打工。

不过，这家向车库看齐的咖啡馆，也有很多不足，比如无法提供充足的暖气。1 月的一天下午，北京气温降到零下 9 摄氏度。咖啡的热气从杯子里往上蹿，但靠窗的人们还穿着厚厚的羽绒服。然而，不到下午 3 点，这家咖啡馆里已坐满了人。那些常年在这里办公的创业者，牢牢地守着属于他们的一张咖啡桌。

他们毫不犹豫地跳出框框去冒险

每天"吱呀"一声推开咖啡馆那扇黑色双合木门的人，有在这里"扎根"创业的老面孔，也有创业者最喜欢的投资人，还有很多慕名来这个"乌托邦"坐坐的新面孔。

不少在这家咖啡馆创业的人，都自称是别人眼中的"离经叛道者"。一个名叫张迪奇的小伙儿从电视台辞职，在这里搞一个"时间拍卖"的社交网站。一个叫黎志平的 85 后男生从一家国企辞职，跟着一个 4 人团队，开发一款类似微信的手机软件。

"放着好日子不过""脑子进水了"……很多人是在别人的嘲笑中走进这里的。在这个谈创业才是正题的地方，这些创业者觉得自己"不是异类"。"不安于现状""拒绝平庸的生活"等等，面对这些别人给他们贴上的标签，很多创业者爽快地照单全收。

那位曾经光顾过这家咖啡馆的硅谷创业家维德瓦还是一个经常在

清华大学讲课的学者。他从很多中国年轻人身上，发现这代人与上代人的区别，"他们毫不犹豫地跳出条条框框想问题，去冒险，有野心"。

25 岁的黎志平说，他离开那家国企的原因是"每天过得太安逸了，担心自己不再进步"。他说，自己挥手告别的国企曾是马云任职过的企业。1998 年年底，马云从这家企业总经理的位置上辞职，领着他的创业团队撤离北京，回杭州创业。6 个月后，阿里巴巴网站上线。

"没准我会成为下一个马云呢！"在昏暗的灯光下，小黎笑着说。

这里绝不能没有强大的网络
和足够的插线板

近一两年，这家聚集了众多创业者的咖啡馆名气变得越来越大，"几乎科技圈里的人都知道这个地方"。与此同时，这里卖的咖啡价格也在上涨，从开始的 15 元钱一杯卖到现在的 28 元钱。不过，这家咖啡馆的常客恐怕不会计较咖啡的价格，甚至并不太在意手里端着的东西是否好喝。

有人说，每天弥漫在这家咖啡馆空气里的除了摩卡和拿铁的气味，还有一种气息，来自这些创业者身上，那就是无法掩饰的野心。一个初次探访这家咖啡馆的人感叹："这个地方真像一个江湖，人们都好牛啊！"

靠近咖啡馆门口的一面墙上，贴满了花花绿绿的招聘启事，有些是纯手工书写。那些趴在 A4 纸上歪歪扭扭的汉字，大多在召唤一个牛气的技术合伙人，或者最有创意的运营官，往往也在宣告一个"有前途"的互联网产品，正在诞生中。

如果有人从某个角落里冒出来，主动向陌生人搭讪，并且兴致勃勃跟对方介绍自己"超牛"的创业项目，也并不奇怪。

在咖啡馆里拼命生长的创业项目，大部分和互联网有关。不少创业者认为，互联网是一个巨大的金矿，他们人生的第一桶金，应该从这里挖出来。

常年停留在这家咖啡馆的人，大概都无法想象，如果离开网络，他们是否还有勇气在这里待下去。在这个被他们视为乌托邦的地方，可以没有充足的暖气、合适的光照以及舒适的桌椅，但是绝不能没有强大的网络和足够的插线板。

于是，插线板的电源线缺乏审美地吊在半空中，而不是匍匐在地上，以避免人们被繁杂的线路绊倒。靠近书架的角落里，一只大黑箱轰鸣着，里面摆着几台路由器，插满接口的网线像树枝一样凌乱伸展。

创业是丛林里的野蛮生长

这家咖啡馆周围林立着很多高端大气的写字楼，有人从那些写字楼里义无反顾地出走，没过多久又骄傲地回去。只不过，他们从打工者变成了老板。

曾辞职在此创业的段利军就是这么"华丽丽"转身的。他离开咖啡馆，带着6个人的团队，搬进一个写字楼里。他开发的一款手机游戏，用户量在短时间内暴增，宣告他的初始创业成功。

这样活生生的成功案例，激励着不少渴望"逆袭"的草根创业者。不过，另一种论调在创业圈里也如同明镜一样高悬——"创业成功是一种小概率事件"。随口问问咖啡馆里的创业者，他们大多赞成这个令人失望的观点。但是，他们中的大部分固执地认为自己会是那个占据"小概率事件"的人。

　　咖啡馆老板苏药坦言，创业者可以在"车库"抱团取暖，但拿到投资是小概率事件，永远不能期待天上掉馅饼。"车库"为创业者营造了一种互助的氛围，但同时也让一些个人感觉到少有的被人注视的成就感。创业需要专注，如果完全依赖于"车库"的环境，把自己浸染在狂热的情绪下，恐怕是创不了业的。创业是丛林里的野蛮生长，自己得知道自己要什么，别幻想有张温床。

　　"不是因为能成功才去坚持，而是坚持了才可能有成功。"苏药说。

『快递哥』纽约敲钟记

文／潘　琦

10 年前，窦立国放弃当厨师，来北京当快递员。在城市，他有了更多称呼："快递哥""窦窦""窦哥"。

9 月 19 日，他的名字和阿里巴巴、马云联系到了一起。作为快递行业"百万分之一"的代表，他赴美国纽约，站在了万众瞩目的"阿里巴巴上市"敲钟台上。

8 天的美国之行，见证亿万富豪的股市盛宴。但他眼中"最美好的生活"，是做快递；收旧衣服、建乡村图书馆，做公益；守着媳妇，过好小日子。

敲　钟

9 月 19 日，在 9 点的开市闹钟敲响前，快递员窦立国喝着冰水，他喜欢冰水带来的镇定感。

156

他是阿里巴巴选中的 8 位敲钟人之一。

成立于 1792 年的纽约证券交易所，在开（收）市、重要时刻有敲钟的惯例。这一次，迎来了阿里巴巴。

敲钟前的候场时间，在纽交所二楼贵宾厅，窦立国享受了少数人才能感受的"俯视角"：大厅声如沸水，密密麻麻的人头，很多人耳边贴着电话，记者们架起长枪短炮。

马云少见地梳着大背头，带领 8 个人走出贵宾厅，绕进一条通往敲钟台的窄道。"你们不仅代表阿里巴巴，更代表你们自己。"他对大家说。

此时，主角属于敲钟人。

铃声大作的那一刻，其他 7 个人都在鼓掌，只有窦立国把两手举向空中，伸出食指，摆出两个"第一"的姿势。

他忘记了鼓掌。8 人两两拥抱时，这个 1 米 85 的大个子又迟了半拍，转错了方向，身体多扭了大半个圈，才和身旁表情稍显木讷的美国农场主双臂相拥。

窦立国用足够近的方式见证了 250 亿美元汇聚、美股迄今规模最大的融资时刻。

异　国

这是窦立国第一次出国。

今年 8 月，阿里巴巴启动"纽约赴美代表"海选。快递员作为阿里交易中不可或缺的一员，需要一个代表。

窦立国做了 10 年快递员。去年 7 月，他成了一家快递公司北京某区域的经理。

为何能成为百万分之一，窦立国觉得是自己那段视频打动了他们。视频里窦立国说，他一个农村孩子从一无所有到现在，靠的是"愿意相信、愿意改变"。

窦立国差点去不成美国。9月5日，他回吉林老家办签证，被拒签，他无法回答签证官的问题"为什么你在北京待了18年，却没有北京户口"。窦立国转道上海，在阿里巴巴的安排下，面签顺利通过。

"天还没亮，亲了女儿一口，拍了老婆一巴掌后，哥的旅程开始了。"他发了朋友圈。美国之行，他只兑换了1000美元现金。

他没想到，纽约之行，如此"高大上"。住在纽约市中心的万豪酒店，世贸中心遗址、中央公园步行可达，窗外看得到自由女神像，舒服得"不用倒时差"，酒店午餐的标准是人均600美元，"600美元啊，一顿饭相当于我在北京吃一个月的了"。

抵达当晚，窦立国给吉林老家打电话，国际长途每分钟近两块钱，他觉得贵，贵到他没时间解释什么是"敲钟"，只是跟父亲说，"明晚看电视，中央二，全球直播，演我在美国的事儿"。

任 务

这次敲钟他对马云印象深刻。"他两眼像带着光一样，用英语跟人说话，走到哪里身边都围着一群人。"他意识到马云在全球都会成为一个标志性的名字。

通往敲钟台的窄道上，窦立国和马云有了交集。他说："马老板，这次敲钟之后我都能回村当村长了。"

"你不只能当村长，你当县长都没问题，做人，要有自信。"马云在他面前显得平静。

"以前对马云无感"的窦立国，也感受到了"精神领袖"的气场："他有着足以说服任何人的能量。"

"阿里巴巴上市了，和我也没太多关系。"他关心的，是签名，他提前在北京买好了签名的马克笔，突破的重点是李连杰、史玉柱，以及"一切看上去有名的大人物"。

窦立国要完成他的任务：自己发起捐建的第三个图书馆还差1000多本书，开始，他想让马云给写个图书馆的名字——博友书屋，后来觉得"自己做的公益事太小，还是先让他给妞妞签个名吧"。

妞妞，是媒体人邓飞发起的"免费午餐"活动的形象，印在公益T恤衫上。

回　归

窦立国捧着"妞妞"，几乎索遍了纽交所里的"名人签名"。

微博里，很多网友看见了他传的照片，"马云带过去敲钟的8名神秘客户，有个叫窦窦的快递哥，边送快递边做公益"。

签满名字的衣服一共两件，一件是妞妞的，另一件是他穿了5年的快递工服。

问他咋把工服带到了美国，窦立国说："穿工服能让别人知道我是干什么的。"布鲁克林大桥、自由女神像旁，又或者是时代广场的苹果专卖店门前，所有的照片留下的都是"工服照"。

那正是iphone6手机在美国上市，专卖店门外，窦立国摸了摸兜里的1000美元，没舍得买。虽然他刚到美国就摔坏了手机。

他给女儿买了巧克力，给老婆买了个包，给同事捎带点小礼物，回国时还剩了不少钱。

临回国登机，窦立国在朋友圈里发："到北京先去吃碗兰州拉面。"这碗"兰州拉面"，让他和 8 天的"高大上"之行告别。

接下来的朋友圈里，变成了"接女儿放学、给女儿做饭、收旧衣服旧书的路线图"。

十一假期，他和同伴冒着雨，打包整理近 8000 件衣服。天气转凉，国庆节后，这些足以御寒的衣服，就能送到四川省石渠县和甘南临潭县的村民那里。

回到北京，他把"乡村图书馆"的目标定在了 10 个，这是他对自己 10 年快递员之路的总结。

窦立国相信，总会有个家境贫苦的孩子，因为看了某一本书，最终去得了北京，也去得了美国。"没有钱修一条让村里孩子走出来的路，但可以用书，给他们搭建一座心灵上通往世界的桥。"

梦想像花儿
一样绽放

文／陈全忠

　　爱好话剧的李亚，曾在上海拥有一份高薪的工作，在很多人眼中应该是成功青年的典范。但工作三年之后，他选择辞职做间隔年旅行。在路上，他孕育出了自己的剧本和小说，也萌生了做一家拥有剧场的国际青年旅舍的想法。旅人们在这里寻求休憩的港湾，舞者们在这里找到梦想的舞台，那些曾经流行于甘、青、宁等地的"花儿"民歌，也将被搬上这个舞台，重新绽放光彩。

在行走中思考未来人生

　　李亚爱旅行，也爱话剧。

　　李亚第一次接触话剧是在上大学以后，复旦有悠久的戏剧传统，李亚加入话剧社团后，一下子就入了迷。大学大部分业余时间里，他都混在剧社，不是写剧本，就是排演莎士比亚的戏剧。

工作后，作为单纯的爱好，他继续着话剧剧本的创作。那时候，李亚在上海的一家咨询公司做咨询顾问。很好的公司，很好的同事，不菲的收入，但在李亚看来，却是一个太过有限的空间。

为了寻找另外一种可能，2010 年李亚索性辞去做了三年的工作，给自己一年的时间做间隔年的旅行。在这一年的时间里，他徒步走过了墨脱、冈仁波齐、乌孙古道，搭车穿越阿里大北线、新藏公路。他一路上遇到了各种各样的人，不少都变成了朋友。

在行走的过程中，会特别珍惜遇到的点滴温暖，也特别有欲望去阅读和写作，因为在孤独的路上，人需要从书本和笔头找到心灵的安慰。李亚在旅途中完成了小说《99 个李猜猜》，还完善了一年前写的剧本《白日梦做家》，剧本讲述了两个自诩为"白日梦做家"的人站在街边贩卖梦想的经历。

其实在路上的人都是"白日梦做家"吧，他们都靠梦想取暖，在世俗的眼里可能有点可笑，但对这个世界绝对真诚。在回程的路上，李亚对未来的生活有了大致的方向，那就是为自己写的剧本找一个舞台，如果还有可能，就开一家青年旅舍，和路上的人们交流彼此的故事。

为话剧找一个梦想的舞台

2011年4月，结束旅行的李亚回到兰州。回到家的李亚跟父亲提起，出去的这一年，他住得最多的是全国各地的国际青年旅舍，国际青旅不仅价格便宜，还能结识世界各地的背包客，因此很受年轻人的喜欢。

父亲听完之后问："兰州有青旅吗？"在得到否定的答案之后，父亲说："不如你留下来，在兰州开一家国际青年旅舍。"

李亚已经有10年没有和父母一起生活了，而且作为丝路重镇的兰州竟然没有一家国际青年旅舍，未尝不是一个遗憾。原本打算先开小剧场的李亚决定听从父亲的意见，先做青旅，名字他想好了，就叫"花儿"。

当时，兰州市段家滩路的创意文化产业园刚刚建立不久，这个前身为油泵油嘴厂的地方，经改造成为一片极具个性的艺术园区，李亚赶紧问有没有地方可以租下来做青旅的，结果还真有，是一栋挑高6米，跨度12米的厂房，还附带一栋二层小楼。

租下来后，李亚突然意识到，旅舍的空间完全可以装修出一个小剧场，以后既能开青旅，也能排演一些自己想做的话剧。

这个发现让李亚兴奋："也许'花儿'是国内第一家拥有小剧场的

青旅，或者是第一家拥有国际青年旅舍的小剧场！"

整个大西北利用 LOFT 创意空间改造的青旅本来就很少见，何况"花儿"还洋溢着浓郁的文艺气氛，里面有剧场，也有宽敞的图书室，连客房房间都是用戏剧家的名字命名的。因此，"花儿"开业后，吸引了很多中外背包客，也吸引了当地的一众文艺青年。每到傍晚时分，他们聚在"花儿"的大厅里，自弹自唱，自得其乐。

招了一支年轻的团队管理青旅后，李亚把大部分心思花在心爱的剧场上，他很快就组建起了属于自己的小剧团，剧团中有省话剧院的专业演员，有同样喜欢行走的旅行者，也有在校的学生。不同的身份，因为对话剧的相同热爱，而凝聚在一起，《白日梦做家》从酝酿到首演，一共只用了20多天的时间。虽说这部话剧没有赚多少钱，却为花儿剧团培养起第一批忠诚的观众。

有一个法国小伙子原本只是在青旅住三四天的，在看了"花儿"剧场的演出后，索性留下来住了十天，找李亚要了一个客串角色演演。小伙子出身于戏剧世家，虽是客串，但表演得十分投入，玩得也很嗨。

让"花儿"承载更多的梦想

兰州戏剧观众太少，小剧场的门票很难卖出去，好在李亚并不指望"花儿"剧场赚钱，而是用小剧场的演出来赚人气，用青旅的收入来养活小剧场。利用这种策略，第一年，李亚便实现了梦想和现实持平。

依靠豆瓣、微博等平台的推介，越来越多的人知道了"花儿"。旅舍的经营逐渐走向正轨，现在每年有了十多万元的盈利，李亚得以抽出更多的时间写作、表演。

在西部旅行的时候，李亚发现了那些传统的民歌依然活在乡野，他的心灵受到了震撼，因此，"花儿"的舞台，又将努力挖掘、编排当地戏曲及传统的曲艺表演。一些曾经流行于甘、青、宁等地区却面临消亡的花儿民歌，他也希望能在青旅的小剧场得到拯救。让"花儿"承载更多的梦想，让西部边远地区的年轻人都有机会接触到先锋戏剧和艺术，这是 28 岁的李亚刚刚冒出来的野心。

其实，理想和现实有时候并不遥远，就像李亚一样，激发内心的动力和热情，用自己的爱好创业，生活可以像"花儿"一样美好。

梦想就是有
修不完的
自行车

讲述／刘鹏　整理／倪玮

我得修自行车去

说到我的梦想，那就是修自行车。

我的梦想就是按照我的方式修自行车，做一个好的自行车维修技师。我在大学学的是教育，是要当老师的。毕业那年，有几个学校让我去当老师，我没去，为这事我和家里大吵一架，半年没回家。

我有一群朋友，在北京电影学院学习，他们老找我去演反面角色，我演得特像。表演系的老师因此看上我，觉得我应该学表演。我说："不行，我有一个梦想，得修自行车去。"

我这人特别轴。刚开始在学校里，有人找我修车的时候，我就特别认真地说，找我修车可以，可千万别给我钱，因为我觉得没有达到职业技师的水平，而且这些车是来帮助我提高修车水平的，有这些车友看得起我，怎么能要钱？于是他们就常常在学校门口请我吃饭。后来学校门口餐厅的老板就认识我了，只要我一去就打折。

我在中国国家自行车队的器材供应商公司实习，做自行车技术技师，负责给国内顶级运动员组装车辆。那时候我觉得自己像个战士，自行车就是我的冲锋枪。我在公司学到很多，两周后，我为公司制定了一套先进的库房管理系统，可这个机制触及了一些老员工的利益。没多久，我不得不离开公司。当时我挺伤心的，不过，塞翁失马，焉知非福？老总送了我一大摞国外的自行车维修书籍，并将我介绍到了全世界最大的自行车零件公司——日本禧马诺公司做技师。

慢慢走上正轨

全世界有三大自行车零件公司，日本的禧马诺，还有美国的和一家意大利的。我去的是日本公司。公司在中国每年都有考试，新人接受培训半个月后，要接受考试，给一辆公路自行车——零件全是散的，在一个半小时之内完成组装。公司在中国经营了五六年，考试最高只能 99 分，不给满分。我暗暗攒了一口气，跟主管说，如果你今天能挑出我的毛病，我请你们吃日本料理。结果，我在半小时内就装完了，他们也没挑出毛病。日本高管请我吃了顿饭，还送我个小礼物。大半年后，他们邀请我负责中国区域的自行车技师培训。

一段时间后，我觉得不满意。日本公司管理很严格，什么零件都必须用本公司的，不能用其他品牌的。但是我想学呀，在公司里学不着，我就辞职了，自己开了一个工作室。

当时的工作室特别小，18 平方米。我还记得装修好的第一天，我躺在光溜溜的地板上，陪伴我的自行车，感觉特别爽。慢慢地，店里逐渐有很多人来，那时我认识了我的妻子。我觉得挺愧疚的，这么小的地方，又要吃饭又要住，我和她睡上铺，下铺被我改成了工作台。

有一次，半夜3点钟我还在修车，她已经睡着了。那天特别热，我给车打气，可能脑袋有点儿木了，车胎被我打爆了，那车的气特别高压，屋子又小，之后我俩耳鸣了一整晚，直到第二天，耳朵还嗡嗡响。

到这个阶段，我慢慢走上了正轨，一年的纯利润有10多万元，有自己的好车了，也有了一帮朋友。不幸的是，那个地方不租给我了，我只好找到了现在这个更大些的空间。

我终于有个大一点的地方了，100多平方米，我要接触到实际的经营，自行车也不像当初那样只是个爱好了。太太特别支持我，我就做成了国内第一个以自行车为主题的空间——彩虹衫自行车俱乐部，为爱好自行车的朋友们提供在外国才能享受到的最前沿的服务。

太棒了。

又有一辆可以修的自行车

自行车的专业维修工具很多是进口的，特别贵，一套好的工具要好几万元。一天，《骑行风尚》的编辑约我写稿，希望我能在杂志里系统介绍公路自行车的维修和保养的知识。上杂志怎么也得来套好的维修工具啊，正在苦恼时，太太暗中帮我联系了一家自行车贸易公司，他们愿意以赞助的形式给我免费使用一整套顶级的维修工具。拿到工具的那天，我特别兴奋，像发神经一样自言自语说了半天，说这个是干什么的，那个是怎么使的……对着工具亲呀、抱呀，特别幸福，特美。

头3个月，我做了一单大生意。从头天晚上8点，准备好干粮、饮料，一直干到了第二天下午，装了 10 多辆车，手上都磨起了大泡。头天干到半夜 3 点钟的时候我有点儿累了，累归累，但我还是高兴，因为我的梦想特别简单，就是有修不完的自行车。

每次我看到俱乐部有新成员，就想，太棒了，又一辆可以修的自行车了。我有点儿偏执，看到一点儿小毛病，都要挑出来。

我觉得那种撅着屁股骑的车是最帅的，所以我俱乐部活动的车都是公路车，没有山地车。公路自行车看似简单，实则非常讲究，一辆高级订制车，所有的零件尺寸都是根据每个人不同的身体特点进行选配的，这里边的学问学一辈子都不够。在欧洲，公路自行车是一项贵族运动。因为国外的人工费用比较贵，而自行车要想保持最好的状态，必须经常保养和维护。公路车的骑行动辄一两百公里，要一天或者几天，这需要有充裕的时间。这种有钱又有闲，还要懂得环保的健康生活方式，并不是每个人都能拥有的，不过，当你真正拥有了一辆公路车，骑上它，在山路无尽的上坡中挑战自己的极限时，或者在下坡中果断稳健地处理一个个急转弯时，当你和队友轮流领骑撕破空气的阻力时，当你精疲力竭却意犹未尽地蹬在回家路上时……自行车所带给你的魅力和享受，是其他运动所不能替代的、持续的快感。

学生属于低收入群体，可能觉得这项运动距离自己很远，其实不。我当时在学校里参加自行车协会，没有值钱的车，还有人骑 100 多元的二手车，车上除了铃铛不响哪儿都响，路上状况不断，一边骑一边修，但这并不妨碍我们的快乐。我的第二辆车花了一万块，全是自己在肯德基、麦当劳打工挣的。如果你想骑，只要那车有脚蹬子，就没问题。如果想要一辆高级的车子，只要想法足够强大，想憋着买，那肯定能解决。有梦想，钱不是问题！

胡振宇：
闯进火箭垄断
市场的『90 后』

文／潘飞虎　张安奇

不用再羡慕埃隆·马斯克的太空运输公司 SpaceX 了，中国第一家私人火箭公司已经在深圳诞生。

创始人胡振宇 21 岁，今年 6 月刚刚毕业。2014 年 1 月，他创立名为"翎客航天"的公司，英文名 Linkspace，意为连接太空与地球。

这名"90 后"长着娃娃脸，身高不到一米七，志气却不小。他的目标是冲破国内封闭、垄断的航天市场。——这并非痴人说梦，2013 年 7 月，胡振宇成功发射第一枚由大学生自制的探空火箭就引发不少关注；而他的"翎客航天"在今年 7 月也已经获得第一笔订单。

火箭领域的"闯入"者

与公众熟悉的"长征"等运载火箭相比，翎客航天目前研发的探空火箭体形更小，通常长度不超过 10 米，箭体直径不超过 30 厘米，有效载荷数十千克。它的作用是将搭载的仪器送到几十至几百公里的高空，进行几分钟的科学观测。

探空火箭相对简单的结构和功能，让民间科研力量有望参与其中。在"翎客航天"出现前，国内火箭领域始终处于被国企垄断的状态。"市场垄断、开发成本高、政策态度模糊"，有意者不愿探步向前。但胡振宇并不畏惧，这个"90后"闯进了火箭垄断的市场。

当然，"闯入"也意味着寻找出路的艰难。胡振宇的公司一共包括3名员工：美国密歇根大学硕士、清华大学博士严丞翊，火箭爱好者吴晓飞，外加他自己。除1985年生人的严丞翊外，其余两人均为"90后"。

他们没有自己的研发基地，也没有固定的办公地址，更没有钱。所有经费都来自三人的积蓄，以及承接其他研究项目得到的报酬。甚至，已经毕业的胡振宇每个月仍然不得不从父母那里"领取"生活费。

窘迫的创业生活并未消磨掉他们的野心。投资1600万元，换取16%的股份，这是胡振宇为翎客航天开出的价码。也就是说，他给公司的估值是1亿元。

胡振宇计划一边找钱，一边继续把从其他地方赚到的钱投入到公司。他打算在三年后推出首枚商用探空火箭，搅动长期被两大国企——航天科工和航天科技集团垄断的市场。"公司将来肯定不会卖，因为我们做这个不是为了钱，而是为了梦想。"

玩炸药的网球特长生

走上捣鼓火箭的道路，是缘于兴趣。初三时，一则烟花厂爆炸的社会新闻引起了胡振宇的注意。——这惊人的爆炸威力是怎么来的？带着这个疑问，胡振宇开始自学，除了上网查资料和看书，他还偷偷跑到实验室，拿一些氯酸钾、红磷等化学药品回家研究。

怕被家人制止，胡振宇一直偷偷做这些，但他的秘密还是泄露了。一天晚上，胡振宇拿着螺丝刀往装着已配制好药粉的瓶子里戳，"火苗突然就蹿出来了"。火很快扑灭了，但父母自此开始严密"监控""爱捣蛋"的儿子，不允许他再碰危险物品，但他们有时还是会从床底下翻出一箱炸药。一通教育后，胡振宇还是没低头，只是转到外面做实验。

高中三年，胡振宇啃完了三套不同的有机化学教材，笔记记了厚厚两本。他的"研究成果"从前期的"混合炸药"变成了"合成炸药"，爆炸威力也上升到了军用级别。高一时，胡振宇就曾把自己制作的火药应用在小规格的自制火箭上，不过发射后，只能勉强飞过楼顶。

高考时，"炸药小子"胡振宇本想凭借化学竞赛，进入重点大学，却因压力过大，在比赛中失常，遭遇失败。胡振宇最终愣是苦练体育，以网球特长生的身份进入了华南理工大学的工商管理学院。

大学时，胡振宇成了在化学系出勤率最高的工商管理系学生。同时，一个名叫"科创航天局"的民间火箭爱好者协会让他迎来转机，2011 年，该协会组织了两次小型探空火箭试射，但结果都以失败告终。

作为发起者之一，胡振宇在前两次发射中主要负责"打酱油"，同时学习技术。到了 2012 年 1 月的第三次发射，胡振宇开始做整体设计，制造发动机，并获得校友的 10 万元赞助。不料，火箭主体基本完成，但团队内部竟由这笔小小的款项爆发了矛盾和分歧。最终，他与"科创航天局"决裂，团队解散，赞助也中断了。

这是胡振宇最艰难的时期，但胡振宇依然坚信"火箭一定能成功发射"，他开始独自做剩下的工作。他为了继续做实验而去打零工赚钱，同时，积极联系空管部门，"想找一个合规矩的发射点"，但胡振宇一直在吃闭门羹。找公安局，工作人员一脸诧异道："你发射了，出了问题，才是我们的责任吧？"最终，胡振宇仔细研究了《中华人民共和国民用航空法》，将发射地定在了内蒙古科尔沁左翼后旗。

2013 年 7 月，胡振宇和二十多个科创论坛中的"火箭少年"，把火箭分解，租车前往内蒙古科尔沁左翼后旗。7 月 29 日下午 2 点，这枚高约 2.8 米，重 50 多千克的火箭 KCSA-TOP 顺利升空，钻进了云层。胡振宇兴奋地从远处的土坑里冲出来，仰天怒吼。"我终于做到了，那时候才是全身都放松了。"

做中国版 SpaceX

胡振宇并不满足于做一个火箭爱好者，他要为自己的理想寻找一个更合适的容器，并用商业规则去培养和调教。创办"翎客航天"，就是胡振宇迈出从爱好到商业化的第一步。

与许多人想象的不同，国内的航天市场并非绝对禁区，没有众多监管机构设置门槛，对于探空火箭更是还没有明确的管理条例。翎客航天的创办过程中，除了获取一些资质认证外，并未受到太大阻拦。

公司成立后，胡振宇除了继续搞研发，还增加了一项重要工作：寻找风投。目前，已经有多家风投表达了兴趣。

私人火箭在中国是一片庞大而未被开发的处女地。在美国，已经有商业运载平台 SpaceX 和提供亚轨道旅行产品的维珍银河。但在中国，翎客航天之前尚无私营航天公司出现。目前，国内只有一家公司——航天科技集团下属的第四研究院提供探空火箭服务，每次发射报价 300 万元。不过，对航天四院而言，压缩探空火箭成本，远不如发射卫星赚钱，因此也没有太大的投入意愿，这被胡振宇视为发展契机。

虽然距离真正的商业化还很远，但胡振宇已经为翎客设定了核心竞争力——性价比。翎客航天计划把价格拉低至 200 万元，同时提供更好的性能。他希望效仿眼下大红大紫的美国同行 SpaceX，冲击被国企垄断的航天市场。

去年火箭发射前，胡振宇一直被梦魇困扰，梦里他孤身一人走向荒漠，"3、2、1，点火……"一声巨响，火箭没有腾空而起，只剩遍地碎片。他从梦中哭醒。如今，他自信了很多，"我们是第一个吃螃蟹的人，真正把它当作事业来做"。并且，胡振宇说："我不怕失败。"

05

那双带血的高跟鞋

像猫五那样活着

文/米立

一

活在这世上，某段时间难免会走霉运，像 2000 年的我，先是策划案被黑，紧接着被公司辞退，还没缓过劲，最好的闺密又马不停蹄地撬走了我老公，而我们唯一的孩子也被判给了夫家。

我喝醉酒在老公家小区门前割腕自杀，未遂。猫五救了我。

还记得我苏醒的时候，帅气的小男生伏在面前，干净的黄色碎发，瘦小的脸上架着副偌大的墨镜，遮去大半边脸，看上去也就二十出头，有着那个年龄段孩子该有的叛逆和冷漠。

我张口想解释点什么，他已经兀自开始说教。他说离婚怎么了？那个配不上你的男人早点滚出你的生活，不好吗？

我说，我爱了他整整七年。他说，如果到老了才知道你这一辈子爱了一个根本不值得去爱的人，那不亏大发了？

可是，孩子也被判给了他们家。他说大多脱离妈妈照顾的孩子反倒成才率更高一些，至少会比别的同龄孩子更独立自主一些，这不是好事吗？

我不知道再说什么，眼泪一粒一粒落。他递给我一张纸巾，说别哭了，生你的那老两口要是看到了，会心疼。

我讶异这小男生竟会说出这么多人生道理，他却递来热粥说快喝点吧。记住，无论遭遇多大的悲伤都不该虐待自己。

他霸道，年轻，那么美好。他说，对了，我叫猫五。

二

我无处可去，更不想回老家令父母担忧，于是我合租了猫五在城乡接合部的旧单元。

猫五其实是不善言辞的人，自从那天给我讲完道理后，他很少再说什么，只说家里吃的用的自便，他忙，就不客气了。

某天早上，我在客厅撞见他。他神情落寞，差我下楼给他买七度空间。

我心里打了鼓，莫非他晚上带别的女孩回来住了？可后来，我发现，他是女孩！

"我有告诉你我是男人吗？"她舒缓了一些后虚弱地问。

我笑，这世界真是离奇万变。

那天我们一起吃午饭，猫五似乎来了兴趣，自言自语："我妈是个寡妇你知道吧？"我摇头。

"我十岁那年，我爸跟别的女人乱搞被人打死了，我妈受了刺激，疯疯癫癫的，我得养活自己，还得养活她。"猫五说着，无奈地摇了摇头。

"我二十一岁那年，我妈妈去世了。我一个人来这个城市，没人认识我，没人收留我，我像你一样割腕自杀，一个男人救了我，我以身相许，怀上了孩子，他却再找不到人了。"

"我开始像杂草一样活着，努力地，顽强地，不起眼地。我干过很多种工作，被饭馆的老板泼过泔水，被工地的民工头子打折过腿，捡过破烂，做过搬运工……呵呵，还好，我还活着。"猫五说着自嘲地笑，那种桀骜不驯的骄傲又浮上了脸庞。

"那你现在干什么工作？"我有些好奇。"能挣钱、不犯法的，我都干。像快递员、钟点推销什么的，晚上我在一家娱乐城当调酒师，对了，我还去一家养老院做义工。"

猫五抹抹嘴巴，"谢谢你的午餐，我吃饱了，你做饭手艺这么好，你前夫脑袋肯定长包了！"

猫五就是这样，总让我感觉到生命的力量。我开始收拾碗筷，她转身，"对了，我寻思着你怎么着也不能天天这样闷在家里，要工作，懂吗？"

我点头，其实在猫五向我简短讲述经历的时候，我的身体里已经生长出某种力量。

猫五帅气地笑，"我帮你找了份工作，收拾下咱俩去看看。"

接待我们的是物流公司的片区主任，姓周。周主任和猫五一起带我去了我工作的地方，物流公司仓储库房门前的停车场，八米带挂的康明斯大货车。猫五丢了一把钥匙给我。

要我去当货车司机？猫五更正说：是要你当长途货车司机。

我连连摆手，猫五却拉开车门把我塞进了副驾驶的位置。"这趟我带你，跑甘肃，你也就别装了，那天我救你，在你包里发现你是有大货车驾驶证的！"

不错，那还是上大学时去学的，后来基本没开过。

猫五说，每个女人来这世上都没生过孩子，但到那关口了，你还得生，再说有我这老师傅呢，你怕什么？

说真心话，我起初有些怕，但猫五在我旁边位置上坐下去的时候，我却不知怎么地浑身来了胆气，谁说女子不如男？咱在驾校那阵子，也是优秀学员。

女人怎么了？离婚女人怎么了？活着，能挣钱，能工作，多好啊。我有种满血复活的感觉。

那一趟长途跑了三天，回来的晚上，猫五带我去她供职的娱乐城玩，庆祝我成功复出。

那天猫五喝了很多酒，娱乐城里嘈杂无比，她附在我耳边大声地说，我肝癌了，你知道吗？

三

她确实肝癌，早期。

那段时间，我一有空就回家做饭，我想让这个可怜的孩子多吃点舒服的饭菜，我能为她做的，似乎也就这么多。猫五一边吃却一边埋怨，长途不好跑再换别的工作呀，干吗整天愁眉苦脸的？

我说你的肝……她说这不是还活着吗？杞人忧天！

我哀叹，她却通知我，她要搬走了，她和别人合伙开了个小装修公司，住得太远，工作不方便。猫五向来雷厉风行，那天下午便搬空了所有东西，之后不久，手机也成了空号。

我在那家物流公司干了两年后，被提升了片区主任，不用再跑长途，天天坐办公室负责调度工作。偶尔我会特别想念猫五，那个把我从阴暗拉向光明的孩子，我不知道天杀的绝症会不会把她送去另一个地方。

有一天，我意外地碰见了猫五，在一家产权交易中心。我进她出，撞了个正着。猫五一眼就认出了我。她还是那么帅气利索，迎面就擂了我一拳头，说搬走后手机丢了，想去看你一直忙得没机会，你还好吗？对了，我接手了别人一块墓地，风水很不错……

我想打听猫五近况，以及她身体怎么样了，可是猫五话未说完就有电话进来，她一边接着一边匆忙往外走，说有急事，回见。

给自己买墓地，我佩服猫五的做派，看来，她的身体状况很不容乐观，可让我更没有想到的是，大约半个月后，猫五突然空降到我的

181

05 那双带血的高跟鞋

出租屋，她进门就叽叽喳喳满面红光地告诉我，她倒腾那块墓地一转手就挣了五位数。

我配合不上她的节奏，言语突兀，我说我以为你给自己……她说你以为我给自己买墓地？你真行，我这不活得好好的吗？

我说你身体怎么样了？她说去查了，那破烂癌细胞竟然坏死了一大半，大夫说也许会康复呢。

我说猫五，你真行。我说话的时候就哽咽上了。

猫五说你哭个头呀，人生多美好的，不许哭，我们来到这世上，不是来哭的，是要一路口哨一路歌，朝着光芒万丈的地方进发的！

我的兄弟大军

文／大冰

大军是我的兄弟，年龄比我大，长得像梁家辉。

我的兄弟大军年近四十，他从未穿过西服。他最贵的衣服是一件皮夹克，材质可疑，做工粗糙，由于经年缺乏保养，硬得像盔甲。他经常脱下来把它立在地上，稳稳地扎撒着两只粗壮的袖管，阴郁得像个无头的甲士。

我的兄弟大军很穷，万幸，他也从未奢望把西装革履所折射的生活，作为这场人生旅程的行进目标。他自有他的本色，自有他的随遇而安。

他是个流浪歌手，真名叫安军。我和他认识是在七八年前的丽江。

初识大军

那时候我在丽江的身份是流浪歌手，搭档是后来的丽江鼓王大松。

我们蹭住在菜刀客栈，同吃同住，卖唱收入有富余时就请人吃饭。大军就是那个时期认识的，是大松从街上捡来的。

那天我在院子里种三角梅，他背着吉他和手鼓侧身过铁门，满脸笑容，过来用力地和我握手，回头问大松："你们今晚真的吃腊排骨？唔，腊排骨的味道很好吃的。"然后，他诚恳地看着我说："我很会蒸米饭。"

他不仅会蒸米饭，还很会吃米饭，他把吃饭叫作"干饭"。他吃米饭用汤盆，冒尖的一小盆，菜铺在上面。他有把专用的勺子，用了很多年，小花铲那么大。他吃饭时把碗擎到脸上，45度倾斜，而且他可以一筷子夹走小半盘菜。每次吃饭前都会虔诚地说："吃饱了才有力气讨生活。"

我发现他吃饱饭以后，歌都唱得无比动听。有了大军的加入，卖唱变得引人注目了许多，很多人来和他合影，"梁家辉梁家辉"地喊他。他摆了一个琴盒在面前：边走边唱，支持原创。

大军和我们不一样，每天不挣到一定的额度他是不肯收工的。收成好时，他笑眯眯的；有时候下雨没法开工，他一口接一口叹气。他应该很缺钱吧，可奇怪的是花钱的时候却一点儿都不吝啬。

那时大家吃住在一起，午饭在院子里自己做，他抢着跑市场买菜。晚饭在小馆子解决，他又抢着埋单，不过是几份米线、两盘冷拼，抢得和干仗一样。我那时瘦，他说，大冰多吃点儿，还给我夹菜。他并不知道那时的我有信用卡和存款，还有一个电视主持人的身份。

丽江的卖唱市场竞争渐渐白热化，考虑再三，我和另外一个兄弟路平尝试着做了一批 CD，用最原始的手段 DIY，批发电脑光盘一张张地翻刻。封套是牛皮纸手工糊的，封面手绘，几番讨论后定为 50 元一张。我们卖得出奇好，第一天卖了 16 张碟，这相当于卖唱一个星期的收入。

大军是丽江第三个卖原创 CD 的，他简直就是为此而生的。他那不叫卖，快成批发了，我见过他一天卖 23 张。他说："这简直就是在捡钱啊。"

后来有很长一段时间我没回丽江，生活重心转移到西藏。再回丽江时，在古城口大水车旁遇见大军，他远远地向我走来，边走边喊："哎哟……大冰回来了！晚上来店里吃饭。""你都开店了啊，大军，你哪儿来的钱？""我卖唱卖 CD 挣出来一家小酒吧。"

大军盘下来一家小小的二楼店铺，开了一个小小酒吧，做了一个巨大招牌叫海轮风。我问，这是个什么风格的酒吧？他想都不想地说，原创民谣。他说："又能挣钱又能唱自己喜欢的歌……我的人生圆满了，大冰你下次来我应该就能请得起你吃松茸炖鸡了……"

我到今天都没吃上他承诺的松茸炖鸡。没多久，大军的酒吧就倒闭了，他的原创民谣到底是没干过那些酒吧街驻场歌手们。

于是，大军重新回归街头。那些日子，被同行欺辱，被游人轻蔑，他永远是淡定相对。再和大军卖唱的时候，我实在不忍心把自己的碟片摆出来。他坚持两张专辑并排放在面前，两张一套，一套一百元。我每每尴尬万分地接过钱，左也不是右也不是。

他从未有求于我，只是用一种最朴素的江湖道义来处世：哪怕让自己唯一的谋生手段打折，也要兼顾兄弟的温饱。后来，他知晓我的根底儿后，依旧是卖唱时力推我的碟片。我说，我不缺这个钱啊。他说，你开销一定很大，挣点儿钱换张返程的机票也好哦……

这些年他习惯了如此待我。

拍一部胸无大志的电影

2008 年奥运会前，我回丽江，当时路平的 D 调酒吧已经开得有声有色。之前一起卖唱的兄弟们以 D 调为根据地，继续着半共产主义的生活。

这是一群胸无大志的人们，每天喝茶、弹琴、微醺、恋爱。我从未听他们当中任何一个人和我谈起过梦想二字，除了大军。

他的那个想法把我吓了一跳。大军对我说："我想拍部电影。"这个男人对电影行当策划执行的了解，几乎等同于一个清朝人对高铁运营系统的认知，他又是一个流浪歌手。我说，你开玩笑也开个靠谱点儿的玩笑哦。你也太吓人了吧……没想到更吓人的还在后面，他居然真的就开始干了起来。

不知他查了多少信息，跑了多少次新华书店，居然在两个月内完成了一个独立制片人应该了解的一切。他从旅游学院找到一个文艺青年当视觉导演，从文联找到一个文艺女中年当编剧，还挨个和一起卖唱的歌手兄弟们打招呼："你来当个剧务吧，你来演个角色吧……"他找开摄影工作室的朋友借灯，找有车的朋友借车拉道具。他把路平酒吧的二楼当成临时办公室，那里连张桌子都没有，大家盘腿坐着整夜开会。

剧本讲的是一个丽江混混儿和一个孤儿院病童的故事。小孤儿在丽江混混儿身上寻觅父爱，丽江混混儿为了病童去履行了一个不可能完成的承诺。失去生活方向的中年男人、垂危的孩子，两个人彼此颠覆了对方痛楚的人生。剧情算基本成立吧，他们计划把家用 DV 绑在竹竿上当摇臂，用滑板代替轨道车，还画了分镜头画稿……

片子开拍时我去了新加坡，再回丽江时，大军的片子快要杀青了，我跟着去看了最后一场戏。

大军扮演丽江混混儿，有个脏脏的小男孩演病童。那场戏是拍一次分离：大军和小脏孩儿四目相对，然后各自转身留下背影。按照计划，两个人对视 30 秒，转身后分别走出 20 米出画，但实拍时发生了一点儿变化。那个小孩转身后愣在那里，一动不动，忘了走，也忘了回头。那一刻，那茫然若失的小背影揪心得很，让我的鼻子忽然酸了，仿佛回到童年最无助的瞬间……四下一片安静，终于有个担任剧务的姑娘哭出声来。

我问："大军，你从哪儿找来这么棒的小演员？"他说："我去孤儿院取景，这个孩子趴在栏杆上看着我……他饭量不小，以后一定能长个高个儿。"

这部电影的名字叫《我想飞》。松下高清影像现场电影节四等奖，是这部电影所获得的奖。有点出人意料，据说在部分城市的观影会上反响热烈，还由此引发了一小股针对滇西北地区孤儿院的志愿者风潮，但几乎没人知晓这始于一个丽江流浪歌手的一次疯狂梦想。大军之后再没提过自己拍过电影这回事，好像没发生过一样。

那个脏脏的小孩子，后来经常会来找他玩，不怎么说话，只是依偎在他身边。大军给他炒饭一次打四五个鸡蛋进去，还给他揩鼻涕，亮亮的鼻涕丝儿粘在手指上，他一点儿也不嫌弃，仿佛他就是父亲。

生一张 16 万元的专辑

我们一开始卖碟都是找支电熔麦克，跑到朋友酒吧里录现场版，然后把 Demo 用电脑光驱刻录出来。我们把这种碟叫毛片，取其手段原始、技术粗糙之意。一般购买者谁在乎这个啊，民谣听的是歌词内涵，和技术品质没太大关系。

大军卖了两年毛片，轴劲儿上来了。他把所有的积蓄拿出来，东求西告地筹钱，奔成都，跑广州，租录音棚，买版号，托朋友找知名的音乐制作人，自己监棚给自己录制专辑。他花干净了身上的每一分钱，带着母带一路搭顺风车回丽江。

我听了他录制的这张专辑，叫《风雨情深》。厚厚的外壳，铮亮的黑胶盘，制作精良，内外兼修，编曲和录音不亚于一个正式歌手的专辑品质。

我问他共多少钱，他说没多少。"那到底是多少？"他假装满不在乎地说："16 万。"

16 万！无产阶级的大军你还满不在乎啊？16 万，你得卖多少张碟啊？我替他心疼，骂他："花个一万两万元，做得比之前的 Demo 好点儿就行了，你有几个钱能糟蹋？你不用打榜，又不用拿金曲奖。"大军看着我说："可那是我自己写的歌啊。"

我知道他是个没什么野心的人，但我不是很明白这些折腾所为何求。后来我发现，这次折腾只是刚刚开始。

新碟出来后，他继续以卖唱为生，计划着还完了债，攒够了钱再出第二张！一起卖唱的兄弟们一个接一个地开店了，一个接一个地在丽江租得起院子了，他依旧在三步一亭、五步一岗的流浪歌手们的夹缝中讨生活。

流浪歌手的情人

大军遇见了一个在成都上大学的河南女孩儿，家境殷实，前途光明，是个酷爱旅行的青涩大学生。

这个女孩子爱上了流浪歌手大军，赌上的是自己的青春。她嫁给了他。

她听完大军的第一首歌，人就傻在月亮下面了，整个世界都变成了空气，只剩下一个抱着吉他的胡须男坐在水云间。她一晚接一晚默默地听他唱歌，眼里全是敬仰和爱意，却总站在角落，没勇气上前搭讪。直到在某一个擦肩而过的转角，两个人同时停下脚步，两两相望。

她回去终止了学业，背着铺盖卷儿来了丽江，她还拎着一只超大号的电饭煲。她说："从今天起，我给你做饭吃。"

奇妙的是，她居然获得了双亲的祝福："去吧姑娘，好好和他过日子。"她很认真地去过日子了，给他生了个孩子。

我见过她的父亲，一个和蔼的小老头。老头把小外孙放在膝盖上，骑马一样地颠着，身旁一壶普洱茶。他说："两口子肉吃得，菜也要吃得……"老人家应该经历过半世沧桑无常，能欣许这门亲事，真是个神奇的老人家。

自此，由她陪着大军在街头卖唱，天天听他唱一样的歌，谁也没有她听得认真，推销碟片也没有人比她更敬业。有她为伴，大军抱琴的姿势变得挺胸凹肚。他唱歌时微微侧向她那一方，冲着她男子气地笑。

每天收工后，大军都揣着钱去给她买裙子。他一家一家买各种各样的裙子：民国黑裙、彝族长褶裙、棉布白裙、碎碎的绣花裙，很快就挂满了整个衣橱。刚结婚时，他给她买修身的裙子，怀孕时他给她定做……

她曾偷偷地和我说："大冰哥，要不然你劝劝他……买点儿别的也行哦。"小嫂子，我劝什么劝呢？你的歌手只能给你一间小小的阁楼，他怕他不能带来幸福的旋律，他不能把星斗变成你手上的钻石，那就让他给你继续买裙子吧，给他一个宣泄爱意的闸口吧。

她穿着他买的裙子，认认真真地爱着他和他的音乐，爱到肋骨里。

于是你会看见在街头的阳光里，一家三口坐在墙根，流浪歌手大军弹琴给老婆听，顺便给孩子搞搞音乐幼教。流浪歌手的情人一会儿含情脉脉地看着大军，一会儿看看孩子。不到一岁的孩子吐着泡泡，冲每一个路人咿咿呀呀。

这幅画面长留我心，若你有缘丽江街头得见，也驻足观望一下吧，货真价实的治愈系。

这一辈子，总有些奇妙的东西会从天而降，落给每个人的东西都不一样。摊开手心去接一下又如何，总有一样，值得你去虔心忠诚。

贫穷不予
温柔之名

文／真呀真开心

　　我的小叔，是个穷人。三十多岁的男人，带着他生病的第二任妻子来到我家。在家里小辈眼中，他一直是一个寒酸而且扶不起的阿斗，一个终年奔波在各个地方的打工仔。

　　吃完饭家里只有我和小叔还有小婶婶，我泡茶等水开的时候，他笑着对我说："你啊，这小杯子给我这粗人喝，是牛嚼牡丹。以前在工地干活时，搪瓷大茶缸才合适。"我笑笑没说话。

　　记忆里有一张照片：温和的阳光洒满水面，小叔一身红白相间的校服，优哉自在地坐在石雕扶栏上，侧身抱着一把吉他，发丝黑亮细软，映着阳光跃着淡淡光晕，一张青涩的少年面容干净清秀，20年光景过去，身旁垂下的柳枝依旧在照片上绿得人心软。怎么看，那个初入大学的少年，都不会是今天眼前这个麻将机修检师傅。可是记忆总是那么深刻，深刻到即使他曾一脸颓唐、烂醉如泥地坐在地上，我也总会想起那清秀淡然的少年模样。

这个工地上一抓一大把的民工师傅，曾经在风清月朗的夜晚，在破旧的老苏联楼前拉着二胡。楼下的操场旁有一棵高大的梓树，地上落了柔弱粉白的花朵，我用同样掉在地上的线形蒴果穿起来戴在脖子上，跑到小叔面前臭美，他教我背"维桑与梓，必恭敬止"。当时根本不知道这是什么意思，更不认识这几个字，只是那样的发音通过不断地重复印在了脑子里。再后来高中时，文绉绉的某同学翻着《诗经》找作文素材，摇头晃脑地重复念着这句话，这段记忆又重新浮出岁月的水面。

那时我们一大家子分用我父母微薄的工资，日子过得很清贫，而我是这一大家子里唯一的小孩子。小叔是唯一一个将所有因贫困而带来的不方便，在我眼前转化成快乐的人。直到现在我还会觉得自己内心仍相信"挂面卷一卷会更好吃""帕子用得越旧脸会洗得越漂亮"这类谎话。

大学被退学、和前妻因无子最终离异、家里给找的工作永远干不长久、外出打工多年而没有一分存款、偶尔还需要兄姊救济。

一个多么……无用的男人。

但老妈生前最后一次提起小叔，没有抱怨他退学，没有说他无用，说的是："我刚和你爸在一起的时候，把他带在身边上小学。晚上他会跑去把水倒在盆里，然后抬到我面前，别别扭扭地说'姚芳，洗脚'。个子小力气小，水大半盆都晃在他身上了。"

外出打工多年，小叔将被迫离异的前妻一直带在身边，为她治病的足迹几乎遍及全国。最终确认前妻健康无碍地嫁给别人后，他一无所有地回来了。二十多岁的人，身上的钱加起来没有我一个学生多。

再后来，他在家里人的帮助下，媒人说亲娶了一个小婶婶。是真的小，比我还小上半岁。

今天晚饭的时候，看见小叔给小婶婶盛汤夹菜，细致入微。小婶落筷时碗里还剩大半碗饭，自然地往小叔面前一推。小婶生病关节发炎，换衣服行走都要小叔帮忙，我以为这病很重。等到喝茶的时候，看到小叔把茶杯端到小婶嘴边，小婶说"烫"时，我才明白其实病是三分，七分是有所依仗的任性撒娇。这个比我小的婶婶可以因为"怕黑"而让小叔连坐十几个小时的车，最终在晚上赶回家。

一个男人，在没有金钱与事业，承担不起生活重担的时候，社会从不看他还有什么。或者说，社会踩在他身上，看不见他。

我听过他敛目吹奏时的笛箫悠扬；我也记得他跟我说过"茶。香叶，嫩芽。慕诗客，爱僧家"；我还记得他陪着晕车不愿坐车的奶奶打一段车走一段路地，从一个县走到了另一个市；我记得他曾经意气风发地搂着一个长发姑娘的肩，笑容爽朗地跟我说"将来她就是你么婶"；我记得他将我举在肩上去看苗族对歌……最终记忆定格在他拉着二胡，我蹲在他脚边的画面。

我最后一次看见这把二胡是在四年前，在老家木楼梯旁的地上，落满了灰尘。

世事从不予人千分顺意，贫穷从不予温柔一丝名分。

大庇天下
阿强俱欢颜

文／李家同

　　学校里常有些工程在进行，工人多半年轻，但工头却常常是年纪大的人，物以类聚，年纪大的工头当然会喜欢找我这种老头子聊天。

　　大概四年前吧！有一位赵老板的工头到我的研究室来闲话家常，他告诉我他没有受过什么教育，只有小学毕业，但是他们夫妇俩省吃俭用，将两个儿子都送进了大学。所以他现在可以无忧无虑了，因为两个儿子都有了好的工作。

　　谈到念书，他忽然问我，什么叫"浪淘尽千古风流人物"，这下我可惨了，因为我发现，他根本不知道这句话里面的字是怎么写的，只是知道这句话的音而已，我用尽了方法，将前后文结结巴巴地解释了好一阵子，赵老板似懂非懂地点了点头，其实我想他大概是一知半解的。

　　我问赵老板从哪里听来这句话的，他说他是从阿强那里听来的。

他说阿强是他手下的工人，也是个怪人，常常在休息的时候喃喃自语，而且声音很大。起先大家都以为他精神有问题，后来才知道阿强喜欢古诗古词，他会背一大堆的古诗古词，休息的时候，他就大声地背那些古诗古词，"浪淘尽千古风流人物"，是阿强常常口中念念有词的句子，赵老板最后也记得了这个句子了。赵老板还记得一句阿强常常念的句子，"小楼昨夜又东风"，他说他比较能体会这个句子的意义。

我对阿强大为有兴趣，很想看看这位工人是何模样，赵老板答应替我去请他来找我，不过他说没有把握阿强肯来。

过了一阵子，我听到了敲门声，开了门，我看到了这位喜欢古诗古词的阿强。我心目中的阿强大概是工人中比较文雅的一类，可是我现在看到的阿强又黑又壮，因为是夏天，他光了上身，不仅浑身是汗，而且整个身体都是泥土和水泥之类的东西。至于他的表情呢？这倒是很容易形容，他的表情就是"不情不愿"。还没有开口说话，我已经知道他想说"你这个糟老头找我来干吗？"

我没有等他开口说话，就问他是不是阿强呢？他"嗯"了一声，我请他进来坐下，他自己感到很不自在，一来我的冷气好像对他是太冷了一点，还有一点，他有点怕将我的研究室的椅子坐脏了。

一开始阿强和我聊天，全部都是"长问短答"。尽管我使出浑身解数来使他感到我有迷人之处，他就是懒得和我聊天。可是他忽然看到我桌上的《让高墙倒下吧！》那本书，问我是不是李家同。我说我就是，这一下他忽然变了一个人。

他说他在小学六年级的时候，曾经得过一次奖，奖品就是《让高墙倒下吧！》，他也从此知道在新竹县宝山乡的德兰中心，他知道我在那里做家教，他邻居有一家的小孩子全部都在德兰中心，其中一位是我学生，这个小鬼每次回去都会吹嘘他功课多好，虽然他是小学生，英文却已经很好了。

阿强请我将冷气关小一点，因为他浑身是汗，冷气吹在汗上，非常不舒服，而且他说他习惯了在烈日之下挥汗如雨地工作，几乎很少有吹冷气的机会。我唯命是从地照做了。以后，阿强的话盒子就打开了。

阿强小学在尖石乡念的，他有一位非常好的老师，一直强迫他们大量阅读。现在他回想起来，班上的图书大概都是由这位老师自己掏腰包买的，这位老师还强迫学生背古诗古词。因为他从小就体格高大，因此老师就指定他为小老师，所有的同学都要背给他听。当然他一定要先会背才行，班上虽然不到十位同学，但是他每次都要听很多次背诵，日久天长就会背很多古诗词了。

这位老师使阿强从小就喜欢文学，他一直在班上功课很好。不幸的是，小学六年级的时候，他父亲因为工地发生意外而丧生了，他的妈妈带了他和他的弟弟搬到了城里来。这一个变故，他忽然感受到了贫困是怎么一回事。有好几次，他几乎晚上只有白饭，而没有什么菜吃。他的家断水断电，更是经常发生的事。

尤其令他伤心的是他的功课完全跟不上，英文情形最严重。他小时在乡下，小学里英文根本没有学，开始上城里国中的时候，连 ABC 都不认识，但是他的同班同学却已经认识了好多英文字，他怎么样也跟不上，老师每周小考一次，他永远是班上最后一名，也永远被老师骂，每次都被罚站一小时。

他发现他的同班同学之所以英文好，绝非聪明，而是家境比他好的缘故，有些同学的父母英文非常好。另外一批同学不是家里有家教，就是上补习班。他妈妈英文一个字也不会，他的长辈也都不会英文，当然也无法进补习班和请家教。他在国中一年级上学期还念了一下英文，下学期就放弃了。

数学也是如此，他只是会做教科书里的习题，可是考试题目就不会了。后来他发现那些考试的题目其实可以在一些参考书里看到的，但他没有钱买参考书，所以数学成绩也相当不好。

在一年级下学期的时候，阿强完全放弃了升高中的希望，他知道他绝对考不上公立学校，至于私立学校，他一定付不起学费，所以他就决心找工作来做。

当时他只有国中一年级，但是他体格高大，这给他找到了一个在建筑工地暑假打工的机会，工头就是赵老板，赵老板发现他没有父亲，几乎将他看成自己的儿子，除了给他打工的机会以外，还对他管教甚严。

当时有人给他机会去贩卖盗版光碟，他也真的做了，被赵老伯知道，将他臭骂了一顿，他想如果他不是大个子，早就挨打了。也亏得如此，他才没有被警察抓去。他有一个朋友，现在就在一所感化院里服刑，罪名是"违反著作权法"。说到这里，阿强难掩不满之情，因为他不懂警察为什么不去抓那些制造盗版光碟的人，而要拿这些穷小孩子来开刀。

从此以后，赵老伯就一直设法给阿强临时工做，薪水不错，唯一的条件是他不能学坏，不能喝酒，不能抽烟，不能嚼槟榔，不能打架，当然不能和任何黑道人士接触，阿强发现他不再有挨饿的日子，水电也没有断过。

阿强知道自己升学已经无望，但他的弟弟当时还在小学，所以就设法凑了一些钱，将他的弟弟送进了补习班。他和赵老伯商量，由赵老伯设立了一个账户，里面的钱全部都是替他弟弟准备的补习费用。

在阿强和我聊天的那一年，他的弟弟读国中二年级。他说他的弟弟念书毫无问题，永远是班上的前三名，考上明星高中也绝不是问题。而他呢？他十七岁已是有相当技术水准的水泥工人，赵老板一直教他一些绝活，使他的薪水越来越高。他当然羡慕那些升上了高中的同学们，有一次，他在工地做工，同学们骑脚踏车经过，亲热地和他打招呼，也停下来和他聊天，他们都穿了高中制服，他只穿了一件汗衫，而且上面全是灰，他感到很不好意思。他们同学聚会，他去过一次，后来就不去了。虽然同学们对他很好，他却很不自在。

虽然阿强的数学和英文等等都不好，他对国文却一直都有兴趣，他也常常去学校图书馆借书看，我写的书他都看过了，令我"龙心大悦"，赶快拿了很多糕点和冷饮请他享用。

我送阿强回工地去，他没有用电梯，而是走楼梯下去，我发现他是赤脚的。在走楼梯下去的时候，阿强希望我成立一个机构，专门替穷小孩子找家教。他说穷小孩子的功课不好，大多是因为回了家没有人问。

我虽然答应阿强会注意他的建议，但是当时我心想我哪有能力成立这个机构，除非我碰到了一个善心的富翁。

我写信告诉阿强这个消息，他回信来了。短短的几句话，除了表示高兴以外，也告诉我一个好消息，他的弟弟进入了一所相当著名的高中。

有一天，有人敲我研究室的门，开了门，门口站着的是阿强，这次他穿得整整齐齐的，除了牛仔裤和白色球鞋以外，他出我意料之外地穿了一件白色的长袖衬衫，一望而知，这件衬衫是全新的。他说他要去当兵了，穿得如此整整齐齐是为了不让我看到他的真面目。我知道他在开玩笑，因为我曾写过一篇叫作《真面目》的小说。但他的白色长袖衬衫仍然包不住他的黑皮肤，阿强仍是阿强。

阿强又恢复了那种叛逆的表情，一副"不甩"的样子，我却不在乎他的这种态度，毕竟是年轻人，和我几乎差了五十岁，这种"不服"的表情，我是看多了，每次和那些大学部的大学生聊天，他们也都是"不情不愿"的。这些年轻人一定认为和老教授聊天是迫不得已的事情，必须耍"酷"，才能保持自己的年轻人的尊严。

阿强除了辞行之外，还送了我一个信封，打开一看，里面有几千元，是捐给博幼基金会的，他附了一张纸，上面写了一句话"大庇天下阿强俱欢颜"。还好我知道这是出典于杜甫的诗,"安得广厦千万间,大庇天下寒士俱欢颜"。我谢谢他的时候,眼泪几乎夺眶而出。这么一位善良的孩子,就因为家境不好,而无法升学。

前天,又收到了阿强的信,他说他看了我写的新书《一切从基本做起》以后,有些感慨,这些感慨用一句诗可以形容,"万山不许一溪奔",这次难倒我了,我不知道这句诗出典何处,但我懂得阿强的意思是什么。我赶快去问一位中文系教授,他给了我这首诗的全文:"万山不许一溪奔,拦得溪声日夜喧。到得前头山脚尽,堂堂溪水出前村。"我又想起了那位黑皮肤的年轻人,永远长话短说,永远长问短答,永远"不甩"的表情,但是我们是没有代沟的,我了解他,他也了解我。

201

不过是
流着眼泪吃着肉

文／陈亚豪

　　七月中旬大学毕业后，我来到望京工作，离家不算远，坐一个小时的地铁，但下了地铁到单位还有将近五公里的步行距离，好在望京这一片有非常发达的三蹦子市场，北京俗称蹦子，就是那种烧油的三轮车，经常在路上和汽车飙，毫不示弱，还总是一蹦一蹦的，坐在里面总有种随时翻车的刺激感，从地铁口到公司十块钱，价钱合理，又能享受到飞起来的感觉，坐三蹦子就这样成了我每天生活必不可少的一件乐事。

　　三蹦子由于车身不稳，油门难以控制，又没有避震系统，所以翻车的概率较高，有很大的安全隐患。城管每周都会进行一次三蹦子大扫荡，连车带人一块押走，再加重罚款。基本上望京这一带干三蹦子生意的都是外地来京的底层打工人员，没钱没文化，没人脉没技能，但凡有一点路子的都不会干这门差事，白天在地铁口趴活，一边拉客一边调动全身感官提防城管，晚上住在四百元一月的地下室里，他们和三蹦子一样，每天拼尽全力不停地飞奔，但随时要做好翻车倒地，就此告别这片土地的准备。这些都是一位优秀三蹦子驾驶员讲给我听的。

他让我叫他小六，来北京打工第三年，今年二十二，和我一样大，但坚持叫我大哥，他说坐他车的都是大哥，不是因为我有大哥的范，请我不要再拒绝。我们的相识缘自我常坐他的蹦子，后来慢慢熟悉，从老顾客成了蹦友。每天清晨我走出地铁的时候他都会在路边叼根红梅等着我，这个时间点如果出现别的顾客他都会道歉谢绝，死心塌地地等我。小六是我所体验过的最优秀的三蹦子驾驶员，他常用的招牌驾驶姿势是下身跷着二郎腿，就这样炫酷的姿势却能把车骑得极稳，实在天赋异禀，不过他有一点不太好，总喜欢在路上和我聊天，我倒不是担心他会因此分心，而是他总是喜欢回过头来和我聊天，用后脑勺目视前方。

小六每天都会乐着给我讲点生活趣事，昨天哪个竞争对手翻车了，也不称称自己几斤几两，以为三蹦子是谁都能开的吗？前天哪个哥们一不留神撞到了城管，当场就义愤填膺地抄起随时备好的钳子卸下了一个轱辘，死活咬定这不是三个轮的。还有他千里之外的家里事，他三代单传，去年媳妇给他生了个儿子，一家人高兴得不得了，只是造化弄人，小儿子半年前得了怪病，呼吸常出现困难，方圆百里看了一遍，还是没治好。"不过不要紧，山里的孩子都命硬，我再攒个半年钱就把儿子带到北京的医院来，咱首都还能治不好？"讲这些时小六依然乐呵着，并且，还是非要把头扭过来看着我讲。

我喜欢小六，因为他总是两眼眯成一条线，乐呵呵的，每天早上看到他，我都觉得阳光暖得可以融化掉北京的雾霾。

9 月中旬的一个早晨，我继续坐着小六的三蹦子藐视所有我们一路超过的汽车。那天小六没要我钱，他说他要回趟老家估计月末才能回来，这段时间送不了我了，给我推荐了两个同行好哥们，叫我以后坐他们的车，并告诉我他们是这一带排名第二和第三的三蹦子驾驶员。第二天，小六的身影便没有再出现在地铁门口，生活还要继续，我依然坐着三蹦子去公司。不过第一天没有小六的日子，我乘坐的三蹦子就为了抢路，和同样目空一切的马路霸主——公交车蹭上了，险些侧翻。我很怀念小六。

终有一天你会明白，如果你遇见了一个优秀的三蹦子驾驶员之后，其他蹦子都会变成将就。

一个星期后，小六提前回来了，在地铁门口看到他时我蹦蹦跳跳地就过去上了他的车，他依然眼睛眯成一条细线，乐呵呵的，只是眼角的皱纹比走那天深了一些。我开心得不得了，过去乘蹦奔腾、策蹦驰骋的日子又回来了，我又可以在小六的蹦子上觊觎一切豪车了。小六的技术丝毫没有退步，驾起车来反而更加迅猛，像一头压抑许久的野兽，向这个世界怒吼着冲向公司。

那天到公司的时间较已往早了几分钟，下车时我想起还一直没问他之前突然回老家的原因，"六子，那会怎么突然说走就走了，家里没出啥事吧？""没事大哥，儿子病情严重了，媳妇和我娘着急，让我回去看看。"

"那现在好些了吧，看你没到月末就回来了。"

"死了，喘不上气，眼看着死的，小脸都憋紫了。"

我一时怔住，嗓子里像卡进了玻璃碎片，再说不出任何话语，连唾液都忘了该如何吞咽。

"死就死了吧，这娃命苦，生下来就受这活罪，我没出息，实在没法治好他，早点投胎去个好人家，千万别再给我当儿子。"

没有悲愤，没有凄凉，甚至连情绪的变化都没有，小六就这样平静地讲述着一个好像与他毫无关系的孩童的死去。

可他眼角下那在一周里好像被锥子凿刻了的皱纹，没能藏住他内心的悲痛。

秋日清晨的暖阳照射到小六的脸上，他的眼睛又重新眯了起来，嘴角再次咧出弧度："大哥，你快去上班吧，我回去趴活了，明儿见。"

就像春的生机盎然，夏的浪漫浮华，冬的安宁沉静，秋天，就像一位历经人间百态，谙熟命途多舛的中年男子，已经走过了盎然，穿过了浪漫，为了那最终的安宁，只得坚强到沧桑满面。

或许每个人，都逃不过这命里的秋天吧。

9 月末，一位过去要好的舞友阿飞来找我和其他两个哥们吃饭，每个人都西装革履，人模人样的，再也不是曾经那个放荡不羁一边走路一边塞着耳机做 Pop 的街舞少年。饭桌上，我们聊起了过去舞蹈带给彼此的快乐，聊起拿过的奖项，创下的辉煌，还有台下姑娘们的尖叫。只是谁都逃脱不了岁月这把刻刀，青春里的光鲜和华美都会被它悉数刻进眼角的鱼尾纹，埋藏在"当年勇"的话题里。

阿飞说，刚毕业那会，身边跳舞的朋友还都在坚持，每周都会找个舞室聚一下，现在都找不到人了，就剩他自个每晚洗完澡在浴室的镜子前翩翩起舞了。

阿飞是东北人，我对阿飞的了解其实只限于舞蹈，四年前他来我家这边念大学，横扫了本土街舞圈的所有人，他是我认识的跳舞朋友里练舞时最专注的，也是唯一一个把爱好坚持进生命里的人。不过后来被我反超了，让我抢回来了本土第一的宝座，没办法，我就是受不了别人比我帅。

除此之外，我还知道阿飞很喜欢笑，四年，我几乎从来没有听他讲过一件不开心的事，永远笑嘻嘻，永远生活太美好。有一次他丢了钱包，钱包里除了各种卡之外还有刚取的两千人民币，但他的第一反应是立马找出一支笔和一张纸，埋头写了半小时，然后咧着嘴对我们说"哈哈哈，卧槽，终于可以狠宰你们一顿了"，这才发现纸上写的是下个月要蹭饭的人名单和详细的时间安排……

饭间阿飞出去接了个电话，回来后眼圈就红了，要了一瓶白酒和六瓶啤酒。他从来不喝酒，他总说他喝这玩意就是喝毒药，每喝一口都得少活两天。另一个哥们前阵子刚因为中美异地和四年的恋人分手，一直嚷嚷着要喝两杯，看到阿飞现在舍命陪君子，大家的酒兴都被点燃了。

借着酒劲，你一言我一语地开始诉说起各自最近生活的不如意，但觥筹交错间没有任何安慰的话语，只有嘻嘻哈哈，互相指着鼻子嘲讽着对方的苦痛，很多事情，还真的是笑笑就过去了。

阿飞一直没有说话，还是笑，只是笑。

他用迷离的眼神看着我，"你知道为什么我对舞蹈这么坚持吗？"旁边的大宇说，"豪哥，我跟你说，阿飞可是有故事的人，你们以前没深聊过，绝对够你写篇文章的。"

我知道他有故事，一直都知道。

这些年我认识或遇见过不少像阿飞一样的人，每天都没心没肺的，恨不得把嘴角咧到耳根，简直觉得他们是在郭德纲的相声里长大的孩子。

可是越是这样的人，越是总隐约觉得他们的心里并没有那么多明亮，就像那句听起来很矫情的话，笑得最开心的人往往也是哭得最伤心的人，这话其实还挺对的。

越是拼尽全力地向阳生长，越是为了甩开身体里的阴影。

那些似乎从来没有过灰暗情绪的，始终不愿提及悲苦故事的人，心里都不知道藏了多少疤。我们避而不谈的，往往像极了我们自己。

这是认识阿飞这些年，他第一次主动讲述自己，"年幼的时候父母离婚，没过两年，妈就去世了，因为先天的遗传疾病。从小到大我都是在姥姥身边长大的，她是我这世上最亲的人，也是唯一的。上学后，由于家庭原因，基本上都在四处转学漂泊，我从来就没有过什么朋友，妈的病也遗传到了我身上，身体一直很差，其实能活多久我自己也不知道。好在后来接触了街舞，跳舞对我来说远不只是爱好，是我生命的一部分，说句夸张的，它是我的精神寄托。而且让人开心的是，因为跳舞我认识了不少朋友，我对人生没什么想法，没有奢求也没有梦想，我就觉得能活着就很好了。现在每天早上游泳晚上跑步，尽量维持身体健康，使劲活，能和朋友们跳跳舞，偶尔像现在一样破戒喝两口酒就够了。"

阿飞平淡地讲完这段话，只是讲述，没有任何对苦痛的倾诉和怨愤。大家什么也没说，一起干了杯中酒。

"人活着必须坚强，除了坚强，一切都没有意义。"这是那天酒桌上阿飞的结束语。

　　走出饭店时夜幕已深，哥几个一时兴起想跳会舞，于是我们走到一个路灯下围成一圈，用手机放起音乐，一人一段轮流跳了起来。没有舞台，没有追光灯，没有音响，没有观众，只有我们自己。9月末的北京已经很凉，但大家都跳到大汗淋漓，坐在马路牙子上，你看着我我看着你，哈哈哈地笑了起来。

　　能吃肉的时候就大口吃肉，想喝酒的时候就喝个痛快。挫折、苦难，悲伤、失落，迷茫、彷徨、离别、孤单，这不过是一个个两字词语，被它们击倒的人，不过是不想再站起来的人。

　　那晚阿飞接到的那个让他忽然红了眼眶的电话，带来他姥姥去世的消息。从小带他长大的姥姥，他这辈子最亲的人。我们告别时他告诉大家的。

　　"每一个不曾起舞的日子，都是对过往生命的辜负。"我想起了狂人尼采的这句话。

　　10月中旬的清晨，我继续坐着六子的三蹦子来到公司，下车离开时六子叫住了我，"大哥，晚上有空吗，想请你吃个饭"，"有啊，五点下班，楼下等我"。

　　"对了，给咱这座驾洗个澡，晚上咱去点上档次的饭店，就开着它去"，我说。小六笑着眯起眼睛，爽快地答道："好嘞。"我也眯起了眼睛。

　　下班后，小六如约而至，还真给三蹦子洗了个澡，那铁皮锃亮锃亮的，我当时想着如果下一部变形金刚里能出现一辆三蹦子，那绝对亮瞎中国观众。我上车给他指着路，小六继续跷着二郎腿，老样子，一边向前开一边回过头和我聊着天，在一家朝鲜烤串城前我们停下了。

小六下了车和我一起上楼，这是从七月相识至今，我第一次看到离开三蹦子的小六，我终于明白为什么他一直要跷着一条二郎腿炫酷地开车，他的左腿是瘸的。

我把店里所有的招牌烤串点了一遍，满满一桌子的肉，然后要了一箱啤酒。

"先说好了，今这顿饭我结账。"我对小六说。

"不行不行，凭啥啊，都说了我请你！"

"行，那咱就看谁最后能清醒着出门，这会说得再潇洒，一会喝得连爹妈都不知道叫啥了也是抽自个嘴巴。"

"哈哈哈。大哥，你可别逞能啊，我每天早上起来都是喝两盅才出去趴活的，你能看出我酒驾吗？"小六冲我扬了扬下巴，一脸的傲娇。

"你大爷！"

我要了两个大碗，一碗差不多是半瓶啤酒，我俩谁也不服谁，比着大口吃肉，比着举起碗就一饮而尽。

我记着半箱下肚的时候，旁边桌两个韩国人，估计是被我们大碗喝酒的架势所震慑，倒了一杯啤酒过来敬酒，用蹩脚的汉语说："中国人，厉害！"小六直接抄起一瓶，用牙咬开，"我们是爹。"低头思绪了两秒钟，"思密达！"然后咕嘟咕嘟就干了。还没等我来得及去解释两句，那两个韩国人就结账穿衣服走了，怂得令人很无奈。

基本上这就是当晚喝酒的前两个小时中，小六所说的唯一一句话。

我确实喝不过小六，七瓶下肚之后，酒就卡到嗓子眼了，再喝一口，我就有可能像喷泉一样吐小六一脸，他也多了，看刚才的豪侠之气，我真怕万一吐到他身上他会抄起酒瓶子揍我。他继续大口吃肉大碗喝酒，我抽着烟，养精蓄锐，等着……结账。

在我彻底甘拜下风的一小时后，小六继续神勇着。我拿起根烟点燃后送到他嘴里时，他突然就像狼嚎一样开始哇哇大哭，我被吓了一个激灵，赶忙拿纸巾递给他，小六挥挥手，继续狠狠地吃肉，就那么泪流满面地大口吃着肉。

"大哥，我以后送不了你了，家里媳妇跟别人跑了，我怪不了她，我没出息，出来打工三年多也没能混个人样，儿子的死对她打击也很大，我知道她恨我，恨我没能治好儿子。

"我俩从小在山里长大，真是青梅竹马的，她可是我们村里的村花，好看着呢！跟了我真是委屈，你说我有啥值得她跟的？听说她现在跟的那个人是我们那片最有钱的人家，好事啊！"

"我娘年纪大了，一下给气病了，我得回去陪她，让她好起来。我再没出息，我也得让我娘好起来，你说是不是？"

"是。"我干了一碗。

小六笑了，"大哥原来你还能喝啊，能不能实在点。"小六的眼泪一直在淌，这是我第一次在眼前看着一个人，边哭边笑，还一边大口地吃肉。

后来小六再也没提这些事，他开始跟我唠嗑扯淡，他讲了很多他们三蹦子兄弟的故事，讲他们为了能给家里多汇钱三个人挤在十平方米的地下室里，讲他们为了生活，做的那些偶尔有失道德的疯狂事，讲他们每晚睡觉前都会一起唱首家乡的歌。

我听得津津有味，沉浸在他的话语里，比起平常朋友和同事讲的那些前天谁赚大钱升职了，昨天谁终于历经艰辛实现梦想，今天谁多么励志多么辉煌，更有趣。有趣的不是小六的讲述方式，而是他讲的每一句话，都太过真实，真实得更像生活。真实的，这才是人生。

生活真的有那么多光鲜和靓丽吗？生活真的可以一如海面升起的太阳让人向往和着迷吗？生活真的是有那么多苦尽甘来的实现和获得吗？

与其说人生是为了实现和获得，不如坦诚地说，人生不过是不断地失去和承受。

"生活就是这样，不如诗啊。"

那晚我背着小六离开饭店，我走得战战兢兢，努力平稳脚步，真怕一个震荡他就吐我一头的啤酒加肉。小六好样的，一直没吐，就是一边撕着我的耳朵一边喊"驾"，我突然想到，他不过和我一个年纪，大学刚毕业的年龄，还是一个大男孩啊。

背他回去的路上，小六一直在笑，笑得酣畅淋漓，我问他，你到底在笑个蛋，"想让我哭？去你娘的吧！"然后又是一阵大笑。

那笑声震耳欲聋，在夜晚的空气中肆意飘荡，简直和战场上斩杀百敌的英雄一样荡气回肠。

对，小六是个英雄，生活里的真英雄。

愿他永远把酒当歌，以笑代哭，愿他永远这般倔强地藐视人生一切不如意。

小六走后，我在公司附近租了房子，再也不坐三蹦子了，以此纪念小六。

爷爷的妈妈，我的太奶奶，今年 99 岁，前年我回老家看望她时，她老远就兴奋地喊我，"是豪豪吗，豪豪回来看我了"，我跑过去像对待一个小女孩一样把她搂进怀里。一个大半身埋进土里的人，一个全身刻满皱纹像一棵枯朽老树的人，却依然耳聪目明头脑清晰，饿了的时候能用一口假牙啃半只烧鸡，太奶奶才是我的女神。

爷爷和我说，太奶奶是个了不起的人，她和在那个裹脚年代长大的人别无二致，了不起的是她一直活到了今天。她经历了那个时代每个人都要经历过的饥荒、混乱、文革，经历了这个世上每一个人都要经历的苦难、不如意、病痛、离别，和生活与岁月带给每个人的摧枯拉朽与孤单寂寥。

她至今依然站立在这片土地上，她没有成功和荣耀，没有策马红尘的青春，没有为了人生理想的一路奋战。但她从来没有被生活打败过，她没能从岁月那里获得些什么，可岁月也从未能从她身上剥夺摧毁掉什么。

她是一个真实的，平凡的，像这个世界上被无数人所鄙夷的又和无数人一样为了活着而生活的人。

她是个了不起的人，是我心里的女神。

太奶奶没有所谓的人生哲学和长寿秘诀，活了将近百岁走过了一个世纪的人，每一句对生命的感慨都是有着经过时间验证的深刻，但她一如过去从不言感悟也不语遗恨。我从来无法从她那里获得些指点或经验之谈，我俩一块的时候干得最多的事就是一起吃烧鸡。

关于她的人生过往，我从爷爷那里听到过一二。太爷爷在世时是那个年代的财主，生意做得很大，家里有两辆马车，大土豪。这当然一定是要被革命的，被大伙深恶痛绝的。嫁鸡随鸡嫁狗随狗，太奶奶只是命运的跟随者。命运弄人，太爷爷不到四十就离世了，不到三十的太奶奶成了对丈夫阶级仇恨的转移者，批判的承载者。唾弃、咒骂、侮辱，这些基本上构成了她的后半生。她并没有悲愤和怨恨，像一块钟表一样继续生活，只是在每一年太爷爷的祭日时，她都会做上一锅肉，无论贫穷或富裕，然后一个人端起一碗肉坐在家里门前，一边流泪痛哭，一边大口吃肉。

流着眼泪也要吃下肉——这就是太奶奶这一辈子的人生哲学吧。

每个人就像漂浮在海面上的一叶孤舟，被大浪翻滚，被海水吞没，难得风平浪静，还会苦闷与孤单无助。可这片汪洋上，着实漂泊着太多和你我一样的孤舟破船。就像老水手会嘲笑新水手的惊愕和慌乱，有一天，你也会因想起过去自己的不知所措而谈笑风生。

你我他都明白，每往前走一步，每长大或苍老一岁，那些得到的，其实永远无法抵消所失去的。人也许真的会在某一岁开始停止前进，不再变得更聪明，更靓丽，不再变得更睿智，更有才学。但是有一件事，是这世上的每一个人都在永远、不断、直到死去也在成长和变强的，那就是承受力。

人的心脏，永远在变大，心里装的回忆和故事永远在丰盈，心房的厚度永远在增加，心窝里那个曾经最脆弱，恨不得一针致命的地方，其实也在越来越坚硬。

有时就觉得吧，哪有那么多的辉煌和荣耀，快乐对于人来说总是短暂的，悲痛才是永久的，才是让人铭记的。永远在受挫、在告别、在彷徨、在孤单。你说人活着是为了实现和获得吗？不是，人在世上每活一天都是在失去和承受。你说人是靠理想和憧憬活着吗？不是，人是靠坚强活着。

明明懂得很多大道理。可当自己深陷其中时，又迷茫脆弱得像个孩童。生活周遭的一切就是如此，发生在别人身上时你总会感到太过残酷和无情，可当它落到你头上时，无论如何，你也会走下去。

伟大的人或许都有着相同的伟大，可平凡的人，一定都有着不同的伟大。

生活啊，不过如此，流着眼泪也要吃下肉。

末等生

文/张嘉佳

一

1997 年，王慧坐我前排，格子衬衣齐耳短发。

有天她告诉我，暗恋了一个男生。我问是谁，她说你猜。

文科班一共十八个男生，我连猜十七次都不对。只能是我了！这下我心跳剧烈，虽然她一副村姑模样，可是青春的表白总叫人心旌摇晃。这时候她扭捏了半天，说，是隔壁班的袁鑫。

香港回归的横幅挂在校园大门上。7 月 1 日举办"祖国我回来了"演讲大赛，我跟王慧都参加。四十多名选手济济一堂，在阶梯教室做战前动员，学生会主席袁鑫进来给我们训话。

他走过王慧身边，皱着眉头说，慧子，要参加演讲比赛，你注意点形象。慧子一呆，难过地说，我已经很注意了啊。

她只有那么几件格子衬衣，注意的极限就是洗得很干净。后来我知道她洗衣服更勤快了，每件都洗到发白。

　　袁鑫和一个马尾辫女生聊得十分开心，最后袁鑫对马尾辫说，加油，你一定拿冠军。

　　慧子咬着笔杆，恨恨对我说，你要是赢了她，我替你按摩。我大为振奋，要求她签字画押，贴在班级黑板报上。

　　当天通读中国近代史，次日精神抖擞奔赴会场，大败马尾辫。

　　晚自习解散的时候，在全班"胜之不武"的叹息声中，我得意地趴在讲台上，等待按摩。

　　王慧抿紧嘴唇，开始帮我捏肩膀。我快挺不住的刹那，慧子小声问我，陈末，你说我留马尾辫，袁鑫会觉得我好看吗？

　　我不知道，一个人好不好看，不是由自己决定的吗？

　　1998 年，慧子的短发变成了马尾辫。

慧子唯一让我钦佩的地方，是她的毅力。

她的成绩不好，每天试题做得额头冒烟，依旧不见起色。可她是我见过最有坚持精神的女生，能从早到晚刷题海。哪怕一题都没做对，但空白部分也会填得密密麻麻，用五百个公式推出一个错误的答案，令我叹为观止。

慧子离本科线差几十分。她打电话哭着说，自己要复读，家里不支持。因为承担不起复读的费用，所以她只能去连云港的专科。我呢？第二年我又考一次。

1999 年 5 月，大使馆被美国炸了。复读的我旷课奔到南京大学，和正在读大一的老同学游行。慧子也从连云港跑来，没有参加队伍，只是酒局途中出现了一下。

在食堂推杯换盏，她小心地问我："袁鑫呢？"我一愣："对哦，袁鑫也在南大。""他怎么没来？""可能他没参加游行吧。"慧子失望地"哦"了一声。我说："那你去找他呀。"慧子摇摇头说："算了。"

我去老同学宿舍借住。至于慧子，据说她是在长途车站坐了一宿，等凌晨早班客车回连云港。

对她来说，或许这只是一个来南京的借口。花掉并不算多的生活费，然而见不到一面，安静地在车站等待天亮。

慧子家境不好，成绩不好，身材不好，逻辑不好，她就是个挑不出优秀品质的女孩。

我一直想，如果这世界是所学校的话，慧子应该被劝退很多次了。生活、爱情、学习，她都是末等生。唯一拥有的，就是在别人看不见的地方咬着牙关，坚持再坚持，堆砌着自己并不理解的公式。

无论答案是否正确，她也一定要推导出来。

二

2000 年，大学宿舍都在听《白桦林》。9 月的迎新晚会，文艺青年弹着吉他，悲伤地歌唱。

我拎着啤酒，晃悠在校园。回到宿舍，接到慧子的电话。她无比兴奋：陈末，我专升本啦，我也到南京了，在南师大！

末等生慧子，以男生的方位画一个坐标，跌跌撞撞杀出一条血路。

2001 年 10 月 7 日，十强赛中国队沈阳主场战胜阿曼，提前两轮出线。一群男生大呼小叫，冲到六栋女生宿舍楼下。

我在对面七栋二楼，看到他们簇拥的人是袁鑫。袁鑫对着六栋楼上阳台，兴奋地喊，霞儿，中国队出线啦！请做我的女朋友吧！一群男人齐声狂吼，请做他的女朋友吧！

望着下方那一场幸福，我脑海浮现出慧子的笑脸，她穿着格子衬衣，马尾辫保持至今，不知道她这时候在哪里。

2002 年年底，"非典"出现，蔓延到 2003 年 3 月。我在电视台打工，被辅导员勒令回校，不允许和校外人员有接触。

我在宿舍百无聊赖打魔兽，接到电话，是慧子。她说，一起吃晚饭吧。我说，出不去。她说，没关系，我在你们学校。

我好奇地跟她碰面，她笑嘻嘻地说，实习期在你们学校租了个研究生公寓。

去食堂吃饭，我突然说，袁鑫有女朋友了。她有些慌乱，不敢看我，乱岔话题。

我保持沉默，她终于抬头，说，我想和他离得近一些，哪怕从来没碰到过，但只要跟他一个校园，我就很开心。

一个女孩子，连男生都不知道她的存在，她却花了一年又一年，拼尽全力想靠近他。无法和他说话，她的一切努力，只是跑到终点，去望一望对面的海岸。

就如同她高中做的数学试卷，写满公式，可是永远不能得分。上帝来劝末等生退学，末等生执拗地继续答题，没有成绩也无所谓，只是别让我离开教室。

看着她红着脸，慌张地拨拉着米粒，我的眼泪差点掉进饭碗。

三

2004 年，慧子跑到酒吧，电视正直播着首届超女的决赛。我们喝得酩酊大醉，慧子举起杯子，对着窗外喊，祝你幸福！

那天，袁鑫结婚。

我看着她笑盈盈的脸倒映在窗玻璃上，心想，末等生终于被开除了。

2005 年，慧子跑到酒吧，趴在桌上哭泣，大家不明所以。

她擦擦眼泪说，他一定很难过。传闻，袁鑫离婚了。

那天后，没见过慧子。打电话给她，她说自己辞职了，在四川找事儿干。

2006 年，一群人走进酒吧。看见当头的两个人，管春手里的杯子"哐当"掉在地上。朋友们目瞪口呆，慧子不好意思地说，介绍一下，我男朋友袁鑫，我们刚从四川回南京。

我头"嗡"的一声，没说的，估计袁鑫离婚后去了四川，然后只对他消息灵通的慧子，也跟着去了四川。

坐下来攀谈，果然，袁鑫去年跟着亲戚，在成都投资了一家连锁火锅店，现在他打算开到南京来。袁鑫跟搞金融的同伴聊天，说的我们听不太懂，唯一能听懂的是钱的数目。

慧子也听不懂，只是殷勤地倒酒，给袁鑫每个朋友倒酒。她聚精会神，只要看到酒杯浅了一点，立刻满上。结账时，几个男人假装没看见，慧子抢着把单埋了。

2007 年，慧子和袁鑫去领结婚证。到了民政局办手续，工作人员要身份证和户口本。

慧子一愣，户口本？工作人员斜她一眼。袁鑫说，我回去拿。袁鑫走了后，慧子在大厅等。她从早上 9 点等到下午 5 点。

慧子想，袁鑫结过一次婚，他怎么会不知道要带户口本呢？

慧子站不起来，全身抖个不停。她打电话给我，还没说完，我和管春立刻开车冲了过去。

慧子回家后，看到袁鑫的东西都已经搬走，桌上放着一张存折。袁鑫给她留下 10 万块钱，还有一张纸条：其实我们不合适，保重。

大家相对沉默无语，慧子缓缓站起身，一言不发就往外走。慧子伸出手，管春把车钥匙放她手心。她开向一家火锅店，火锅店生意很好，门外板凳上坐着等位的人。

店里热闹万分，服务员东奔西跑，男女老少涮得面红耳赤。慧子大声喊，袁鑫！她的声音立刻被淹没在喧哗里。

慧子随手拿起一杯啤酒，重重砸碎在地上，然后又拿起一杯，再次重重砸碎在地上。全场安静下来。

慧子看见了袁鑫，她笔直地走到他面前，说，连再见也不说？袁鑫有点惊慌，左右环顾满堂安静的客人，说，我们不合适。

慧子定定看着他，说，我只想告诉你，我们不是 2005 年在成都偶然碰到的。我从 1997 年开始喜欢你，一直到今天下午 5 点，我都爱你，比全世界其他人加起来更加爱你。

她认真地看着袁鑫说，我很喜欢这一年，是我最幸福的一年。可你并不喜欢我，希望这一年没有对你有太多的困扰。不能做你的太太，真可惜。那，再见。

袁鑫呆呆地说，再见。

慧子把自己关在租的小小公寓，过了生命中最孤单的圣诞、最孤单的元旦。我们努力去陪伴她，但她从不开门。

新年遇到罕见暴雪，春运陷入停滞。我打电话给慧子，她依旧关机。

2008 年就此到来。

四

隔了整整大半年，4 月 1 日愚人节，朋友们全部接到慧子的电话，要到她那聚会。

大家蜂拥而至，冲进慧子租的小公寓。

她脸浮肿，肚子巨大，一群人大惊失色，面面相觑。

毛毛激动地喊，慧子你怀孕啦，要生宝宝啦，孩他爸呢？

毛毛突然发现我们脸色铁青，她眨巴眨巴眼睛，"哇"一声号啕大哭，抓住慧子的手喊，为什么会这样？

慧子摸摸毛毛的脑袋说，分手的时候就已经三个月了，站着干吗，坐沙发。

我们挤在沙发上，慧子清清嗓门说，下个月孩子要生了，用的东西你们都给点主意。

我们聊了很久，慧子有条不紊地安排着需要我们帮忙的事情，我们忙不迭点头。

可是，毛毛一直在哭。慧子微笑道，不敢见你们，因为我要坚持生下来。我说，生不生是你自己的事情，养不养是我们的事情。慧子摇头说，养也是我自己的事情。

离开的时候，毛毛走到门口回头，看着安静站立的慧子，抽泣着说，慧子，你怎么过来的？慧子你告诉我，你怎么过来的？

管春快步离开，冲进地下车库，猛地立住，狂喊一声，袁鑫，你个浑蛋！

他的喊声回荡在车库，我眼泪也冲出眼眶。

慧子顺产，一大群朋友坐立不安守候。看到小朋友的时候，所有人哭得不能自已，只有精疲力竭的慧子，依然微笑着。

毛毛陪着慧子坐月子。每次我们带着东西去她家，总能看到两个女人对着小宝宝傻笑，韩牛熟练地给宝宝换纸尿裤。

嗯，对，是韩牛，不是我们不积极，而是他不允许我们分享这快乐。

五

2012 年曼谷郊边的巧克力镇，高中同学王慧坐在我对面。东南亚的天气热烈而自由，黄昏像燃着金色的比萨。

慧子不是短发，不是马尾辫，是大波浪卷。

王慧给我看一段韩牛刚发来的视频。

韩牛和一个 5 岁的小朋友，对着镜头在吵架。

韩牛说，儿子，我好穷啊。

小朋友说，穷会死吗?

韩牛说，会啊，穷死的，我连遗产都没有，只留下半本小说。小朋友说，爸爸，那我帮你写。

王慧乐不可支。

记忆里的她曾经问，我留马尾辫，会好看吗?

现在她卷着大波浪，曼谷边郊的黄昏做她的背景，深蓝跟随一片灿烂，像燃着花火的油脂，浸在温暖的水面。

马尾辫还是大波浪，好不好看，不是由自己决定的吗?

对的，所以，慧子，你不是末等生，你是一等兵。

就算选错，人生也不会毁了

文／（台湾）小野

我弟弟小时候和爸爸出门，回程天气很热，路上有人卖冰，爸爸问他要不要吃，他摇摇头说："我不热，我不要吃冰。"回家后我爸爸写了一篇日记，说孩子很懂事，知道家里穷，即使想吃仍回答不要。

弟弟是我这一辈小孩的缩影。连饭都吃不饱的年代，生存是唯一目的，怎么可能让你做选择？就算让你选择，你也知道哪个选项是大人想要的。

你以为孩子在做选择，但是他的选择有两种：一种是真的知道自己要什么；另一种是，他的选择是为了满足大人，而非自己。

我的儿子女儿和我生存的年代不同，他们从小就有很多选择机会，但两个孩子从小在"做选择"这件事上，反应截然不同。

哥哥很自我，每次都选最好的、最大的、最贵的，总是反反复复、犹豫不决。妹妹则很坚定、没有一丝犹豫，总选择最简单合宜的。他们小时候我有种误解，以为哥哥不懂自己要什么，而妹妹很会做选择。

一直到多年后妹妹跟我抱怨一件往事，我才知道误会大了。

有次，全家去香港玩，念小学的哥哥和幼儿园的妹妹，回程可以去玩具城各挑一个玩具。妹妹一开始就挑了个哪里都买得到、不到一百元的小黑板。哥哥从进门那刻起，一直挑一直换，最后挑到一个八百元的蝙蝠侠。结账途中，看见一个限量版、要价四千元的蝙蝠侠，又换："我要这一个！"他妈妈终于发火了，认为他没主见，只会选最贵的，不准他买。是我出面缓和，替儿子说好话，兄妹才皆大欢喜带着自己选中的玩具回家。

事隔二十多年，妹妹对这件事竟然还耿耿于怀。她说，选完就后悔了，可是我们赞美她的坚定，拿她的表现骂哥哥，所以她不敢换。但她很羡慕哥哥，每次都这么坚持，不惜大哭大闹，最后都得到想要的。

就如女儿说的，我儿子是要选就选最好的，努力争取。从小，他喜欢的女生都是全校最漂亮的。虽然没追成，他也不以为意，至少试过了。

大学毕业，他想出国念电影，非相关科系毕业的他，竟然填了美国电影研究所最好的前十所学校。我劝他选择符合他程度的学校，他说："爸爸，出国念书要花那么多钱，如果不能念最好的，我在国内拿文凭就好。"后来，他被哥伦比亚大学录取。

他就是这样，一路都要最好的，努力去要。别的父母可能会骂他一顿，说他好高骛远。可是你为什么要阻断他对未来的想象？何不让他去，失败了再想办法，只要他愿意为选择负责就好。

而从小温暖体贴、做选择果断，人生看似一帆风顺的妹妹，高中时却面临了很大的人生困惑。高一上学期结束，她跟我们说："我要休学！"她念的明星中学弥漫着"只有前三志愿才是好学校"的价值。她那年没考上前三志愿，这个挫败让她对自己没自信、对学习产生怀疑。

我要她给我半天想想。半天后我和太太同意了，但是有两个条件：第一，自己规划休学后的学习与生活；第二，把高一念完再休学。

整个高一下学期，她都在为未来的休学生活做准备。每天早上七点半听《空中英语教室》，然后开始一天的学习、创作、看书加强中文能力、找课程补强对天文学的兴趣等。家中还留有一本写满同学祝福的纪念册，她向全世界宣告要休学，断了自己的后路，决心下得很大。

办休学手续的前一天，她写了封信给我，说她这五个月其实是在闹情绪，因为高中考坏了，所以心里面过不了关，现在想通了，决定把高中读完，大学念设计。想通了，知道念高中是为了什么，就比较快乐、比较甘愿。

我很了解，生命本来就是这样曲曲折折。我念过生物系、当过生物老师、放弃在美公费攻读博士的机会返台湾写作、写过小说与散文、做过电影与电视，每次生命的转换，没有因此就不害怕。我只知道当老师无法满足我，我只知道我不喜欢美国的科学家生活，但我喜欢什么，我并不清晰，只是当我隐约知道这似乎是我要的，我就去追求。

在这样心情下长大的人，当了爸爸，会很小心翼翼，不轻易扑灭孩子的想法。我并不是多么英明的爸爸，知道孩子未来的道路。我只是真心相信，大人一辈子做过这么多错误的选择，真的没有比较高明，不会知道哪一个选择是真正"正确的"选择。而且，选择也无所谓对错。

就算选错了，人生也不会因此就毁了。儿子也曾经问我："如果我到后来去婚纱店当摄影，你会不会很失望？"我说不会，然后说："如果你告诉我，我终于明白我走错路了，或是电影根本没有路了，你当婚纱摄影把自己养活，有什么不好？"他说："这样根本不需要去美国念书那么久。"

我告诉他，那是你人生中很珍贵、奢侈的一段生活，爸爸可以帮你做到，我也很高兴。我大学念生物系四年、医学院工作两年，公费到美国念书又放弃，不是浪费了十年吗？我后来做的电影、电视看似和这些经历无关，可是我的确因此和别人不一样。

我为什么那么放心让小孩做选择？因为我已经看清楚，人生的路每一段都有意义，失败也好，走错路也好，最后都让你变成今天的自己。

孩子小的时候我很少跟他们说："我教你。"只是在他做选择的时候，陪着他去看，你是怎样的人？有哪些优点？适合什么？从他的个性中找出他适合的方向，他会比较有自信，有自信的人，比较不容易做出错误的决定。

看得见远方，追得上路人

文／张皓宸

近视先生说过："一个人最悲哀的，不是看不见该努力的终点，而是把你所在的咫尺，当成你以为的远方。"

近视先生出生在城市的郊县，上的小学在他家背后，中学步行不超过五分钟，好不容易高中毕业，顺父母的意思，报了离家驱车半小时就到的艺术院校。上了大学才第一次感受到不住家的滋味，才看见市中心的全貌，也才知道沃尔玛是超市，有种特别贵的冰激凌叫哈根达斯。

不是家里穷，而是在世外桃源待久了，与时代有些脱节罢了。近视先生从小被家里惯着，三岁就开始疯狂看电视，结果小学一年级就戴上了眼镜。在同龄女生开始钟爱帅哥的年纪，他却对不起自己的五官，活生生颓废成屌丝。但他没有半点危机感，因为他觉得近视有眼镜可以戴，屌丝也有人爱，不需要太忠于学习，反正毕业可以去爸爸的单位工作。

独立能力极差的近视先生用了半个学年的时间适应大学生活，然后剩下半年则是跟室友一起全身心扑在网游事业上，选择性逃课，食堂跟寝室两点一线，把生活费全买了游戏里的装备。那时候，四个哥们儿感情极好，他觉得，这就是他要的大学生活。

大一快结束的时候，寝室一哥们儿的爸爸出了车祸，直接退了学；一个"出了柜"，住到别的男生寝室去了；唯一剩下的一个谈了场半个月的恋爱，要死不活，从此意志消沉长在了床上。网游没了战友，近视先生也自觉无聊便搁置了。大二的选修课上，近视先生认识了一个喜欢跑酷的男生，在他的熏陶下，剪短了头发，晚上一起去操场跑步，白天下了课就去各个教学楼为他记录"上蹿下跳"的视频。没想到不过半年，近视先生就把肌肉练出来了，圆脸也有了棱角，因为变化太大还被女生追着讨要塑身秘方，掀起了全校跑步健身的风潮。后来受邀在艺术节演讲，被学姐鼓动，让眼镜店小妹把人生中第一枚隐形眼镜塞进了眼睛。

自此，近视先生成了系里公认的男神。

近视先生从未发现自己还有这般潜力，被一口一个"帅哥"叫着，自然也就信心倍增。后来越来越多的人认识他，接近他，哪怕都是没有营养的交集，也让他在鼓励和羡慕中重新认识了自己。大三还没结束，就有朋友给他介绍了一份北京的工作。他跟父母僵持了一个暑假，终于获得家人的通行证，一个人坐上北上的飞机。

直到现在，近视先生都佩服自己当初说走就走的勇气。那时的他，对帝都并无了解，刚来第一天，就被所谓的朋友放了鸽子，工作泡汤。

这里的人走路是 50 迈的，而自己早就习惯了 10 迈匀速运动；自认身上潮到不行的杰克·琼斯到了这边变成了路人范儿；因自己长相而建立起的自信心丢到国贸、三里屯等年轻人众多的地方瞬间就消失殆尽。家人得知北京租房贵，于是每个月给他一千块他们认为的巨款房租，但这也只够他在二环内租间老房子，房子小得走路都要侧着身，因为地理位置绝佳，倒也心满意足。近视先生回归屌丝生活，浑浑噩噩过了半年。

第一份实习工作是自己找的，给某国企的网站做设计，工资低到在北京根本活不下去。但家人都说国企好，要耐得住寂寞，于是乎，近视先生就心安理得地花着家里的钱。上班第一周每天早上七点起床洗头洗澡，光鲜亮丽地去公司，他深信在北京就是要交朋友才能铺开自己的关系网，于是同事对他的印象就变得异常重要。可几天过后，他发现办公室里全是四眼、喜足球、好妹子、无梦想的沉闷男。话不投机半句多，受他们影响，索性每天也顶着一头干瘪的自然卷上班，一句话不讲，一坐就是一整天。

后来还是在鼓楼小剧场看演出的时候，结交了第一个朋友圈。圈内人都是小演员、小歌手，三男两女。其中有个土豪，住在月租一万多的高档小区，几个人平时没什么工作，就集体宅在他家昏天黑地地玩桌游。那时候，近视先生认为时间就该被这样挥霍，所以辞了工作陪大家一起"家里蹲"。其间还经朋友介绍，跟一个淘宝模特好上了，他佯装有钱人和模特交往，但很快就被模特拆穿。模特控诉为什么要骗她，并以此为借口狠心分了手。

回看自己满身狼狈，近视先生终于崩溃。迫于无奈他给了自己一次旅行，在江南小镇上思考要不要继续待在北京。最后还是放不下回家被亲戚数落的面子，又回了北京。只是这次回去，他下决心要跟过去说再见。

转折的起点是大学认识的跑酷哥们儿来北京开了个影视宣传公司，叫他帮忙，于是七拼八凑了五个靠谱的好友，蹑手蹑脚在娱乐圈里大浪淘沙。从未涉足的行业让近视先生吃了不少苦，但生活一忙碌，就顾不上悲观。

公司做的一场发布会上，近视先生跟甲方一个宣传人员相见恨晚，当天就约吃饭、看电影。那女孩身上有股正气，走路带风，对生活处处充满信心，随口就是一句"心灵鸡汤"。近视先生向来习惯别人给予自信，于是两人看对眼，相处格外融洽。

他所在的公司现在已经做出了名声，快节奏的工作氛围让他把一天当两天过，却无半点抱怨。他说："原来当初看不见的不只有远方，还有跑在前面的人。"

前行的路上，我们不仅受远方的羁绊，还被行人影响，你想要成为什么样的人，就去接近那样的人。宇宙除了爆炸后形成了银河系，它还给了相同磁场的人，同样的运气。

愿你成为更好的人。

始终知道
自己的好

文／李小坪

　　表弟今年 33 岁，风华正茂，事业有成，家庭幸福。我是亲眼见证他这些年从无到有的过程，想来也是倍感艰辛和苦涩。

　　读书的年月，表弟和我们大部分孩子不一样。他性格内向，涨水的季节，偶尔会去摸摸鱼，多数时候都待在阴暗冷清的屋子里，专心地翻他的那些课本。他很少和我们在野外疯玩，我们也不屑于他这个样子，便常常趁他不注意，将他的课本夺过来，然后在空中抛来抛去。表弟也不争辩，斯斯文文地看着我们。哥哥便说，你书中难道有金子不成？

　　18 岁，表弟进了大学。虽然只是二本，但那也是很不错的结果了。临近高考的一天，姨父从工地的脚手架上摔了下来，当时七窍出血。耗空了家里全部的积蓄，还欠了一屁股债，才勉强将姨父从死神手里夺了回来。表弟忍着那个年龄段不该承受的悲伤，咬牙走上了考场。

家徒四壁的家，再也拿不出来一分钱。当时四千多元的学费，全部是我们这些亲戚凑的，衣服也是我哥哥穿剩下的，由于太瘦，衣服架在他身上，空空荡荡的很是凄凉。大学四年，表弟不谈恋爱。也有心动的女孩，他便轻轻放在心里，知道那个女孩很美好，这就够了。他只是觉得他不应该用父母、用亲人的钱去浪费在那些奢侈的饭局和聚会上。

他是个很奇怪的孩子。从来没有天生自卑的孩子身上那种特有的暴戾偏执，一切都是安安静静的。放假回家，他窝在被窝里看电视，黑白电视，上面的雪花点多过画面，但他一个人乐得合不拢嘴。有邻居从屋旁走过，听到屋里传来的笑声，便会挖苦：家里穷得趴垫子，居然还有心思看电视。我姨气不过，眼泪汪汪的样子。表弟就安慰她：这只是暂时的，没什么可哭的。

大学毕业，表弟对我说，他只想去两个地方：上海、杭州。没有人作陪，也没有人指点。他一个人踏上了去杭州的火车，兜里揣着的，依旧是我们给他凑上的路费，手里提着的还是四年前的那个旧皮箱。那时候，和他一起成长的我，因为无心学业，已早早成了家。在他临上火车的那一刹那，我突然发现，其实我也应该可以这样去远方。小时候的我，成绩比他还要好。

杭州是表弟除了出生地之外的第二个故乡。十一年里，他从未远离过这座灵动优雅的城市。他一路经历了从超市，到小公司，再到大集团，直到最后扎根于华为集团的动荡岁月；也经历了就业、失业，再重新上路的过程，直到最后年薪几十万。去年，仅仅用姨父提供了九万块钱的资助，在西湖边上买了一套八九十平方米的房子。前几年，他娶了老婆，一个经历四年热恋，直到要结婚的那个春节，才让亲人知道姓名的女孩。他说那是个值得珍惜的姑娘，尘埃没有落定便轻易出口是对她的不敬。爱是那么珍贵的东西，他更信赖天长地久的渗透与温暖。

婚后三年，无论亲人如何催逼，他始终不说生孩子的事。他觉得他应该让孩子一出生就有个温暖的家。孩子出生的时候，房子的钥匙刚好到手。一切似乎水到渠成，但我懂得，他是一边厉兵秣马，一边顺其自然。

表弟偶尔也会带着老婆孩子回家，乡亲们见了，无不夸赞，并且羡慕。他却总是一副学生时代的样子，斯斯文文，偶尔还会有点羞涩。见到不太有把握的农村新事物，他依旧像个不谙世事的小孩。

每个年龄段，表弟似乎都在做着他该做的事情。一切平平静静，内心却是温暖而又自信。这是多么难得。

我也曾暗度他的心思，这么多年，可曾有过自卑或者艰难到无法突破的时刻？然而，我又很快释怀了。外界的纷扰如此多，他肯定是知道自己的好，便始终不肯放弃对自己的拔节。

那双带血的
高跟鞋

文／王若竹

　　自从读了奢侈品管理专业以来，收到太多毫无根据的赞叹和不明所以的询问，有时甚至让我都开始质疑自己到底是做着什么如此隐秘又伟大的事情，能让人产生这种"春风十里不如君"的崇拜感。

　　细细掂量起来，这个领域的工作自然会不定期向你抛撒一些闪亮的光环，打造出一种聚焦的荣耀。可对我来说真正值得书写下来留于未来怀念的，往往都是那些无法展示于人前的血与泪，也恰是这些日复一日的努力，让最终的那个结果在我这里显得理所当然。

两篇论文不如一段站柜台经历

　　决定去法国进修奢侈品管理是在大三，为全面了解这个行业，本专业和双学位的毕业论文都做了相关的课题，等调研时才发现其实连北大的图书馆里相关资料都少得可怜，寻求指导时系主任更是豪爽地说这个题我不熟，你写来我看看。于是，我就稀里糊涂摸着石头过河地做完了两篇论文。那个时候，我就像一个要去革命的北大人一样着重对整个行业大局观的纵览，仿佛自己肩负着要振兴中华文化的大任一般，丝毫不知晓现实的残酷。

一切设想在真正来到法国后都被颠覆了，由于奢管在这里已经是相当成熟的行业，他们急需的是业务操盘手。通俗点讲，就是两篇再好的学术论文远比不上一段站柜台的经历来得重要。于是我把重心努力地放在长经验上。在此过程中，一环又一环如多米诺骨牌般的连接事件自然而有力地证明了地球人称之为"命运"的这个东西。

刚入校由于一贯做学生活动的后遗症，加入了"ESSEC 中国"做副主席；接着申请学校的艺术社团，因为副主席的身份成了当季唯一录取的国际学生；又因此可以优先选择活动组，于是抢占了策划校园时装周的名额；而在举办时装周时认识了之后推荐我简历的经理；然后由于她的推荐使得我在一共只投了十一份简历参加了三个面试后就拿到了第一份实习。这个事件链是不是听上去特 Lucky 特 Fancy，那如果我换一种陈述方式呢？

作为法语和艺术专业的我对商科的课程可谓一无所知，连最基础的数学都已搁置四年之久，于是别人免修我全修的七门基础课占据了大部分的课余时间。但凭着一股子对艺术的热情还是努力进了学校的社团，后来却得知他们录我只是因为那副主席的身份。进了社团后削尖脑壳般试图融入，可我要想在一群年轻姑娘们边聊正事边扯八卦的例会中听得懂跟得上还试图插一句，简直不比当初考北大轻松多少。这便罢了，绝的是那年的校园时装周和春节庆祝活动挤到了同一周还互不重合，更绝的是"ESSEC 中国"的主席回家过年去了，交由我全权负责第二天重要的职场圆桌会议。我在连续一百六十个小时里大约只睡了十五个钟头，还在凌晨三点煮泡面时把面扔进了垃圾桶把包装袋放进开水里。

故事到这里是不是开始有些辛酸了，那如果我再把责任上升到正式的工作，然后情境放置到年度性的巴黎时装周呢？

春天百货后那双带血的高跟鞋

我的第一份实习是在法国春天百货的中国市场部，做所有需要人做的事情。我写过每日更新的官方微博，每月更新的时尚专栏，每季度更新的宣传文稿；协助杂志和明星来拍摄，安排电视台采访，上镜做模特；整理销售数据分析，四小时内赶出给 CEO 的调研报告，也在八月艳阳下提着三大袋品牌租借的冬季皮草横穿巴黎送货上门。

在巴黎时装周前后左右的十天里，工作生活是分分钟还原到了前文那个扔泡面煮包装袋的状态。刨去例行的写稿任务，还有三拨杂志拍摄、两家电视台采访和一场媒体见面会，看场地、对流程，最终实施是一家媒体前脚刚走另一家媒体后脚就来了。这便罢了，绝的是团队里资深的公关放假过生日去了。于是我这个工作才俩多月的小实习生扛着"法国春天百货中国市场公关"的名号和国内多家媒体与明星经纪团队联络事宜，同时还要保证公司其他涉及的部门都不掉链子。什么时候有事什么时候微信，那周我每晚都是捏着手机睡觉，震醒了清清嗓子回了语音继续睡。

当你一大早眼睛都睁不开时，想到今天接待的是女神高圆圆、女王尚雯婕、巴黎传奇买手 Maria Luisa、奥斯卡影后 Gwyneth Paltrow，就是扒着眼皮也要戴上隐形眼镜化个全妆踩着七厘米高跟再出门。最疯狂的一天是爱奇艺来拍五个品牌的化妆短片，因为缺人手我在协调的同时还要兼做上镜模特，于是从早八点半起和第一个品牌的公关寒暄，给彩妆师翻译拍摄流程，保持笔挺一个多小时化妆，结束感谢品牌，带着拍摄团队去下一个柜台，在摄影师布光时卸妆。然后重复之前的流程，期间还夹杂着种种附加状况，到晚七点半送走拍摄组赶回办公室确认了第二天的流程，近十二个小时滴水未进后终于坐上了回家的地铁。

我住的巴士底街区是相当热闹的，遍布的酒吧每晚都是人声鼎沸，卖艺的乐队，流浪的乞丐，还有醉酒的年轻男女，总是把回家那条单行道挤得满满当当。一直以来，我都沉醉于这里浓郁的巴黎气息。可那天晚上，当我感受着双脚各个方向磨出的水疱和小腿灌铅般的酸痛，仍继续踏着高跟经过那些喧闹的场景，理论上当时该有脆弱的眼泪忧郁地滴落，可事实是双眼因长时间戴隐形还反复化妆卸妆而无比干涩。那一刻，我好恨这股浓郁的巴黎气息，却也第一次觉着活得过瘾。

回家后我脱掉带了血的高跟鞋，坐在床边发了半小时的呆，然后写下了那天的日记：巴黎是你们的，也是我们的，虽然归根结底是你们的，可我不在乎。

我身边每一个同行都曾多少表达过对这个行业的失望，也看到过众多想要进入这个行业的新人们展现的热情。我也摇摆过、犹豫过，可作为一个完美主义者，还有什么工作能比和美打交道更理想的呢？T台上的一件高级定制，是至少五个顶级工匠三十个小时的手工作品；杂志上一个专题的流行搭配，是从全球各地借来的上百件单品中选出并进行全天拍摄再后期成片；我坐在 Chanel 的彩妆柜前九十分钟，看着化妆师每个步骤拍摄间隙都擦净产品上的指纹然后洗手继续，最终成型为网上仅三分二十九秒的教学视频，可以说那种对完美的追求得到了最大的满足。

能在巴黎做奢侈品管理是一种幸运，在这里没有得过且过。这个比"骄傲的巴黎人"还要再傲出一个层次的从业者并不会需要你的 Plan B。对他们来说，做事情的方案只要一个就够了——最好的那个。

我们一样都在这个世界上奋斗

文/笑人

回想和你初次认识在大学校园的那个日子，你全身穿着名牌的 T 恤、球鞋，露着洁白的牙齿，一副典型都市阳光男孩的模样向我微笑。我脚踩几元钱的凉拖、身穿"×大，世纪的大学"的学校圆领 T 恤，还以傻傻憨憨的一笑。

当你在大一就将家中配置近两万的电脑搬来寝室提供娱乐的时候，我却连电脑、鼠标、键盘是啥玩意儿都还没见过，好奇地轻轻摸摸，唯恐自己的一不小心就带来这高科技玩意儿的损毁。看着小心翼翼的我，你哈哈一笑，向我招手，"来、来、来，一起玩游戏，很好玩的"。我并没有感到有任何的异样，一屁股就坐到了你的床头，痛快地听你讲解着 PC 游戏、网络游戏、上网聊天儿等以前从来也没有听过的新鲜事。

当你在篮球场上一个接一个地上篮，吸引着女生一片一片的尖叫的同时，我在场下只能为你尽情地加油呐喊，只因自己从小也未能摸过篮球，更无从谈起受过怎样的专业训练。

当你躺在床上舒服地逃课，我却每次都要坐在教室老实地听课，因为我知道，你家老爷子可以很轻松地让老师们给你个优秀，而我还要靠这些说不上有多么管用的知识来充实自己。

无数的同学曾经问过，我和你怎么能成为如此要好的朋友？我们俩生活层次相差如此之大，一个是全系乃至全校有名的年少多金帅气男，另外一个是每年勤工俭学都准时报名参加的穷困生。我们怎么就能够成为好友？是不是传说中的你总需要在我身上找到作为"贵族"的优越感？对于这类问题，我总觉得可笑而又无奈，你的富有、多金、帅气与我何干，我的贫困、勤工俭学又和你有什么关系？几千块钱的阿迪和几块钱的凉拖里面套的都只是一双脚而已，因为鞋子的贵贱就能说明脚的贵贱？

但是你担心了，你似乎开始害怕自己的"炫耀"给我造成了无法说出的苦恼，所以你改变自己，你也开始试着穿一两百块的普通球鞋，也不再往自己身上喷着从法国带来的据说几千块钱一瓶的高级男士香水，甚至有一天，你不知道从哪找出一件"×大，世纪的大学"的学校 T 恤套在身上，然后开心地对我傻乐。我当时坐在你床上正在快活地打着游戏，猛然回首一看到你那傻呵呵的全身装扮，顿时被雷得噼里啪啦，哇哈哈地笑得喘不过气来，但心中却是一阵温暖。我和你是好友，但并不代表我们的生活模式也要统一，穿着浑身名牌的你和典型贫困生装扮的我站在一起的时候，只要我们没有感觉到别扭，那么旁人的眼光何必在乎。

本科毕业后，你顺利在家乡城市找到份好工作，年薪早早就过了十万，我也顺利地读上了研究生，为了早日还上助学贷款，开始为导师没日没夜地做着项目。我的导师并没有像大多数网络上研究生们所抱怨的"老板"那么刻薄，给我的劳务费总是有意无意地比别人要多一些。而从日常与你的电话联系，我也知道，你顺利地有了房，顺利地找了漂亮女朋友，老爷子正有把你们全家移居到大洋彼岸的打算，你语气很平淡地说着，唯恐自己的兴奋之情伤害到了我。

你来北京出差，专程来学校看我。我第一次请你客——到学校北门的路边小摊上买了一箱啤酒和上百根肉串，我一边听着你叙说无数的得意与失意，一边用啤酒祭奠我们逝去的青春。在离去的时候，你拍了拍我的肩头，"兄弟，这是我毕业之后吃得最高兴的一顿饭。你也要早点毕业早点找对象，早点买房。这年头，啥东西都在涨价啊。"我笑了一下，没有搭话。我又何尝不知道我应该早毕业、早找对象、早买房了，但当我看到扩招之后一个毫无背景的本科生毕业所赚的月工资还抵不上我导师给我发的生活费，当我即使知道房价肯定还会迅猛地往上攀升，我却没法去筹集那二三十万的首付时，找媳妇和买房子对于我来说是那么的遥远。

所幸硕士毕业很顺利，导师也很照顾，直接介绍我进了一家还算不错的单位。电话告知你后，你很高兴，祝贺我终于成为一名北京人。我笑着说了句："咱们哥俩，还来这些虚玩意？"心中却悠悠地叹了口气，难道成为一个所谓的北京人就是我奋斗十八年的目标？家中的老父老母已然年迈，自己却孤身一人在城市打拼，"父母在，不远游"，几时能够在这个混杂的大城市扎下根来，几时能够让家中依旧操劳的父母安下心来，轻松地享受他们早就应该享受到的清福？

好在压力虽大，志气还在，我当年和你并肩走在一起的时候，就没有在乎过别人的目光，如今在北京这个大城市里奋斗，我照样没有感觉到物欲噬人的恐慌。家中老母说得好，"生命不息，战斗不止"，心态放平和一些也就好了，生命本来就是不公平的，相同的物质生活条件，如果你用一年，那我就用三年好了。

我的故事，也是一个大城市里第一代移民的故事。我可以顶着家乡七月的太阳稻田里去收割夏稻，任凭火热的太阳在后背的皮肤上留下一道道的蜕皮后的伤痕，我也可以衣冠楚楚陪着领导在商务谈判桌上与老外据理力争。在我的骨子里，从来没有所谓低人一等的感觉，别人问我的出身如何，我只是一笑，"小地方，乡下来的"。当别人嘲笑我的南方口音时，我也只是微微一笑，"没办法，老家口音重"。因为我相信，在有着高低贵贱的穿着外貌之下，我们的灵魂并没有高低贵贱。我们一样都在这个世界上奋斗，一样都在为了自己的家人生活得更好而进行打拼。我们都是优秀的，我们也都为了自己而感到自豪。

比高考
更重要的事

文／刘同

　　有一天我心血来潮，问周围的朋友都是什么大学毕业的，发现超过半数的人高考都不理想。我还没感叹完自己朋友圈的质量也太差了，就被"群殴"了。

　　高考重要吗？当然重要。高考考得好，能进入一个相对不错的环境，会有更多时间规划自己的未来。高考考得不好，未来就一定会很难吗？其实也不见得，只不过你要先为自己建立一个良性的环境。

　　我最好的朋友阿爆，2000年考入大专，大三的时候混迹在一群电视台实习生中打下手。大多数实习生都是关系户，平时也懒得做事，这对于阿爆而言算是天大的好事，短短时间里就找到了志同道合的我并混迹在了一块儿。有一天，他对我说："同哥，我想专升本。"以他的能力，当时务努力也能留在电视台做一个编导，而他的态度是：既然我有时间，也相信自己有能力，专升本并不是困难的事情。一年之后，他考入中国传媒大学。我北漂之后，他来看我，说自己再有一年就毕业了。我说，毕业之后，我们一起工作？他说好。后来我第一次做节目的制片人，没有经验，他和另外一个朋友每天跟着我熬夜，终于做出了一档访谈节目的样片，播出至今。再后来，他被某门户网站挖去做总监，业绩突出，和谁都能打成一片。

对于阿爆而言，高考的失败反而让他更有紧迫感，哪里能实习，什么条件可以获得推荐，什么时间专升本，什么行业需要新的人才，他都比我们更快清楚。有人说一点都看不出他是大专毕业的，他的回答是：有几年我是大专生，后来我是本科生，再后来我是电视人，现在我是传媒人。每个人的身份都会随着自己的努力在改变，如果你认定一个身份会烙印在你身上一辈子，那你活该是个奴隶。

J 和 T 这对朋友在不同的城市创业，两个女孩总能在最混乱的时间抓住机会，总能在最客观的分析后交往朋友。她们不约而同地说：我每天都在进步，倒不是因为自己有多努力，而是我一直清楚要与什么样的朋友交往，那些脸特别臭，一上来就抱怨的人，我总是会在第一时间淘汰掉。

J 说曾经有一个朋友希望她能帮忙走一笔不合法的账目，她婉转地表示不方便，结果对方非常生气。J 就对 T 感叹，现在跟人相处太难了。T 说："跟人相处一点都不难，你非要跟傻 × 处，可不就是难嘛。"从此之后，J 在交朋友这件事情上特别谨慎。

对于当年高考不成功的 T 和 J 而言，虽然没有机会选择好的大学，但她们仍有机会选择对的朋友。

一个人如果看得到自己的力量，高考就没那么重要，一个人的专注是守恒的，只要你坚持走下去，世界那么大，你想要的彼岸也许和你只差个转角的距离。

人生经验神马的，
别太当真

文／李 汀

　　编辑妹子找我约稿时，说要给刚毕业的大学生们写一封信，谈谈人生经验和感悟等，我当即就说："快拉倒吧！想我当年大学毕业时意气风发，挥斥方遒，怎么可能去听一个三十几岁的老女人来跟我瞎叨叨？！"当然，话虽如此，我现在还是提笔写了。

　　说到人生经验，在我从大学毕业到现在为止的十年中，我已经听到了一万多种人生经验！这些人生经验不仅内容丰富、风格多样、视角各异，而且，更胜在经常互相矛盾，以至于根本不知道到底要听谁的！

　　有人说"爱拼才会赢"，没错，说这话的人或许正是一鼓作气、不计得失才打拼出一片天地来。但是，一心想模拟这句话的人，没准正站在错误的方向上，不拼倒还好，越拼越没戏。

　　有人说"年轻的时候，机会比收入重要"，说这话的人一定曾经放弃了经济上的诱惑，把握住了难得的机遇，换来了如今更大的回报。但是，对于很多年轻人来说，无处不在的经济压力并不是想无视就能无视的。况且，每个人家庭条件不一样，我也见过有人为了抓住某个深造机会，而把整个家庭拖入了漫长的经济危机中，等他缓过劲儿来已是"子欲养而亲不待"，留下了终生的遗憾。

有人说"女人要早结婚早生子以家庭为重"。说这话的人现在夫妻恩爱、小孩健康、家庭和睦、人生圆满，自然坚信这是宇宙真理。但是，也有做出了同样选择的女性，不幸遇上白眼狼，婚姻破裂后还得重整旗鼓回到职场从头做起，此刻正在心里千万遍地反省"女人，无论什么时候都不应该放弃自己得以傍身的事业"。

你看吧，几乎所有的人生经验都是如此：对于总结出这个经验的人来说，这就是真理，而且是经过了自己人生实践验证的真理。但是一旦换到其他人身上，却极有可能成为不确定性结论，甚至沦为谬论。同样的规律，在不同的前提下，很可能产生大相径庭的结果。而人与人的"前提"实在差太多，出身、天赋、际遇……一个差若毫厘的初始条件，往往能积累出一个失之千里的运算结果。如果你能想得通别人的人生跟你毫无关系，也就能明白其实别人的人生经验对你更无意义。

去年我回母校见到了以前大学的同班同学，我对他赞不绝口。他的人生效率真的太高了，考研、考博、工作、结婚、出国、留校，基本上每一步都卡在正点上，一条通途走到底，以后在专业领域内必定前途无量。他对我也赞不绝口，说我的人生丰富多彩、自由自在，看尽沿途风光，这辈子算值了！我们互相拍马屁十分钟以后，我说："既然我们都如此盛赞对方的生活，不如交换一下好了！"他想了想，没说话。我俩都大笑起来。显然，夸奖归夸奖、欣赏归欣赏，但实际上，一个高效集约的人和一个边走边玩的人，永远无法真正认同对方的人生经验。

况且，这世界上的很多人生，即便看起来积极圆满，其实初衷却也可能未必那么靠谱。比如我，现在已经变成逢年过节亲戚朋友家小孩最讨厌的姐姐（近几年更升级为阿姨）了！每次见面，必然被孩子家长逼迫给人家孩子讲讲学习动力和方法。当然，出于无法拒绝家长们殷切目光的原因，我也经常说说热爱科学、个人奋斗、天道酬勤之类的道理，但是，如果让我吐露真言的话，其实我一路念到博士后的真实原因只有一个，那就是——不想上班！我患有严重的职场恐惧症⋯⋯

所以，关于所谓别人的人生经验，我的态度一贯就是：别太当真，听听拉倒。要我说，生活之所以魅力非凡，就在于它无法量产。假如有一天，你和别人的人生，可以像编程序一样，选定某个人生经验，然后输入某个值，就一定能输出某个值，那么，相信我，你不会觉得更踏实，只会觉得更沮丧。当然，作为结尾，我还是真诚地祝福各位年轻的毕业生们能够心想事成、一帆风顺。不过，你也知道，这也就仅仅是一个来自于遥远陌生人的无足轻重且不具备任何可预测性的祝福，而已。

与其徘徊不决，不如试试看

文／伊心

最近收到很多信件，有大学生问："不喜欢学的这个专业，但换专业的话我也不知道喜欢什么。"也有职场人士问："现在手上的工作已然无趣，可如果跳槽，对别的行业和领域一片茫然。"

对于这类邮件我通常先回复简单的五个字：不如试试看。

大学时，我心心念念地想从金融专业转到异常向往的中文系。大三上学期决定考研之后，便开始犹疑要不要跨考中文系研究生，但当时我对中文系的认识还停留在高中生时的遐想，于是只好给一位中文系老师发邮件，述说了自己的向往、疑虑与迷茫。

那位老师的回信里第一句话便是："你不妨试试看。"

于是，我开始旁听中文系的课，对着必读书单一本本读书，甚至研究了几所目标院校的考研题。最珍贵的经历是在旁听的课堂上认识了一位优秀的师姐。也是在她的帮助下，我意识到考研专业课所需的深厚的知识积累并非我短期内临阵磨枪可以获得，并且中文系未来的就业方向也并不符合我预想的职业规划，因此在深思熟虑之后，我放弃了。

所以我跟那位想要转专业的学弟说，在大学丰富的资源里，你尽可以去旁听每个有趣专业的内容，尽可以认识每个专业的老师和学生，通过他们了解这个专业毕业后未来的职业走向。没有什么比亲身体验更为重要，只有试试看，你才能真正明白自己到底适合哪个专业、哪种工作。

后来，我又读了三年金融学，还将在这个行业里度过未来几十年的职业生涯。它的快节奏与高风险让我在文学世界的沉静之外多了沸腾的热血与新鲜的冲劲，而如今我也终于走到了写作的路上，命运的安排悄悄地转了几道弯，却没有改变我对文学的挚爱，这种挚爱更没有因为一个未读的专业而稀释褪色。

我有一个律师朋友，她大学时原本读管理学，课业压力小，自己没什么规划，整整四年都在恋爱逃课中度过，毕业前没找到工作，爱情也没修成正果。毕业之日幡然醒悟已晚，无奈之下只好去了家里安排的一个事业单位，每天做的工作不是打印文件就是收发资料。

每每看大学同学在外企里紧张忙碌但收获满满的生活，再想到自己读大学前的一身壮志，她便迫不及待地想要辞职，可父母当然不同意。

更让她迷茫的是，她根本不知道自己想要的工作是什么样子。恰好她家附近有所大学，她闲来无事的周末经常去蹭选修课，各个专业都听得津津有味，一改大学时吊儿郎当的样子。认识了不少学弟学妹之后，她还跟着他们参与职业规划与设计的活动——这是她大学时缺失的课程。直至有一天，一次模拟法庭的经历如电光石火般击中她，她才发现自己最想成为的是律师。

从那之后，她开始在工作之余拼命学习，通过了司法考试，投简历，在一家律师事务所找到了新的工作。不待辞职，她已经热热烈烈地奔向了新的生活。

捷克小说家米兰·昆德拉说"生活在别处"，几乎道出了所有人的心境。当你对此处的生活多有不满时，别处的生活就开始散发出未知而迷人的芳香。但是，奔向别处的路途，一定不是一路顺遂。

我以为年轻最大的好处在于你有足够的时间和精力进行"试错"，想了便试，错了再改，总会走到一条适合的路上。别害怕那些过去的努力都变成荒芜的沉没成本，即使荒芜，它们也终将积累我们短暂人生的无穷厚度。更何况，命运总会褒奖勇敢又真挚的人。

　　如果下定决心改变，尽可以向着自己梦寐以求的"别处的生活"狂奔而去。可能你会从头开始，可能你会风雨兼程，但你熬到深夜的眼睛闪闪发亮，你挥向世界的剑锋锐不可当。

　　所以，请你温柔但有力量，自信又不自大，谦卑且不骄矜，恭敬但又勤勉。

　　我们路上见。

06

正能量小姐

一个姑娘
混职场

文／金箍棒

一条冷板凳

孟小九是老板汤力直接招进来的。原来的财务总监老范退休之前，向汤力推荐了孟小九。

孟小九的直接上司吴非是个中年男，与老范貌合神离许多年，当他得知孟小九是老范塞进来的人时，暗暗骂了一句，老狐狸，人走了，魂不散。

对于任何一家公司而言，财务都是重要却又高危的行业。孟小九所在的民营企业正处于高速发展时期，老板高谈阔论，每天至少有三个理想，财务方面的风险他意识不到，一旦在钱上出现困境，却必然是财务人员没尽到责任。作为一个处女座，孟小九从小到大的当家本领是将每一项工作做得超乎预期。如果用跳高做比喻，老板想要的高度是 1 米，她一定会奔着 1.1 米而去。她这样的姑娘，天生适合做财务。

　　吴非把孟小九当成了死对头安插进来的内线，却又不便下手，决定先让她尝尝冷板凳的滋味。公司的财务报表孟小九根本接触不到，唯一的工作是负责报销出差人员的差旅费。

　　几乎每一个来报销的人都对孟小九印象良好。这姑娘不仅长得眉清目秀，亲和力强，更重要的是头脑清晰，手脚麻利。出差前请款，她眼珠一转，估算的数字，与出差的具体花销出入不会超过 500 块钱。出差后报销，如果有人想要小聪明，她扫一眼报销单据，就能准确无误地把多报的单据拿出来，也不盛气凌人地批评谁，只是笑着说，这一张不小心混进来了。

　　关于孟小九，最离奇的传闻是，一位业务员出差请款，孟小九建议他多支一万块钱，理由是很可能有预算外的宴请。业务员将信将疑，结果出差到第三天，BOSS 忽然打电话，告诉他有一个新的部门插手这件事，让他请大家吃个饭，联络一下感情。

回来报销，钱刚刚用完。

这件事越传越神，甚至有人说孟小九是汤力的小蜜，吴非心里最清楚，这绝不可能。如果孟小九是老板的小蜜，自己对她态度那么差，早被穿小鞋了。事实上，汤力把孟小九扔到财务部后，转头就把她忘了。

一点非分之想

孟小九半年的冷板凳坐得有滋有味，既没有表现出愤怒，也没有表现出无聊，还在最低端的工作中做出了最高端的成就感。

公司业务壮大，财务部人少活儿多，吴非有点坐不住了。每当手下工作不力，吴非不得不加班加点地为他们擦屁股时，都忍不住想，如果这事交给孟小九……

抱着金元宝却饿肚子的感觉实在难受，何况半年来，吴非丝毫没有看出孟小九有策反之心。

"范总现在怎么样？"吴非装作无意地问孟小九。

"范叔叔是我家的老邻居，现在出国帮儿子带孙子去了。我也很久没见。"孟小九老老实实地回答。

吴非开始将重要的活儿分配给孟小九。孟小九果然不令他失望，工作越多越精神，加班更不是问题。她挂在嘴边的话就是，反正也没男朋友，回家还得被老妈唠叨，加班挺好的。

吴非有种扬眉吐气的感觉，只要不是天塌下来的事情，都可以交给她，说第二天早晨交，绝不会拖到下午。让吴非最感动的一次是孟小九带病出差。那个差，原本非吴非不可，临行前，吴非老婆不知哪根筋被拨动，认定他是借着出差去泡妞，于是放下狠话，如果他非去，回来就离婚。

孟小九当时刚出完一个差，回来转机的空当看到吴非的邮件，二话没说就改了航向。一周后，孟小九带着重感冒回到公司。

吴非看着孟小九桌上堆得像小山似的面巾纸，不禁产生了深刻的怜香惜玉之情。他买了一盒白加黑给她，孟小九嫣然一笑，说您怎么知道我喜欢吃这个药？

这句话是个暗示，吴非觉得。

一时间气氛尴尬

把最能干的下属发展成相好，吴非大约没有这么想过，但他的确这么做了，既然孟小九那么能干，领导理所当然对她好一点，打着这个旗号，吴非拼命向孟小九献殷勤。

孟小九只当这是自己辛勤工作应得的回报。直到有一天，公司聚餐，隔壁部门的男孩没轻没重地跟孟小九套近乎，一会儿跟她开玩笑，一会儿搂着她的肩膀拍照片，吴非的脸拉得比法棍还长。财务部的人坐在一张桌子上，吴非旁边的位置，大家已经习惯了留给孟小九。孟小九走到那儿，吴非忽然起身招呼部门的另一位同事坐过去。那位同事进也不是、退也不是，孟小九则是退也不是、进也不是，一时间，气氛异常尴尬。之后的一个星期，吴非都没怎么搭理孟小九。

"领导想跟你好，我看你对领导也不错。"闺密同事说。

"我是对工作好，又不是对领导好。"孟小九答。

下次，吴非再给孟小九买白加黑，孟小九便说，不用了，我有。部门聚餐，她也不再坐在吴非的旁边。她不怕得罪吴非，大不了再回去坐冷板凳。吴非的确想过把孟小九打入冷宫，转念又觉得那是跟自己过不去。不如给她多一点工作，其实也就是为他吴非服务。

终于，吴非想通了，对于孟小九这样的姑娘，最好的策略是别把她当姑娘。

一个特殊的存在

孟小九与吴非之间的危机成功地被化解了，像孟小九这样的人，谁跟她斗都会觉得索然寡味。

当孟小九为公司搞来了一大笔钱，她的光芒甚至惊动了汤力。他问吴非，孟小九是谁，什么来头。吴非提醒他，是范总介绍来的，汤力表示想不起来，随后说，难怪呢，范总的眼光从来不错。又立刻补了一句："不过呢，无论多么优秀的人才，关键还是要看怎么用，好领导会用人！"他用力拍了拍吴非的肩膀。这一拍，拍出了财务副总监孟小九。

副总监辞职快一年了。他刚辞职的时候，HR 经理问过几次，都被吴非挡过去了。他不想提拔孟小九，提拔别人又实在说不过去，只好让这个位置空着。汤力有意无意的一句话，让吴非觉得如果再不提拔孟小九，有失职之嫌，不如顺水推舟，做个会用人的领导。

孟小九年纪轻轻，做了财务副总监。每逢有人向她讨要秘诀，她总说："当你的工作做到别人无可替代，自然会被赦免参加办公室斗争。"

几乎没有人对这个答案满意，他们总觉得还有其他原因。孟小九觉得，如果硬要找出其他的原因，那就是别跟上司谈恋爱。

适合比努力更重要

文／赵星

去年冬天，我在做一个关于旅游的项目，时间很紧，需要找个实习生。发布消息之后，我收到了大量的来信。其中一个女孩，讲述了自己在旅游方面的心得与经验，以及环游世界的经历。我觉得她的经历与客户的需求挺吻合的，除了没有办公室工作经验之外，其他方面都很不错。

我特别想找那种有不同经历的实习生，而不仅仅是成绩好、学校好的乖学生。面试之后，这个姑娘表示自己非常能吃苦耐劳，办公室里用到的各种工作技能都会好好学，只希望给她一次机会。我也觉得，对实习生不需要有太高的要求，应该多给年轻人机会，说不定就可以成长为未来的新星。于是，拒绝了很多名校的优等生之后，我把这个女孩招了进来。

工作一段时间之后，我有些沮丧地发现，实习生的办公室经验为零是多么重大的问题。光有经历远远不够，没有商业经验的人，很难将经历转化成洞察力，也无法对客户的需求有实质性帮助。在这种情况下，这个女孩只能做些办公室协助工作来体现自身价值了。

但是很遗憾，她长年在国外旅行，对国内的很多情况完全不了解，甚至也没有支付宝，不会用淘宝，没有国内银行卡来转账，而这些是协助我工作的重要内容。同时，Word、Excel、PPT 等操作软件，她用起来也不是很熟练。我很努力地说服自己，给她时间，给她机会，毕竟她是我自己招进来的，她像我当年一样，跟别人比起来是那么不同，我相信她可以做得到。但又过了一段时间，她依然不行——有进步，但没我想象的那么大。

已经半年过去了，我没有时间再等了，并且那时候领导已经新派了一个实习生给我，很能干，几乎可以完成 80% 的辅助工作。

有一天晚上，我跟这个女实习生谈到了离开的问题，她很难过。我知道这滋味，坚持了几个月，我能看到她在努力地让自己适应这里的一切。但很多时候，不是光靠努力就可以成功的，适合比努力更加重要。我尽可能地向她说明这个道理，但我知道她一定不会相信，还是会觉得是我炒掉了她。

可就在同一天晚上，我看到一个辞职去创业的前同事发了一则招聘启事，是一个组织出境亲子夏令营的公司，要求英语好、有国际旅游的丰富经验、喜欢小孩子、有亲和力、努力，每个周末几乎都不在国内，因此最好是单身，并有一定的组织和策划能力。这简直就是为我的实习生量身定做的职位，每一条都是那么适合她，我赶紧把这个信息转给她，并鼓励她去面试。

三天后她告诉我，准备去那边上班了，是正式员工，工资比我这里还高出两千元。我特别高兴，因为她找到了适合自己的另一条路。而在此之前我也很担心，她会一直陷在实习失败的阴霾中。

她真的很棒，只是不适合留在我这里。

又半年过去了，我经常能收到她在世界各地游历的照片，看到她在新公司和同事们融洽相处的场景，听到她重新租了房子，做英式早餐、美式咖啡的消息。她终于重新回到当初面试时她自己的样子，而不是勉强待在我这里努力适应别人、适应环境。

经常有实习生说，领导觉得我不好，不合适，可是我很努力了，好委屈。其实，你真的已经很棒了，但是世界好大好大，大到你不可能适合每一个地方。但这并不代表你不好——仅仅是不适合而已。而实习，本身就是一个让你不断试错，发现自己的喜好和不足，不断调整自己的过程。在这个过程中，发现适合是你的幸运，收获失败也是一种幸运。你要知道，实习仅仅是你接触社会的第一步，谁都无法那么精准地一步到位。

正能量小姐

文／辉姑娘

正能量小姐是我的一位朋友。我们喜欢她，是因为她当真是一个会倾听也会聊天的"正能量小姐"。

每每我们对她倾诉苦恼，她都会上身微倾，眼神专注，不时轻轻颔首表示赞同。待讲到激动时，她也会点缀几句，或评论或应和，无一不妥帖。

你抱怨工作烦扰，她轻言细语："做好自己的事，大家心知肚明。"你痛骂小人当道，她微笑开解："不必强求，退一步海阔天空。"你哭诉男友的背叛，她给出答案："多看他人长处，好好过日子最重要。"

似乎永远不会动怒，也永远不会给出偏离轨道的答案。每个人在她面前，都是满腹心事地来，心服口服地去。

她控制饮酒，极少有人见过她醉眼迷蒙。

她极少动怒，哪怕谈判时对方口沫横飞，她也保持着脸颊一侧的浅浅酒窝。

　　她对所有的朋友都一视同仁，无非黑即白，也无爱憎分明。

　　一位朋友评价她：这个女人，别人永远没办法对她生气。因此，我们在背后叫她"正能量小姐"。她是完美的。

　　可是往往在许多时间，我却觉得她像端坐在庙宇里的菩萨，头顶圣光，毫无瑕疵。

　　直到终于有一次，她在我面前倾诉一些内心的苦涩，直至落下泪来。我惊住。仿佛看到了某个光洁白皙的鸡蛋壳有了一丝裂纹。然而当你希冀从那裂纹中走进她的世界时，她又停止了倾诉，任再三询问，也只顾左右而言他。

　　后来我对她说，何必活得如此辛苦。她惊讶地摇头，这是我活着的方式啊！为什么会辛苦？

于是我懂了，这样完美无瑕的人生，已经成为她的惯性与常态，她只有活在这样的人生里，才会觉得幸福与安全。这种感觉很难说清，就仿佛……一场瑞士旅行。

瑞士以"精准"闻名于世，说是 8 点的火车，绝对不会在 8 点 1 分抵达，只要安排好时间，那么你等车的时间几乎可以忽略为零。

如果路途中需要转车也容易，中间给你预留出 5 分钟的转乘时间。下一班火车往往就停在你对面的站台，几步走过去，用时不过两分钟，上车坐稳，火车正好开动。

瑞士很美。从大到小的细节都展现着无死角的美丽，加上分秒不差的行程，无不带给人一种安稳踏实的感觉。

然而奇怪的是，每当朋友问起我最喜欢的旅行，我第一个想起的，从来都不是瑞士。令我念念不忘，印象深刻的，反倒是一个叫"龚滩"的地方。

那是一个建在乌江峭壁上的古镇。当年是水运重镇，如今因为修建乌江水库的原因，早已面目全非。

当初我们是听驴友们说起它的别样风情，一起撺掇着去了。途中一路转车，颠簸，状况不断，抵达时已累得半死。

然而当攀上古镇，站至峭壁处，俯瞰滚滚江水时，我们都不约而同地发出了"哇"的惊叹。那种粗粝的、浩瀚的、扑面而来的震撼，远远无法用"美"来形容。

因为去时没有任何计划，随走随停，出了无数差错，可也见到许多不一样的风景。我们曾因为在茶峒误车，而赶上了"圩日"——类似于"赶集"的日子。

在集市上有许多当地的拜祭活动，一些妇女在你的头上念念有词，烧纸烧香，生意很是红火；街边叫卖水果的奶奶热情地喊我们："姑娘，坐下尝尝！"甚至还有因为争执市集位置而拌嘴、用俚语叫骂的乡民。我们游走其中，津津有味。

那的确是一次难忘的旅行，它让人气喘吁吁，却也倍感乐趣。

我喜欢龚滩，是因为它的"味道"与"人气"。像一个活生生站于我面前的粗衣女子，俏皮泼辣，敢说敢笑，不藏心机——她待我率真坦诚，有任何心里话都如竹筒倒豆子一般，噼里啪啦，倾囊相授。她从不担心我会为此不快，因为她要求我也对她一样，交根交底，我们的泪与笑，都弥足珍贵。

而瑞士，我需仰视她，拜服她，她如衣饰华美的大家闺秀，端庄无瑕，规行矩步。她对自己严谨到苛刻的要求，连路人都会心疼——这样的心疼，自然也成了相处的压力。

当然，她并不觉得这是压力，反而习惯，并引以为豪。愚钝如我，只能竖起大拇指赞她一声完美。然而这称赞，也终究成了无形的距离。

风景如是，人亦如是。我们终究做不到"正能量小姐"那般活法，只好继续且嗔且喜地生活。

在半夜里打电话讲心事，哭到稀里哗啦；在闺密失恋时痛骂男人"都是渣"；与几个好友吐槽"某某真是个奇葩"；因为吃醋纠结与爱人大吵一番再和好；路见不平事就仗义执言，哪怕引火烧身……肆意妄为，嬉笑怒骂，却也品出一些别样的人生滋味。

成不了瑞士，成了龚滩，也未必就不是精彩的一辈子。

只是，亲爱的正能量小姐，一直想问问你，若有来世，你究竟是想做阳春白雪却精准无聊的瑞士，还是下里巴人却风采迷人的龚滩？

特殊学生

文／李家同

　　我们做老师的人，最害怕的是学生之中有问题学生。学生不用功，还有药救，通常只要抓来骂骂就可以了，但是如果精神上有些问题，我们做老师的就手忙脚乱了。我没有问题学生，但却有一个特殊学生。

　　四年前，我接到一位中学老师的电话，他问我是不是吴台颖的导师，当时才刚开学，我还没有和导生面谈的机会，查了一下资料，发现我的新导生中，果真有这么一位同学。这位老师是他的中学导师，所以他告诉了我很多有关吴同学的事，叫我特别注意他，因为他有些特殊。

　　因为这一通电话，我免不了对于吴台颖给予多多的注意，我发现他没有任何一点的不同，他和其他的同学一样，很好玩，上课时有时显得没精打采，但是一到了篮球场，精神就来了，第一次期中考，考得很不好，被我抓来骂一顿，以后功课就一直维持在前四名之内，周末也会和同学们骑机车出去玩。

　　吴台颖唯一特殊的地方是他的英文非常好，他说他从小就不怕英文，什么原因，他也说不上来。我知道他可以上网去看《纽约时报》，也会去看英国的《泰晤士报》，在暨南大学，他几乎是绝无仅有的同学。

　　吴台颖一直在资工系系办公室打工，他很勤快，早上来，会替花草浇水，也将桌椅擦一遍，所有进出系办的老师们都喜欢他，一有事情，也会找他，主要理由是他永远笑嘻嘻的。

　　资工系系办的对面是资管系系办，两位系主任好像不常串门子，但是工读生却来往得很频繁，互相妨害公务。资管系有一位很漂亮的女工读生，吴台颖有事没事就去资管系送公文，日久天长，就和那位工读生变成情人了。我曾经教过这位女生，知道她非常用功，因此鼓励吴同学去追。

有一天，吴台颖的女朋友来找我，她说吴台颖什么都好，只是有一件事，好像有点怪。因为他们已经交往超过两年了，吴台颖去过她家，却死都不肯让她去见他的父母。她只知道他家在淡水，虽然远了一点，仍去得成的。

我想起吴台颖是一个特殊学生，就请他来和我谈谈，吴台颖很机灵，他一进门就问是不是他女朋友来告状了，我说是的，然后我直截了当地问他一个问题："假如你的女朋友家境很不好，因此不愿带你去她家，她这样做对吗？"吴台颖想了一下，他说他会面对事实的。

不久，我在走廊上遇到吴台颖的女朋友，她告诉我她去淡水看吴台颖的父母，我问她他的家什么样子，她的回答是"不能谈了"。

我仍然对吴台颖的家很好奇，但不好意思问他。他一定知道我的想法，有一天，我收到一片光碟，英文名字是"Hope and Glory"，意思是"希望和荣耀"。打开来看，原来是介绍吴台颖在淡水的家，是他自己做的。他的家的确特别，我只有在电影中看过这种优雅的豪宅，一进门一大片花园，花园中的一草一木，都是有人细心照顾的。他的家正面看上去只有一楼，但其实他的家一面对着花园，另一面倚山而建，面对的是淡水河的出海口，因为倚山而建，事实上却是两层。

吴家的客厅当然用了整片落地的大玻璃，坐在沙发上，黄昏，可以看到夕阳西下的淡水河，晚上，可以看到对岸的灯火。更奇妙的是，这间客厅的另一面是镜子，所以你如站在客厅里，无论往哪一方向看，都可以看到淡水河。简直比美凡尔赛宫里的镜宫。

吴台颖还介绍了他家的游泳池，原来他们家常年都有一位专门的救生员。

在他们家的旁边，有一栋比较小的房子，也非常漂亮，这是他们家的车库和佣人住的地方。吴台颖在光碟中没有说明他家有几辆汽车，也没有说是什么车子，但是他透露了一件事情，他们家最差的车子是 Lexus。

光碟结束的时候，有以下的句子，"我从小在希望与荣耀中成长，但我知道，世界上有数以亿计的人，生命中没有希望这两个字。"

我的特殊学生终于来找我了，他说他的爸爸曾经请最好的老师教他英文，也鼓励他上网去浏览，他的爸爸认为这可以增加他的国际观，将来对扩张爸爸的企业，大有助益。没有想到的是，他从此知道了世界上有多少的穷人，那些非洲骨瘦如柴的饥民令他大吃一惊，也使得他对他的豪华住宅感到羞耻，他无法接受这种奢侈生活，更不愿同学们知道他的家是什么样子。

吴台颖说他迟早要继承这一大笔遗产的，他会将它全数捐给穷人。我因此告诉他，有钱并不是什么丢脸的事，只要心里有穷人，就是个穷人了。心中丝毫没有想到穷人，才是严重的事。

吴台颖压迫我写一张字条给他，他叫我这样写的："吴台颖同学：你是一个穷人。李家同题"。我字虽不好，仍替他写了，他说他现在心情好多了。

临走以前，他对我说"我不再是特殊学生了吧！"原来他一直知道有些老师觉得他有些特殊。我点点头，表示同意。

不久，我忽然打他的手机，他问我什么事，我告诉他，我仍然认为他是一个很特殊的学生，他大概听懂了我的意思，因为他在电话的那一端笑得好快乐。

你如果碰到吴台颖，千万不要对他说"恭喜发财"。

高调做事，
低调做人

文／晁 夕

在职场上要被关注，还得是那句话：高调做事低调做人。

我有一个下属，他的工作是编程，实话实说，他的技术很一般。但是，他时常在微信群里留言吸引关注：又在杂志上发表诗歌了！

倘若我是他的父母，我会为他骄傲，但是，作为上司，我就想，为什么不把写诗歌的时间用于提高编程能力？这表明我给他的工作压力不大，我的工作任务布置存在问题。因此，他的得意于我而言是减分，是不务正业。

想要在职场中被关注，首先要高调做事。

职场，一个为了共同目标而组成的团体，其中，每一个团队成员都要有创造利润的价值。有的职位直接创造价值，比如销售；有的职位辅助创造价值，比如市场、运营、技术和财务。在这个团队里，没有创造价值的人就没有存在的必要。当然，有的企业里有的员工的价值并不在于创造利润，而在于其社会价值，比如，七大姑八大姨的人脉价值或企业需承担的社会责任。这种外在附带的社会价值不牢固，它存在的前提是企业有余钱养闲人。但是，任何企业都存在高潮期和低谷期，当企业经历低谷，最先放弃的就是这些没有内在能力的人。

如何体现价值？很简单，就在于做事。职场没傻瓜，能进入企业的人，智商都差不多。每个人做的每件事，上司和同事都在心中给他的能力打分。所以，刚从大学毕业后，一定要有"每件事都特别重要"的职场警惕意识，它包括每封邮件、每份向领导汇报的报告。切记：考虑缜密才出手。

衡量一名合格的职场人，高调做事占80%，剩下的20%是做人，低调做人。

为了引起关注，很多企业都这样宣传——企业是大家庭，上司是父母，同事是兄弟姐妹。其实，父母和上司有天壤之别：父母永远不会离弃你；当上司发现你没价值时，有可能离弃你。同事间是同级关系、竞争关系，当上司考虑从几个人中提拔一个主管时，大家就是竞争对手。所以，做人要低调，不要搞小圈子。

有的大学毕业生刚进职场，还喜欢组织活动，比如中午来个饭局。你若服务得好，OK；当服务不好时，就会有流言蜚语。除非上司会因为你的工作能力差，却能组织活动而把你调到办公室，否则的话，你在上司的眼中还是没有价值。此外，上司对职场的要求是有点活跃气氛就行了，太过活跃，上司会担心大家把心思都放在吃喝玩乐上，反而忽视了工作。

当我与大学毕业生聊低调做人时，有的人会反驳：我在学校是文艺骨干，会搞活动，在新环境里通过这样的技能赢得尊重和关注，有何不可？

当然，职场上允许高调做事高调做人，但是，这个生存法则有风险，因为你一旦失败，就有可能成为小丑。要是高调做事低调做人，上司和同事会认为，这个人低调但有能力。这种反差会给你加分。此外，学校和职场是两个完全不同的场合。在学校，学生是甲方，付钱给学校学知识。说难听点，学生是雇主，学校是乙方，只要学生玩得高兴，学校和老师何乐而不为？进入职场，毕业的学生是乙方，企业是甲方。这要求乙方把 80% 以上的精力都放在为企业创造价值上，所以，多钻研业务，拿活儿说话。即便与上司的关系好，这充其量只是附加分。有必要指出，任何一家健康的企业，给员工制定的工作任务都不可能轻轻松松地完成，永远都是"似乎能完成，但必须很拼命很拼命才能完成"。

当然，也有例外，"高调做人"也不是任何时候都不可以。

有一年，我们要办年会，要撰写策划方案。我的一个下属曾拍过微电影，且在策划部工作。我们理所当然地认为年会策划方案难不住她，不料，她的方案无法满足要求。正当我们一筹莫展的时候，一个小姑娘在群里毛遂自荐，而她的方案更令我们吃惊——除了能做好本职工作，她还有别的绝活！这时的高调做事高调做人就非常被关注。

谁规定的

文/晓 阳

　　这次，郁玲从台湾回来，感慨很多。她说许多人整天抱怨空谈，你今年见他在抱怨空谈，几年后见他还是那样，整个人的状态极差。但台湾很多人擅长的是行动，他们实在得多。她认识的一位白领最大的梦想是有家自己的小店，作为枯燥工作的调节，但开个小店方方面面成本很高，需要守店，需要寻找合适的店址，租金又很高，她只是个普通人，没有那些条件，也辞不了职。怎么办，是不停抱怨吗？她没有。她聪明地和两个好友租了一辆车，开起了移动咖啡馆。台湾有这方面的政策，他们只在周末和业余时间有选择地开店，三个人，一辆车，流动售卖，没想到生意出乎意料地好。她做的是符合她条件的事，而且有可行性。谁规定要固定的地方才能开店？

　　这个无章法的创意给了郁玲很多的思考。跟在固定的模式后只会烦恼不已，生活没有非此即彼的事，我们需要的是与生活和解，找到最适合自己的方法。

　　有一次，去郁玲家，她泡茶给我喝，端出来的茶点居然是泡萝卜，萝卜切条，加醋、盐和胡椒，非常清爽，夏天吃清脆可口。喝的是普洱，但是因为这个别致的茶点，普洱茶也显得有滋有味了。我对她的无章法非常赞赏。同样是茶，她泡红茶居然加的是果酱而不是糖，有茶香有果香，比什么水果茶强多了。我试过一回，还真是那么回事。

　　郁玲爱说：谁规定的？她有意思的事还很多，别人用淘宝，是用来买衣服买用品的，她则是用来订酒店、办签证的。她说试过几次，淘宝上订酒店，价格便宜，非常靠谱；办签证也可以足不出户，价格比旅行社代办便宜几百元。听到这个信息后，我试了两次，还真是不错，非常好用，很方便。

　　郁玲家，泡菜坛子可以用来插水竹，别致得很；还可以用电饭煲烘焙蛋糕，谁规定蛋糕得用固定的机器？水和温度适宜就可以了。我试过一次，还真是妙不可言，像土鸡蛋和洋鸡蛋的感觉，很原始，操作也真简单，很多事情是我们自己弄复杂了。她说，什么事情，为我所用，就是好的。没有谁规定你该怎么样。

我一进她家，就感觉日常生活颠了个个儿，原来可以这样，原来不是那样。最有创意的是有一次，外地来了几个朋友，她开了瓶红酒，但拉开冰箱，没有下酒的。她神秘地说，等等，就开了一瓶腐乳，装在小碟里，淋上芝麻油，配上红酒，有滋有味，让大家惊喜不已。

我习惯叫她"美加净女孩"。她早已不是女孩，但看上去真的年轻，她只用美加净，就是超市里普通红瓶的，用了好多年，自己发明的方法，用手心搓热，在脸上按摩十分钟。她的护肤品只两项，水和美加净。她用上好矿泉水加维生素做成爽肤水。她说，任何事情都可以为我所有，坚持下去，必有效果。你跟在别人后面，今天这样明天那样，会累得喘不过气来。这话我信，换了别人，美加净就是一个传说，什么事情都是相对的，人才是关键因素。

她学英语的方式也很让人赞叹，谁规定孩子他妈不能学英语了？谁规定学英语得正儿八经地找老师？她自己独创的听电影原声方式令人耳目一新，在车上放一些自己熟悉的电影原声，情节了解，半猜半听，她说英文原声非常美，语感节奏都非常好，可以当音乐去听，这样的说法真让人感到她领悟到了一种语言的真谛。什么东西为学而学，效果反而不好。打高尔夫的一个高级教练说，要学会有意瞄准，无心击发，这个无心太重要。她听了半年，英语水平提高很快，去年去欧洲，简单的交流完全没有问题，最主要的是她因此狂热地爱上了英文，培养热爱，才能做得好一件事。

最近，她又组织了一个晚八点徒步组织，四个人，基本是风雨无阻，健身交流，一个小时。谁规定健身得进健身房？她们就是在附近大学里徒步，交流信息，屏蔽掉抱怨和婆婆妈妈……

像蚂蚁一样工作，
像蝴蝶一样生活

文 \Zoe

一

　　我的第一份工作在上海。那时我大学刚毕业，应聘到一家世界500强的外企做财务，通过3个月的考核期才可转正。实习期工资每天100块，没有任何津贴。还好有父母资助，让我在上海能暂时蜗居。

　　那天送走父母后，我坐在擦得干净发白的旧地板上，打开音乐，安安静静地听完一首歌，天就黑了。我从包里拿出一罐啤酒，慢慢地喝完，是庆祝，也是安慰，不要怕，要勇敢。最后，我站起来，对着房间的四壁做了一个胜利的姿势，我得在上海做出点什么。

　　那家公司有很多法国人，文件基本见不到中文字，女上司杰西卡严厉到可怕。第一次出岔子是睡过头，火急火燎地赶到办公室时部门人全在会议室，我窘迫地站在门口，竟然笨得喊了一声："报告。"虽然大家都笑了，但我不会忘记杰西卡的眼神，很难去描述它。那之后的每天清晨就会自动醒来，透过窗帘的缝隙，看着灰蒙蒙的天色，知道时间还没有到，却也不敢再睡着。

当然也有一些志气高涨的时刻，比如学会怎么报税，第一次去当出纳，第一次赢得杰西卡的表扬，那些时刻，让我很想留在上海。在这个城市，用我的努力和我的欲望拼一拼。我买了套教材，下班以后偷偷学上海话。周末时去菜市场，跟在老阿姨身后，她们买什么菜，我跟着买，听她们一口酥软的上海话，真好。

然而随着时间过去，工作上的困难如暗礁渐渐显露，我还是放弃了那份工作，因为内心的孤独。提出辞职的那天像往常一样，我在档案室整理几千份发票凭证，那里非常闷热，有积年的灰尘，找着找着，突然就喘不上气。我想起自己刚来这里，回家时天太黑会迷路；周末没有朋友，只能趴在阳台上听外面的声音；想庆祝的时候也只是独自开心一会儿，在小吃店里点一碗麻辣烫……

之前我总是安慰自己，人就是这样成长的，被撕掉一些东西，被锻炼出一些东西，要长出生活的盔甲。可是突然，就在那一刻，我想走了，想回我的家乡，想吃热热的饭菜，想有人说话，有人一起看电视。

然后，我就走了。

二

第二份工作，其实是第二种生活了。有时我们不得不承认，工作决定了生活很大的轮廓。毕业的第二年，我在一家学习机构当补课老师。这份下午 2 点开始上班的工作令我非常满意，晚上 9 点下班，好像一天就延长了。

在那个阶段，我培养出了对很多事物的兴趣，比如语言、书法，还有花艺。那是一段非常饱满的时光，站在讲台上对着底下的孩子讲课时，我都有一种被时光击中的感觉，想起一间亮堂堂的教室，一张被各种笔记挤满的课桌，两个偷偷恋爱的男女同学同时被叫起来回答问题，全班一起开心地咳嗽。时间过得很快，该下课了，我总是恋恋不舍地收起课本。

孩子们的寒暑假对当时的我是个极大的挑战。全白班，每天讲课超过 12 小时，有时要连上几十天的班，累到极致反而不再无缘无故地心慌或伤感。心里所有的脆弱好像消失了，我就像一条湿毛巾在寒夜里挂了一晚，结成了比冰还坚硬的东西。也是在那个时候，我明白了，工作不单单会伤害我们，也有治愈功能。

沮丧的时候，我会绑一个很高很高的马尾，走路时一甩一甩的，好像有人在背后追赶我一样。生命中的主心骨渐渐回来了。没有课的下午，我常常在学校的天台上晒太阳，泡一杯很浓的茶，慢慢喝淡，看着天色渐暗。我亲眼看过自己的碎片，亲手给自己上过胶，补过缝，更懂得温柔与珍惜。我仍然知道自己渴望什么，但更了解自己适合什么。有时下课上五楼，不期然看到阳光从楼梯的顶端流淌下来，照见外面一个响晴的冬日，我端着水杯立在原地，幸福得想流泪。

那种一个人把自己从身体到内心都照顾得很好的幸福。这样的生活，我过了 3 年。27 岁暑假的时候，我奖励自己一趟远游，在云南待了半个月。在那里，我爱上了一种新的生活。

三

该怎么描述大理呢，我想到了一句话：大理三千户，户户栽花。傍晚去地里买花，踩着泥土，闻着稻花清香，看苍山日落。大理的花和这个地方一样都是家常气质的，雏菊、夜来香、大丽、茶花、素馨。它们适合插在土陶罐里，随意摆着。清晨去古城逛逛，竹筐里、菜篮里，都是花。

也是在那里，我见到很多不同职业的女子，有美食家，有开客栈的，有摄影师，有服装设计师；她们容颜各异，却都非常平和，易于相处，身上都有一种秋收冬藏的气质。也许工作不只是谋生工具，喜欢美食的女孩可以开一家美味的零食店，爱美的姑娘可以天天与衣服和相机打交道。工作，如果变成爱得其所，那又会是什么样呢？

我犹豫过，害怕变动。但我在大理学到一句话：女性的能量是允许生命流经、穿越自己而表达一切。

旅行结束后，我终于辞掉了工作，在一片老城区开了一家定制花艺店，三面白墙，一面很大的玻璃，能把一天的日照留在屋子里很久很久。也因此，我进入另一种生活，工作大部分是体力活，鲜少用到电脑，鲜少需要在格子间里坐一整天。我日出而作，日落而休，是城市里的农民。中午煲一锅汤，晚上一个人小酌，食物的香气、酒香和花香，我从没有这么热爱过自己的生活。

最重要的是，我看到了很多爱情：有一身干练的精英男，俯在桌边为一张卡片思索好久；有羞涩的高三男生过来买花送给即将奔赴异地的小女友，长长的一封信，全是青春的模样；有每个纪念日送花的，有求原谅的，有表白的……突然我感到花的善意，原来人与人之间的感情如果表达得妥当，会非常动人。

　　慢慢的，花店里的客人有一些成为我的朋友，我在店里准备了一些咖啡和小饼干，我们常常能在这里坐一下午，谈论植物、生活。

　　我读到一句话：像蚂蚁一样工作，像蝴蝶一样生活。送给你们，女孩们。

姑是有名的剪纸艺人。同样，还有烧烤店里腿脚不灵便但是烤串香出整条街的胖子，学校门口做印度饼永远供不应求的漂亮小伙，老城区里卖油茶和馄饨的婆婆，无论怎么挑出来的水果就是比别家好吃的爷爷……

想到那些觉得自己的工作狗屁不如、成天抱怨待遇不好的人，真的愿意把抱怨攀比的工夫用来钻研专业？

我刚来学校的时候，带我的老师倒是个不抱怨只钻研的人。后来有一次同事闲聊中，另一个同事问我，"哎，你老师看起来那么不一样哎！到底哪里不一样呢？他是不是上头有人啊，年级组什么奖他都能拿到……"

我一边扒拉饭一边暗想，不过是×老师把钩心斗角抱怨不公都用在细心钻研上了而已。

要说有，也只是对工作有一份喜爱和执着而已。

其实每一份工作开始前你都无法预料你与这个工作最后会变成什么样，但若只是为了挣几个工资，糊弄几口饭来说，那么工资再低也对得起你的态度。

若真的喜欢、钻研、付出，那么终究有一天，即便是这家的薪水对不起你，也总有别家递过来的橄榄枝。

如果你不喜欢一个人，别指望能和他长长久久过日子。如果你不喜欢你的工作，亦别指望工作会加倍地报答你。公平和回报有时候来得不是那么立竿见影，却绝对是日久见效的事。

就像那个修伞的师傅，就因为他那一句不甚谦虚的话，我才肃然起敬。

只要这一点骄傲，就区别于浑浑噩噩的人生。

为什么你没有好命

文／素大夫包治百病

　　我的一个朋友，总是觉得自己命不好，吃汉堡都能吃出苍蝇，喝凉水都能塞牙。她每天上网到凌晨，然后中午 12 点起床，过了几个月她开始间歇性吐血。她说：你看我命多么不好。

　　我的另一个朋友，她说知道自己胖，交了男朋友也吵架，不把她放在心上，终于分手。她说我心知肚明都是因为自己不够好，如果我高挑又苗条，有着那个谁谁谁的天使容貌，我一定不会落到这样卑微痛苦的境地。

　　可是我还见过一些女孩，上名校，进名企，打扮永远那么得当，神采永远那么飞扬，总是风姿绰约游刃有余的样子，总有那么多的崇拜者。

　　直到我和她们成了室友、朋友，才看到没暴露在人前的那一面。她们夜里挑灯苦读，绞尽脑汁逛遍商店去找最适合的衣服，5 点半起床背掉一本又一本单词书，每周至少三次轮番进行跑步、瑜伽、游泳、出于习惯，我喜欢观察那些事业有成的人，并且很容易发现，他们与那位化妆师一样，身上都有一些与众不同的"小聪明"。

肖是一个成功的发型师，他外形不帅也不够时尚，言语木讷，却成功开创了自己的工作室。

当然，他的手艺不差，但比他手艺更好的人，有许多并没有像他一样成功。仔细观察，我发现他的说服力来自于他强大的自信与固执。与许多视顾客为上帝的发型师相比，他更坚持自己的想法，很少依据顾客的要求去修改"产品"。固执原本是服务行业的大忌，容易得罪人，他却用自信巧妙地中和了这个缺点，使它变成优点。

"这个长度非常好""太棒了""这个发型与郭采洁广告里一模一样"……固执却又自信的发型师，让人产生信任感。

如果忽略技术问题，肖的成功，很大一部分取决于他的小聪明：不一味妥协，而是用坚定的态度与超强的感染力，巧妙地让顾客形成与发型师一致的判断。

世界何止是公平，有时候简直是慈悲的，在化妆行业风行用小店货的时候，你舍得买一盒名牌腮红；当发型师害怕丢掉每一位顾客，被顾客的要求牵着鼻子盲目乱窜时，你坚持告诉他们什么真正适合他们。当然，你会有损失，一盒腮红钱或者过于固执于己见的顾客，却得到了大多数人的认可与信任。

人们很容易表现自己随波逐流的一面，却总是喜欢那些特立独行的人。擅于思考、富于主见、不惧怕失去，如果你能够坚持做到这些，却又不显得咄咄逼人，就会被他们牢牢地记住。

如果说我们的努力是在"画龙"，那一点点让自己显得更特别的"小聪明"，便是"点睛"。有点睛功能的"小聪明"无不建立于正确理解他人需要的基础之上，不是偷懒，只是走了一条少有人走的近路。

年终总结

文／王 锋

　　去年年底，编辑部年终考核，一大堆绩效评估表里，我看到了一份特别的总结。这个 1988 年出生、编辑部最年轻的编辑没说太多，交上了《2013 年影响我的七件事》：

　　一首歌：拍摄《肖像》选题的最后一张照片在青海玉树。凌晨 4 点，我们乘坐的铃木越野从共和县出发。西部的白天来得迟，路上漆黑。为驱逐睡意，司机一路开着音响。声音不是很大。我一路没睡，发现歌特别好听。回北京后，我找到这首梅艳芳唱的《亲密爱人》。

　　一双皮鞋：7 月我给自己买了第一双皮鞋，此后所有的正式场合，我换掉了自己最习惯的球鞋。我意识到自己应该这样了，总想象自己穿着得体出现在正式场合时，别人会对我更重视。

　　一本书：《出版人》，《TIME》创办人亨利·鲁斯的传记。作者在序言末尾写道："……他的媒体帝国成为一个分化剧烈充满冲突的世界的记录者……他一直相信他能理解这个他立身其间又不断变化的世界，而且他可以用他的杂志塑造一个更美好的未来。"现在已经不再有人告诉我杂志仍有使命，作为杂志的从业者，这句话对我产生了深刻影响。

一个手术：10 月我做了一次胃镜。一根管子，没有麻醉的情况下捅进食道……这之后，我开始改进以前的作息习惯，按时休息，起得更早，知道什么可以吃，什么不可以吃。这辈子我不要再做第二次胃镜了，必须对自己好点儿。

一场话剧：11 月份看了一场话剧，《建筑大师》。讲述了一位天才的毁灭，活力超常，功成名就，登上顶峰……令人艳羡的声名背后，他并不快乐。我知道这是一部好作品。

一次旅行：6 月我和大学同学去了一次泰国。这次旅行非常不愉快。我告诉他们应该尽可能享受美食，订一间看得到海的房间。但为了省钱，他们宁愿选择廉价的食物和住宿，意识到这种分歧，我非常沮丧。

一次英文采访：11 月深圳机场新航站楼落成，有个机会采访声名日隆的设计师福克萨斯先生，我硬着头皮完成了一次英文采访。这次采访让我觉得自己的英文能力非常糟糕，我想接触更多的人，我看到自己的积累已经不够。

看到这些，我忘记了这是年终绩效评估，感觉自己深深进入了一个年轻人生命成长的旅途，辛劳、省思、懵懂，还有几分浪漫，这是一条多么迷人又危机四伏的路途啊。这一年，世界喧嚣，谁会在意一个 25 岁年轻人在自我世界里的成长？

在例行无聊的年终总结里，他关心的不是行业动向和工作业绩，而是自己作为一个自由人的身心修为，内心世界的建立和成长。在他自顾自喃喃自语的叙述中，我看到了固执和天真，也看到了脆弱和茫然，还看到了相信和美。希腊诗人卡瓦菲斯在《伊萨卡岛》里的那句诗应该送给他："当你启程前往伊萨卡，但愿你的道路漫长……"

你有什么资格抱怨

文／小愚先声

有一次去唐山出差，为了赶早班火车，我六点就起床，七点钟到达火车站。在火车上看了近一个小时的书，发现早起也没有想象的那么难。

既然如此，不如以后就早点起床，把这段时间拿来看书？

第二天，我提前了一个小时，八点钟就到了公司楼下的快餐店，要了份早餐，坐在角落里边吃边看书。

快餐店的每个角落里都坐着一些人，有人低头看书，有人在做练习题，有人在背单词。在此之前，我觉得自己能提前一个小时起床，已经算是很努力的人了。但看到他们的时候，我的心情一下子低落了下来。

第二周，我在原先的基础上又提前了半小时。六点半就起床，七点钟的地铁里已经站满了人，七点半到快餐店的时候，每个角落里依然坐了很多学习的人，而且都比我年轻。

永远有比你更早的人，就算你五点半跟首班地铁一起出发，也还有一夜未眠的人。所以，我决定不再跟人比拼早起了，对于我自己之前的生活而言，能好好利用这一个半小时已经足够了。

但我必须牢记一件事：这世界上永远有比我更加努力付出的人。他们会脚踏实地，而不仅仅只停留在对生活无尽的抱怨中。

是的，对生活不满是这座城市大部分人的常态，不满薪水太低、不满物价太高、不满朋友太少、不满私人空间被工作挤压、不满拥堵的路况……这个时代，每一个人，面对如此超负荷的竞争机制，都会充满怨言，抱怨只是发泄情绪的一种方式。

关键在于，抱怨之后，你是继续保持生活的原样，还是转变对生活的态度。

老板不会因为你善于抱怨，就给你加薪；客户不会因为你善于抱怨，就变得聪明；陌生人不会因为你善于抱怨，就主动跟你交朋友；领导不会因为你善于抱怨，就把该你干的工作都分配给别人……

事实已经既定，由不得你做主，你也改变不了它们。我们唯一能做的，无非就是不断增加自己的竞争力，获取更大的社会资源，一点点减少身上的负能量。

我们大部分人，可能出身不够好，天赋不够高，长相不够美……但这些不能成为我们不努力的理由，恰恰相反，正因为我们如此平凡，才需要比别人付出更多的努力，假如你想超越现在的生活的话。

　　不抱怨的世界、没脾气的人，都是不存在的。让自己不用再弯腰去求讨厌的人，就是努力的意义。

　　早起的时候，记得带着这样的憧憬和好心情。

07

最终会到注定的高度

你将得到
比你想要
的更多

文／meiya

　　刚才打了一个电话，二手洗衣机店说过两天送一个全自动的洗衣机过来，我感到很满足。环顾我住的小屋，空调自己动手清洗过 3 次，下水管找师傅修了 3 次，浴室的花洒换了 3 个，灯泡自己换过多少个已经记不清楚了。楼下邻居因为衣服晾晒滴水上来骂过我们至少 3 次，用冷水手洗大衣洗床单连续 5 个冬天，现在终于要结束了，我感到前所未有的满足。拉开夏天换上的厚窗帘，阳光照耀着桌子上的雏菊，我有一丝感动，我仿佛看到自己一路走来的努力、坚忍和乐观。

　　一个从农村走到城镇，再从城镇走到城市的姑娘大多都和我有一样的经历。你要很努力，要比别人努力很多倍，才能拥有和别人一样的生活。你必须完全依靠自己，因为一旦你开始指望他人了，你就将等待失望，没有人比自己更值得依靠。

　　小时候在农村，酷暑的天气，我坐在河边刷洗装稻谷的编织袋。

弯着腰洗了很久，站起来的时候感觉腰都要断了。晚上发现穿着短裤的大腿被晒伤，红肿一片，用手一搓，一层皮就掉下来了。

假期的时候，我跟着父母上山砍柴。有一回，一路上我一会儿拖，一会儿扛，一会儿抱，才把一根湿的木头弄到家。晚上睡觉的时候连翻个身都疼，我对自己说，我再也不要吃这样的苦了。

高中暑假在广州牛仔城的街头摆夜市，下午 4 点钟，热气依然灼人，我和嫂子就推着车子来到街上，把摊子支起，一直到午夜 12 点才开始收摊，然后数一数今天卖了多少条裤子，赚了多少钱。深夜 2 点，躺在又矮又闷的阁楼里沉沉地睡去。

如果不是今天写这篇文，我都不记得自己吃过的这些苦，很多自己以为过不去的苦难都在不经意间跑进了匆匆的时光，成为浮云。当然我吃过的这些苦对很多人来说都不算什么，但是我只想和自己比较，在其中看到自己的成长和改变。

大学的时候我打过各种工，去咖啡馆当服务生，还在超市促销牛奶。第一天到超市上班，我向超市收银的阿姨借剪刀用来剪胶带，她没好气地对我说："不借，我们自己也要用的。"那一天，我们卖出去24箱牛奶。第二天，那个阿姨不仅借了剪刀，还附送我们抹布，又帮我们把牛奶箱从超市里面搬到门口来。

后来那个阿姨和我聊起她的儿子，高考分数还比我少一分的人，上了同济大学，而我只上了一个专科。那个阿姨用既惋惜又遗憾的语气对我说：你真是个好姑娘，好想你当我们家的媳妇，但是我们家要娶本科生。我当时什么都没说，只是微微一笑。后来我在大专毕业的时候拿到国家励志奖学金，自考拿到了上海师范大学的本科学位证书。我知道这个社会就是这样势利与不公平，但自己一定要努力，证明自己的价值，让自己更有尊严地活着。

我非常爱钱，有的时候甚至嗜钱如命，我觉得没钱的日子真是可怕，你会因此挨饿受冻没有尊严地生活。过去的几年，我常常做梦，梦见丢了钱包，醒过来看到钱包依然还在，我会舒一口气，安心睡去。

父亲在我很小的时候就对我说过一句话："你什么东西都能看不起，就是不能看不起钱。"

那是小学一年级的端午节夜晚，因为我的农历生日是端午节的前一天，所以生日就等到第二天跟端午节一起过，因为省事，因为省钱。那天晚上，父亲给我钱去买了一瓶饮料，找回5角零钱，我把它紧紧攥在手上，想自己存起来。吃完晚饭，父亲让我交出找回的5角钱，我死活不肯，他大声地训斥我，我小孩子的叛逆与倔脾气上来，把钱揉皱一把丢在柴火堆中间。这时天已经黑了，还开始下起暴雨，父亲把我拖到外面，把门关上，说我找不到那5角钱就不许进家门。

我摸黑在柴火堆里找那该死的5角钱，浑身湿透，又怕又哭，最后我找到了，母亲放我进去，用干毛巾帮我擦头发，父亲则在一旁对我说了那句话："你什么东西都能看不起，就是不能看不起钱。"

我的父亲为了多赚一点钱供两个孩子上学，和村里的男人一起在山上扛木头。每一根木头都好几百斤重，好几个人扛着一根木头走在狭窄崎岖的山路上，就这样一步一步把它们运下山。只要脚下一滑，人就会被木头压死。我知道，虽然我们贫穷，但是我们的每一分钱都是用自己的血汗挣出来的，它值得每一个人的尊重。钱，从来都是重要的。

我身上有一种只要去做一件事，一定认真努力尽力去做到最好的干劲。上学的时候我就想考试得第一名，工作的时候我希望自己是做得最好的那一个人，就算是拖地板，我也要它是最干净的地板。你说这是一种变态的要强也好，是一种完美主义情结也好，我只想说优秀是一种习惯，它促使你去创造，去更积极努力地生活。

去年8月底我想为今年去西藏存钱，于是周末干起了幼儿教师的兼职，在一个幼教中心当上门的幼儿数学老师。一次来回经常要两个小时，有的时候还要赶场去上课，这家上完匆匆赶去下一家，连喝水吃饭上厕所的时间都没有。有的时候，我去外地出差，半夜3点才回到家来，一早醒来就赶去学生家里上课。还有的时候，我连续加班一周，周末仍然打了鸡血一样去上课。

也许因为我课上得还不错，很多家长又跟幼教中心续签了合同，以致今年6月我辞职的时候，幼教中心的老师苦苦挽留我，在我辞职两个月以后，还有家长打电话，说孩子想让我继续上课。

今年 8 月，工资加上幼教中心兼职的钱，我有了 2 万存款，比我原来想要的 1 万多了一倍，于是我踏上了去西藏的火车。只要你努力，你一定会得到比你想要的更多。如果你还没有得到你想要的，那是因为你还不够努力。

那些在农村艰苦生活的日子都过去了，那些没完没了加班，一天只睡三四个小时的日子也过去了，那些焦虑地赶去上课的日子也过去了。我以前的内心经常感到紧张，整个人从内到外都是慌里慌张的样子。最近这半年，我感觉到自己内心不慌不忙，不害怕，不畏惧。

确实，我现在还是一无所有，但是我知道我拥有其他更重要的东西。有人说，你拥有的越多，你就越害怕失去。如果真是这样，那你拥有的只是外在的物质而不是内心的力量。我现在觉得如果换一个地方生活，我依然会生活得很好。因为我懂创造，我会努力，我相信自己。奋斗是一条永无止境的道路，只要你的今天比昨天更好，那你就已经获得成功。

大梦想与
小确幸

文／古典

　　"老师，怎样才能有梦想？"在某大学结束教授 MBA 课程，我走到楼下，一个女学生问我这个问题，算是刚才讲座的续集。在结束的时候，我对他们说："你们在一所很好的学校里面读 MBA 课程，毕业后会进入高薪的行业，在一流的平台和精英团队为伍，这是一件大好事。但是如果有一天，你有机会想明白你的梦想是什么，遇到一个能够进入梦想的机会，即使那个时候这梦想看起来简陋又不那么精英，也请你为它做点什么。这才是你来这里学习的目的。"

　　"但是老师，我真的不知道我的梦想是什么。"她说。

　　"试试看列出你生活的 8 个领域，事业、财务、健康、家庭、友情、爱情、个人成长，还有一项留给你自己，填什么都可以，然后每一个都设想 3 到 5 年最好的样子，这样你有概念吗？"

　　"有的，我有画面出来。"她点点头，又有点困惑，"但是这就是梦想吗？难道梦想不应该是很完整很清晰的吗？"

"算的。"我笑了，"其实梦想应该是触手可及的。试试把每一个小部分的画面想出来，你会惊喜地发现，这些部分之间都有联系。当每一个拼图出现，你3年后的梦想就会立体起来，成为一个完整的故事，这就是你的梦想。"

她的眼睛发光，我想她的拼图已经开始了。过一会儿，她又问："那我就不会有伟大的梦想了吗？""会的，你一定会有。但是我们要走到这座山的山顶，才能望到下一条路。梦想应该给我们动力，而不是压力——对于登山者来说，脚下的山顶就是梦想，而不是某一天去爬珠峰。"

真实的梦想应该被你真真切切地感受到，应该在身边就有能够实现的资源。只有这样，梦想才会成为你成长的动力，而不是成为你成长的负担。

我认识一个女孩子，她从小父母离异，在姐姐的支持之下生活、读书、来到北京。她有一个小本子，里面记录了姐姐为自己花的每一笔钱，这么多年下来，数额可想惊人。她的职业目标很简单，每个月她从自己工资里面拿出大部分，坚持每个月给自己的姐姐寄去让自己心安的钱。她说："我没有什么梦想，我现在就是要赚钱。要早点还清这笔钱，这是我的独立和尊严。"

我能帮她分析也许她姐姐并不需要这笔钱，可以告诉她人生这个阶段不如先投资自己未来再还，我们能给她一万个貌似正确的建议，但是谁又能否认，这种固执的努力背后的勇敢、坚强和尊严？谁又能说，以自己的方式找到独立和自尊不是人生最需要守护的东西？

我发自内心尊敬这样"没有梦想的人"。梦想应该是你马上能做些什么的事，他们才是真正找到梦想的人。

303

07 最终会到注定的高度

忘了公平
的公平

文／刘滨涛

　　那是一个暑假，我跟几个老师一起为《市场营销》课程申请精品课。我们需要制作一段讲课的视频，通过视频体现实际讲课情况。因为是暑假，我们找不到足够的学生，于是紧急招呼了十几个本地的学生参与视频录制。

　　为了让视频看着漂亮，我们挑了四位形象好、气质佳的帅哥美女做主角在课堂上发言。排练那天，四位帅哥、美女因为各种原因，都没到现场。在这种情况下，我们只好再找四位学生来代替他们串串词，测定、调试一下整个过程的时长。小辉是这四位"龙套"演员之一，别的学生都是拿着稿子念的，只有他是脱稿讲，并且加入了自己的理解。我当时觉得这孩子有点傻，正式录制时是不会让他上场的，不过就是串串词、测测时间，搞得这么投入干啥。

　　正式录制的时间到了，四大帅哥、美女全部到齐，安排停当之后，录制开始。录制过程并不顺利，有一位帅哥始终不能把台词说得像真在上课，导演有点抓狂。我的心里暗暗着急。大概进行了两个小时的反复试验，帅哥的状态还是不能入戏。

我们等不了了，不能因为一个人而耽误了大事吧。于是，一个替代方案瞬间产生——让小辉上吧！那一刻，我惊讶地发现，这个答案居然由所有老师一致提出，而这一切，都源于小辉在排练时不合常理的投入。没料到，在最后一刻，角色惊天逆转，"龙套"演员小辉顺利地成了主角，并且表现得最为抢眼。

这件事过去了，但小辉给我留下了深刻的印象。他像是给我和其他老师上了一课，告诉我们"龙套"演员是如何成为主角的。那件事后，我产生了一种感觉，如果按照小辉的思路去做事，前进的道路上似乎再也看不到障碍。他的思路应该是这样的：不论环境是否健康、机制是否公平，只管实心做事，奋力前行！

多聪明的策略啊！作为一个年轻人，在职场中你是弱势群体。与其探究社会的不公、职场的欺诈，莫若学习小辉，努力把事情做好，增长能力。在这个过程里，你的专注可以抵消一万种不公平，因为在你努力做事的过程中，会赢得更多的机会。

奇妙的是，"忘了"公平的小辉反而得到了最公平的回报：上学期间作为唯一的高职学生候选人当选为"市十大创业大学生"；工作之后，进入中国最著名的广告公司，连续升迁，成为管理范围达到若干省份的大区市场营销经理。这是毕业仅仅三年之后的事。

忘了公平，然后才得到公平。

3305

305

你有没有勇气
输得起

文／伊茗 著

　　那年，我 22 岁，是一个国内不知名大学的普通文科小妹。家境一般，成绩平平，奖学金没拿过一次，也没有离开过家乡半步。我有一个很爱我的男朋友，大学毕业时在一起已经五年了。我知道我是非他不嫁了，于是想，不如趁年轻，出去看看这个世界吧，即使将来做家庭主妇，也是一个有见识的家庭主妇。

　　于是决定去美国读 MBA。

　　我没啥优点，就是比较执着，一旦决定了要做好某件事，一定会用尽全力。

　　考 GMAT（研究生管理科学入学考试）那阵子我接近精神崩溃。从来不认真读书的我，要死背生词死磕语法。两个月下来，模拟考我没有一次过 650 分。但最终奇迹一般，我第一次正式考试拿了 740 分。

　　我在网上咨询出国留学的意见，得到的回复多数是，你没有正式工作经验去读 MBA，等于拿钱往黄河里扔。我于是重点查询了一些跟自己实习经验有关的偏门科目，根据自身条件，投的都是排名不太靠前的学校。

幸运的是，有两所美国大学接受了我的申请。第一所大学，没有奖学金，我是班上唯一没有正式工作经验的。第二所大学，我是课程有史以来第一个没有正式工作经验的，但 GMAT 全班最高，双学位两年读完，提供半奖。最终我选了第二所学校。

朋友们，看到这里，你一定觉得，我不过是一个疯丫头，最后能毕业找到工作简直是狗吃屎的运气。的确，我有狗吃屎的运气，但也有狗吃屎都吃不完的毅力。当时的我，只有一个直觉：我应该出去看看这个世界。我的底线是，不就两年后回来，真失败了重新再来吗？有手有脚，还能饿死不成？

就这样，地狱般的生活开始了。班上 80% 是美国人，只有两个中国人，我和另外一个三十多岁、有八年工作经验的兄弟。那种来自同班同学的轻视，不需要对你破口大骂，一个很小的举动就足以摧毁你的自信。每次分组，我都是最后一个找到组的；每次分配任务，我都是负责整理 PPT 的；每次演讲，我不是只讲开头那句 good morning，就是只讲最后那句 thanks for listening。要被人看得起，就要有别人没有的实力。这种实力，包括承受得起这种轻视。

我已记不清楚，作为一个文科女生，我是如何啃完那本理科生都抱怨难的商业数据分析的；我已记不清楚，我熬了三个通宵把一篇论文写完却拿了全班最低分的那儿天是怎么过的；我已记不清楚，在赶着写一个报告，电脑被偷，要把 20 页的东西一天内重新再写时，我是怎么挺过来的。而在我最艰难的时候，男朋友却提出了分手，我哭得眼睛肿得像鸡蛋，却必须在 5 分钟后擦干眼泪，跑去参加演讲。

既然选择了，就要坚持下去。因为知道自己先天不足，我很努力地积攒工作经验，每一个寒暑假都不放过。第一个寒假，我自己掏钱买机票回国实习。别人都觉得我傻，赚那点实习工资都不够买机票的。但是凭着这个寒假的经验，暑假我得到了行业内一个比较顶尖的实习机会。接着在第二年，我拿到了学院的研究助理职位，全额奖学金。

我找工作的时候，是 2009 年，美国经济最差的一年。给我 offer 的公司，我在读书第二年就开始和他们合作研究一个项目了。虽然我是全班看似最没有希望找到工作的，却最早拿到了 offer。

我并不是说，自己取得了多么大的胜利，不过是一份美国的工作而已。但是之前，这却是一个遥不可及的梦。在这奋力拼搏的两年中，我得到了很多，人生道理、学习经验、一帮好朋友、一份好工作。我也失去了很多，包括一份本来很美好的爱情，一个我最爱的人。

前途路上，置诸死地，有人，真死了；有人，活过来并活得更好。没有名校，没有高分，没有外企高管职位，没有雄赳赳的气势，不要紧。重要的是，问自己一声，有没有勇气做，做砸了，输不输得起。

打造自己，等于打造人脉

文／吴　铭

　　从幼儿园开始，孩子们已经有一些选择朋友的原则——尽管并不自知。幼儿园里玩具最多的孩子更容易被其他孩子当作朋友（我姑且称他为"小强"），可是在小强心目中，他"真正的朋友"只有两个，一男一女。我问他："为什么你认为那男孩是真正的朋友？"小强说："他从来都不抢我的玩具，他跟我换。"我又问："那女孩呢？"这次小强犹豫了一会儿，才不好意思地说："她好看。我把新玩具全都先给她。"

　　所有人都喜欢"公平交换"。对小强来讲，不公平的交换，等同于"抢"，没有人喜欢"被抢"。而与他"换"的那个男孩，让他感受到公平。

　　某种意义上，尽管大多数人不愿意承认，他们所谓的"友谊"实际上只不过是"交换关系"。可是，如果自己拥有的资源不够多不够好，就可能变成"索取方"，最终成为对方的负担，"高攀"来的"友谊"也会慢慢无疾而终。当然也有持续下去的例子，那就是对方在耐心等待下一次交换，以便实现"公平"。电影《教父》里，棺材铺老板亚美利哥找教父柯里昂替自己的女儿讨回公道时，亚美利哥就是"索取方"。许多年后，教父终于在一个深夜敲开了亚美利哥的门……

　　这听起来似乎很"残酷"，却是人脉的本质所在。多年前我就注意到，当别人屡屡求助于我时，我内心往往有些抵触，又怕被人说"不够意思"，便硬着头皮去做自己不喜欢的事。有一次特别受伤之后，忽然顿悟，原来这种尴尬并非因为我没有"乐于助人"的品性，而是由于自己的能力有限，没有大把的时间精力用来无止境地帮助别人——事实上，我自己根本就是泥菩萨过江。

　　承认自己能力有限，是心理健康的前提。从重新思考自我的那

硅谷饭局，不拼段子拼脑子

文／杨琳桦

在硅谷，我跟着朋友去了一个饭局。

饭局总能提供一个地域最强烈的市井特质。国内的饭局通常由各种八卦填满：谁和谁分了手，谁跳了槽，谁升了职。

硅谷的饭局却迥然不同。我没有听到什么工程师的八卦，相反，却迅速卷入了一场头脑风暴。

参加这次饭局的，大多是在谷歌和各初创公司工作的朋友。A 提议做一个游戏。他举起右手，让对面的 Z 猜数字。

A 伸出 3 个指头说这是"1"，然后伸出 5 个指头说是"3"，之后伸出 4 个指头说是"5"，最后他伸出 1 个指头，问这是几？Z 说是"4"，他答对了。眼看着游戏正向我这边飞速过来，我大惊失色，这是什么逻辑？

幸好还没轮到我出丑，他们就玩起了另一个游戏：一碗粥让三个人分，没有称量用具和刻度容器，怎么分才能让大家都满意？随即大讨论开始，有人说这是"博弈论"，有人说，可以让一个人先吃饱，然后让另两人分。

两人分粥，你可以让一人分，另一人选，第一人会按自己认为公平的结果分粥，而第二人会选择他认为"多"的一碗，结果谁都满意。但是三人分粥，什么是最好的解决方案？我又听得云里雾里。

当然，饭局不是单一案例。圣诞节时，我和朋友去加州边界的 Lake Tahoe 滑雪。在路上，我被要求猜测目视中的云朵离我们所在车的实际距离；回程中，则变成了更可怕的知识面大比拼。

那样的专业性，我只在校园竞赛时见过——大家按座位顺序轮着说"化学元素""奥运会比赛项目""各国首都人口"等。我当然又闹了笑话。

来到硅谷后，我周围的伙伴是科技工程师、斯坦福或伯克利大学的学生，以及生物公司的男女科学家们，我的饭局也几乎被淹没在各种创意的大讨论中。我很好奇：硅谷人到底生活在什么样的日常氛围？换言之，智力竞赛或知识崇拜在这里占据怎样的地位？

后来，我的一位在 Facebook 工作的朋友 S 告诉我，硅谷的工程师们热爱玩智力题，一是为了应付各公司招聘时千奇百怪面试题的需要，另外则是因为好胜心。

为了说明做智力题的愉悦性，S 又给我举了另一个题目：现在有 1000 根电线，两头分别放在楼上和楼下，你不知它们的顺序对应关系，比如楼上 1 号不一定对应楼下 1 号。如果跑楼上再跑楼下算一次，那么最少需要几次才能知道它们的对应关系？

答案是：两次。在这里我无法详述论证过程——在我听懂前，我要先死去很多脑细胞。

这是我在硅谷经常遇到的"冲击"。我们都听过太多硅谷的神话，却可能忽视它一些更基本的东西。

如果一个地方，智力或知识的胜负奠定了人在圈子中的号召力和江湖地位，你可以想象，这种相对单纯的"秩序"能给创新带来怎样的文化土壤。

奥斯卡？
不稀罕！

编译／榕　藤

　　若真要把捧起奥斯卡小金人的机会端到面前，想必没几个人能说出"我不要"这仨字。但真就有两类人，敢冒天下之大不韪。一类属于口是心非，酸酸葡萄的"嘴硬帮"。他们大多是屡战屡败的直男烈女，受不了次次提名却空手而归的"糊弄"。所以嘴上总数落学院这黑那黑，心里别提多想拜倒在金人脚下了。

　　比如憎恶好莱坞几十年如一日的亨弗莱·鲍嘉。他在《卡萨布兰卡》中的表演被誉为"无人出其右"，却意外在奥斯卡输给了保罗·卢卡斯（《守卫莱茵河》），这让一向好面子的鲍大人心生不悦。之后，在凭借《非洲女王号》入围五强后，他对友人说道："即便入围，我也不会去现场；即便去现场，我也不会领奖；即便领奖，我也不会致谢！因为这是我他妈应得的。"但老天爷最喜欢戏弄打肿脸充胖子的人，当颁奖嘉宾悠悠吐出他的名字时，特写镜头里 50 来岁的鲍嘉愕然着、震惊着，然后像个小孩儿一样跳步上台。当对着话筒时，他早将誓言忘了，把地球人都谢了一遍。正所谓真爱面前，脸面可抛。

男人能屈能伸，那叫丈夫，女孩子"出尔反尔"，则是可爱。很多业内人士都知道，在《孤注一掷》败走 1970 年奥斯卡之后，简·方达一度心灰意冷。她在当年领受纽约评论家协会最佳女主角奖时，曾间接冲奥斯卡撒娇："这才是我得到的、最具价值的提名和奖项。"追悔莫及的是，两年后她凭借《巷芳草》问鼎奥斯卡后冠。领奖时，她冲学院评委们中规中矩地说完了几个"谢谢"，但给人的感觉却像一直在说："抱歉……"第二天，好事的媒体将方达害羞的红脸蛋，称为年度最可爱的表情。

第二类敢冲奥斯卡说不的，是那些在获奖之后，拒绝领奖的人。这种真性情，被外界翻译为"给你台阶下，你偏坐滑梯"式的不识抬举，但在秉持的道理面前，他们的辞拒却越发显示出巨星的德艺。1971 年，塑造了"巴顿将军"的乔治·C.斯科特，认为奥斯卡的竞逐机制，是对表演者努力的践踏，公开表示希望学院将他的名字，从最佳男演员的入围名单中划去。这已经不是他第一次这么干了，早在 1962 年，凭借《江湖浪子》提名男配角时，他就提过同样要求。但这次不一样的是，《巴顿将军》中他的表演水准远超其他提名者，获奖悬念几乎没有，如果他不参加，颁奖礼里很可能出现空缺的尴尬场面。学院因而以"这是《巴顿将军》支持者的意见，我们无权改判"为由，拒绝了他的要求。但斯科特随即强烈表示，哪怕获奖，他也不会出席颁奖礼。老练的学院随即做出了一次精彩的危机公关，时任学院主席的丹尼尔·塔拉达什在把奖项颁给斯科特的同时声称："这是一次对银幕里，那位伟大的巴顿将军的致敬，是对一次伟大表演的嘉奖，与斯科特的场外言行无关。"此话一出，奥斯卡不计个人情感、秉公客观的形象，跃然大街小巷的报纸头条。而硬汉斯科特也由此被感动，他松口称，如果再次获奖，他将破除原则，前往奥斯卡致意。

相比斯科特的硬碰硬冲突，马龙·白兰度的拒绝方式显得更加高明。戏外的他长期致力于反对电影业对印第安民族形象诋毁的运动，正因如此，他决定将奥斯卡的致谢变成一次政治宣言。

1973 年，在笃信自己《教父》中的表演将问鼎奥斯卡后，他委派一位印第安姑娘代替自己出席典礼。姑娘上台后，先是推开奉上的小金人，然后代表白兰度及其他印第安人，痛斥将印第安人描摹成野蛮粗暴形象的影片，并呼唤抵制种族歧视。此番举动引起当晚最轰动的一次群起欢鸣，大家都为胸怀大爱的白兰度所动容。而演讲中，白兰度还让姑娘在转述歉意的同时，表示自己非常感激这次无上慷慨的赠予，为虚惊一场的学院留足了面子。既深明大义，又赚满吆喝，白兰度的睿智之举，让他在奥斯卡收获了作为演员之外的无价褒奖。

墙壁上的『汽车』

文／吴翼民

　　与一位熟悉的民营企业家 S 君交往，他多次谈到自己在逆境时曾得到过一个做推销保险的打工仔的精神"营养"，那"营养"源自墙壁上的一辆"汽车"。

　　20 世纪 90 年代，S 君初创事业之际，与那个向他推销保险的打工仔相识了。打工仔对他说，他来这座城市做保险是有目标的，最终想在这座城市扎下根来，现在租房算有了居所，最渴望的是想有辆汽车以作代步之用，跑推销太累了。S 君有些吃惊，那会儿汽车当属凤毛麟角，一个推销保险的打工仔想拥有汽车不是太过奢侈了吗？但打工仔不是痴人说梦，他领着 S 君去其居所观光，逼仄的出租屋里别的都不显眼，唯独墙壁上画着的一辆汽车最为夺目。汽车画得不错，只是着色比较怪异，有一小半是着色的，大半留白。见 S 君诧异，打工仔就坦陈，他正在为买车积聚着钱，着色部分已经有了着落，空白部分有待努力，相信再过上一年半载，全车的车体都将涂上颜色，墙壁上虚拟的汽车就会转化为真实的汽车。听其言，再看看墙上的"汽车"，S君不得不为之动容，相信眼前这位打工仔一准会梦想成真。

　　过后有过一些曲折。不久，打工仔乡下的母亲罹病，需要城里的儿子筹集一笔医疗费用。打工仔不得不掏出一些积蓄，就不得不在墙上那辆"汽车"上擦去一块涂上的颜色。为了补上那块擦去的颜色，涂上更多的颜色，他更加努力工作，拼命跑业务赚提成，毫不忌惮有些人的闭门羹和冷嘲热讽。为了实现自己的梦想，打工仔什么都不在乎。果然，他的"汽车梦"如期实现。

Whatever you
are, be a good
one

文/佚 名

　　有个美国小伙，大学里学的专业是影视制作，毕业后总也找不到合适的工作，一来二去，就和家里有了矛盾——你没看错，这个有着强烈中国特色的开头的故事，发生在美国。

　　说起工作不合适的原因，无非是小伙个性比较强，理想主义色彩比较浓，与人沟通的能力稍微有点差，对自己的认知有那么点不清晰……总之，年轻人有什么毛病，他就有什么毛病。

　　终有一日，他再次丢了刚做没多久的工作后，与父亲彻底吵翻。眼看就要流落街头，曾经的大学老师打来电话，"北京××大学需要几名外教，听说你目前没有固定工作，有兴趣吗？最少要干满一年哦！"小伙心想，此地也无甚值得留恋，管他做什么，先躲阵清静再说！

　　开学不到一周，课还没备熟，中文也仅会说"你好""便宜点"，小伙的目光就逐渐被坐在教室后排的那个女生吸引。那年，他23，她19。说是师生恋太勉强，毕竟，他自己都还只是个大孩子。于是，抱着"在她面前露一手"的心态，小伙开始认真备课，课余时间除了在食堂、图书馆求邂逅，就是在宿舍上网找资料，甚至给自己那位大学老师写了好几封邮件，探讨教学技巧。

寒假来临时，他虏获了女生的芳心。暑假来临时，他收到了大学的续约合同。然而，这位年轻而出色的外教收获的不止这些。高质量的教学与谦逊的工作态度令人愿意结识他、帮助他。经人介绍，他得到了一家外国电视台驻北京办事处的工作邀约，内容正是他的本科专业——影视制作。没想到，曾经怎么努力也抓不住的梦，竟如此轻易就成真了。

记得第一次拜访小伙和女友在北京的新家时，看到餐桌边的墙上挂着一幅小小的刺绣。四周是精致的花边，中间用花式英文分两行绣了一句话：Whatever you are，be a good one（无论你现在在做什么事，先把眼前的事做好。）小伙告诉我，那是在大学毕业时，妈妈送给他的。"我浪费了太多时间在前半句上，总想搞清楚自己是个怎样的人，要做怎样的事。后来才意识到，当你好好去完成后半句时，前半句的答案自然会慢慢浮现出来。"

独角兽于小颜

文／孙晓迪

去年夏天，我到北京出差，高中同学于小颜知道了，约我出来聚聚。我们高中毕业后再没联系过，有四年没见面了。

她又瘦了，更漂亮了，脸更加小巧，眼睛更大，而她的牙齿，就像一排贝壳那样，洁白而整齐。

"你真是漂亮。"我坐到她对面，"佩服你，怎么修炼的？就是高二高三那两年吧，你一下子就变了。"

"那可不是一下子。"她叹口气，眼睛盯着窗外，"对我来说，那是漫长而痛苦的两年呢。"

可对我们这些习惯了于小颜原来样子的人来说，她的转变，就像是一夜之间发生的。我们震惊、疑惑、嫉妒，直到现在。

一

于小颜在文城一中很有名。她不漂亮，学习成绩也很差，她之所以极负盛名，是因为长了一副惊天动地的龅牙，牙齿畸形到连嘴唇都合不上，只能每时每刻地微张着嘴。最要命的是，她还很胖。这基本就给一个女孩判了死刑。

她并没有受欺负，我们只是冷落她，调侃她，装作看不见她。

刚升学时，还是有人同情和关心她的，她没有任何反应，有人嘲笑和讽刺她，她也没有任何反应。在她的脸上，看不到任何表情，她不感谢，不愤怒，不微笑，不哭泣，视而不见般地接受我们给她的不公命运。

很快，整个文城一中就达成了共识：丑女孩于小颜，是个不需要"对她好"的人。

高一下学期，班里来了个转校生，她叫郑倩宇，是个可爱的女孩。她起初也招呼于小颜："喂，来尝尝我妈做的饼干吧！"

立即有人阻止她。"为什么？"郑倩宇忽闪着大眼睛，走到了于小颜面前，"来呀，很好吃的。"

于小颜看了看郑倩宇，一声不吭地站起来，接过郑倩宇递来的饼干，一声不吭地吃。

"味道怎么样？"

"还行。"于小颜面无表情。她吃完饼干后就站在原地，和我们形成了格格不入的两个气场。

郑倩宇尴尬地笑着，不知道该怎么办了。

大概只有三天，郑倩宇就疏远和冷落了于小颜。她积极地问过我们，于小颜喜欢什么，可惜我们没人知道。只有一个人说她可能喜欢看漫画，她的书桌上，课本间，夹着几本漫画书，都要被她翻烂了。郑倩宇对漫画没有兴趣，摇摇头，也打消了和于小颜接触的心思。

从那之后，我们再也没有人试图与于小颜打交道了。所以当上了高二之后，我们发现于小颜的异样的时候，她应该已经持续了至少一个多月。

还是郑倩宇。

"昨天轮到我倒垃圾，我看到于小颜扔了一塑料袋纸巾，全是红色的。我还看到她的嘴里，都是血……"郑倩宇打了个激灵，"她是不是病了？"

"管她呢。"一个女生说，"小倩，这蛋糕真是好吃毙了。"

"不能不管吧。"郑倩宇紧张地说，"不大好吧。"

郑倩宇成功地让我们最后达成了一致，一起去看她。

她果然在吐血，并不是因为病了，而是她戴了牙箍。这让她看起来更加恐怖，那张合不上的嘴里，除了一排凌乱突出的牙齿，一副铁牙箍，还有丝丝鲜血，在不停地渗出来。

"医生说畸形很严重，要戴两年。我还……"

"就说她没事嘛。"我们很快地走了。

二

直到李君涛约于小颜吃饭，我们才想起来，我们几乎有一年时间没有注意到她了。

李君涛是一个很受女生欢迎的男生，人有情调，成绩也在年级前她对每一个人笑，但每个人都不敢面对她的笑容。那笑容如此美好，如此灿烂，又如此残酷地映照出我们的丑恶与无情。

我们习惯了她的丑，认为那天经地义。因为她的丑，我们伤害她，疏远她，把她逼成一头孤独的野兽，得不到任何陪伴。

在她十六岁到十八岁的青春岁月里，这头森林里孤独的野兽，是用了怎样的毅力，怎样的力量，把自己一点一点磨成了如此美丽和优秀的样子？

四

"我不介意告诉你。"于小颜笑了笑。咖啡馆里很安静，她用手指拨弄着咖啡勺。

最难熬的并不是嘲笑和欺骗，而是饥饿和疼痛。从她决定减肥那天开始，就没有吃过一顿饱饭。她会觉得自己的胃变成了一只老鼠，在疯狂地抓挠她的内脏，无休止地向她索要食物。刚戴上牙箍的第一个礼拜，她痛得能感到脸上的所有脉搏，在持续而坚定地跳动，跳得她想死。前三个月，她的唾液里全是血，自己血液的那种血腥的、甜腻的味道，她永远不会忘记。

等她习惯牙箍带给她持续的疼痛后，她开始专注于体重的减少和成绩的提高。

"没有什么好办法，我只能不吃东西和拼命背题。"于小颜轻描淡写地说，"你知道最便宜实惠的减肥食品吗？不是黄瓜，那还不算便宜，最便宜的是萝卜，青萝卜，一块钱可以买一大个。我饿了，就吃那个。"

饥饿让她清醒，背诵又让她昏昏欲睡，可她必须坚持，她想提高成绩，只能靠最原始的方法。"我连数学都背了一万道题。我发现了，所有题目都差不多，都有个套路，所以到最后，没有我不会做的题。"

第一年是非常痛苦的，因为她看不到任何改变，到了第二年，也就是高三，她终于开始品尝到努力的成果，等到人们注意到她的转变时，她已经要成功了。

"所以这没什么，只要努力和勤奋，大多数事情都能做成。"于小颜耸耸肩膀。

我知道这一切并不像她说的那样轻松。事后的总结越简单，当时的经历越辛酸。

"我可以问问你的动力是什么吗？"我尽力让语气轻松起来，"是因为那些……伤害吗？"

"你们这样想？"于小颜忽然大笑起来，"伤害？报复？"

她低低地探向我，小声地说："如果我要报复，从生下来就开始了。"

于小颜的曾祖是近亲结婚，这使得她的父系家族携带不少有缺陷的基因，于小颜不幸地继承了两个：肥胖和牙齿畸形。从她有记忆起，与"胖子""龅牙"有关的绰号就不离左右。在周围人的嘲笑声中，于小颜渐渐明白了一个道理：有些人，生下来就是要遭受不幸的。

那就平静地接受吧。

她开始麻木地面对周围的一切，无论同情还是嘲笑，关心还是侮辱。这样就不会感到疼，会活下去了。

如果她没有遇到一个人，她一定不会鼓起勇气改变这一切。因为他的出现，于小颜决定改变自己。

那个人叫乾贞治。高一下学期，她买了一套叫《网球王子》的漫画，偷偷拎到课堂上看。她不喜欢主角龙马，她喜欢乾贞治。

她喜欢他戴眼镜的样子，喜欢他打球的样子，喜欢他的一切，她为他的成功而兴奋，为他的失败而黯然，她背得出他的所有台词，闭着眼睛也能画出他的形象。他不会叫她"龅牙"，不会欺负她，嘲笑她。

"你喜欢过这样的人吗？当你没有朋友，没有同伴，整个世界都遗忘你，所有人把你当垃圾时，你还可以喜欢漫画里的人。你知道他是虚拟的人物，可你就是为他着迷，为他动心，他永远不会回应，也永远不会拒绝。"于小颜的声音越来越低，"乾贞治，是我整个少女时代，最初的，也是唯一的恋人。"

"当所有同学嘲笑我，无视我的时候，我对自己说，没有关系，我只要有乾贞治就好了，我会为了他而改变。为了他好好学习，因为他学习好；为了他好好减肥，因为他身材好；为了他好好治牙，因为他很帅。为了他，我能忍受这一切，是他给我力量，无穷无尽的力量。"

在青春这座茂盛繁杂的森林里，我遇见过一头丑陋的野兽。动物们疏远她，欺侮她，她孤独寂寞，在漫长而疼痛的岁月中，她最终成长为优雅美丽的独角兽。而让她产生蜕变的勇气，并为此努力，忍受所有痛苦的，并非仇恨和愤怒，而是芬芳丰沛的爱，是爱啊。

331

我们多少都往前走一段

文/伊心

　　家宁是我的一个姐姐，在一个年人均收入大约只有 1000 元的村子长大。她还有个年龄只差 4 岁的弟弟，大概估计一下两人的学费，就知道那点微薄的收入支撑两个孩子读完大学有多难。家宁从小学高年级开始住校，一间平房几张大通铺挤着全校的女孩，冬天没有任何取暖设备，所有小孩的手指都生着触目惊心的冻疮。因为浓厚的重男轻女思想，从初中开始，班里就陆续有女孩主动或被迫辍学。最终家宁成了村子里第一个考上大学的女孩。

　　家宁说一路走来她心底只有感激。因为相比于和她同龄、喜欢读书却被迫辍学、辛苦外出打工、不到 20 岁便草草嫁人的女孩，她深觉自己无比幸运。不是没有人劝她父母让她辍学，"好省点钱供她弟弟读书"，但他们仍然砸锅卖铁将她送到了大学。妈妈说："她喜欢上学啊，就让她上吧。"

青年文摘图书中心精品书目

青年文摘白金作家系列

《我相信中国的未来》（梁晓声 著）
《给自己的头颅几分尊重》（梁晓声 著）
《困境赐予我的》（梁晓声 著）
定价：39元（平装）58元（精装）
《跨越百年的美丽》（梁衡 著）
定价：36元（平装）48元（精装）

毕淑敏作品珍藏系列

《女生，我悄悄对你说》（毕淑敏 著）
定价：32元（平装）48元（精装）
《男生，我大声对你说》（毕淑敏 著）
定价：32元（平装）48元（精装）
《青春当远行》（毕淑敏 著）
定价：32元（平装）48元（精装）
《出发和遇见》（毕淑敏 著）
定价：32元（平装）48元（精装）

青年文摘彩虹书系·第一辑

《亲爱的玛嘉烈》（恋情卷）
《年轻总免不了一场颠沛流离》（青春卷）
《别在能吃苦的时候选择安逸》（人生卷）
《谢谢你，让我成为更好的人》（智慧卷）
《成为所有地方的所有人》（旅行卷）
《每个人都有泪流满面的秘密》（暖爱卷）
《内心没有方向，去哪儿都是逃离》（励志卷）
定价：28元（单册）196元（套装）

青年文摘典藏系列·第一辑

《成为世界的光》（励志卷）
《爱吧，就像没有痛过》（爱情卷）
《平流层的小樱桃》（成长卷）
《生命灿烂如花》（人生卷）
《在有限的人生彼此相依》（温情卷）
《推开虚掩的智慧之门》（哲思卷）
定价：22元（单册）132元（套装）

青年文摘典藏系列·第二辑

《那段命不顾身的日子，叫青春》（成长卷）
《当我已经知道爱》（爱情卷）
《赠我一段逆流路》（励志卷）
《爱是永不止息》（温情卷）
《梦想照耀未来》（人生卷）
《生命从不绝望》（哲思卷）
定价：22元（单册）132元（套装）

当当网、亚马逊、京东网、淘宝网及各大新华书店均有销售　青年文摘　中国青年出版社

青年文摘图书中心　电话：010-57350371　邮箱：qnwzbc@163.com　新浪微博：http://weibo.com/qnwzbook　腾讯微博：http://t.qq.com/qnwzbook